NO AZUL PROFUNDO

JENNIFER E. ARCHER

NO AZUL PROFUNDO

Tradução
Helen Pandolfi

Alt

Esta edição foi publicada em acordo com a McIntosh and Otis Inc, por meio da International Editors & Yáñez Co' S.L.

Título original: *Into the Deep Blue*

Editora responsável **Paula Drummond**
Editora de produção **Agatha Machado**
Assistentes editoriais **Giselle Brito e Mariana Gonçalves**
Preparação de texto **Lígia Almeida**
Revisão **Adriana Fidalgo**
Diagramação e adaptação de capa **Carolinne de Oliveira**
Projeto gráfico original **Laboratório Secreto**
Ilustração e design de capa original **Susan Szecsi**

Texto fixado conforme as regras do Acordo Ortográfico da Língua Portuguesa (Decreto Legislativo nº 54, de 1995)

CIP-BRASIL. CATALOGAÇÃO NA PUBLICAÇÃO
SINDICATO NACIONAL DOS EDITORES DE LIVROS, RJ

A712a Archer, Jennifer E.
No azul profundo / Jennifer E. Archer ; tradução Helen Pandolfi. - 1. ed. - Rio de Janeiro : Globo Alt, 2025.
21 cm.

Tradução de: Into the deep blue
ISBN 978-65-5226-102-1

1. Ficção americana. I. Pandolfi, Helen. II. Título.

25-100012.0 CDD: 813
CDU: 82-3(73)

Carla Rosa Martins Gonçalves - Bibliotecária - CRB-7/4782

1ª edição, 2025

Direitos de edição em língua portuguesa para o Brasil
adquiridos por Editora Globo S.A.
R. Marquês de Pombal, 25
20.230-240 – Rio de Janeiro – RJ – Brasil
www.globolivros.com.br

Para Cole

Nick

Dizem que se você gritar para o nada do topo do Pico da Neblina, seu eco vai ressoar por um minuto. Não é um recorde. Para isso, seria preciso ir ao sudeste asiático. Mas acho que está pelo menos no top cinco.

Às vezes, eu me imagino lá e penso que, se as palavras ecoarem por tempo o suficiente, talvez ela me ouça. Que eu vou lançar algum tipo de feitiço sobre o vale e trazê-la de volta como um sopro de poeira estelar. Bem, pelo menos é assim que acontece nos filmes, certo? Como mágica.

Gosto de pensar que ela sobreviveu ao acidente. Que os olhos dela estavam abertos e que, sentada na poltrona do avião já sem teto, ela olhou para cima e deu de cara com alguma criatura majestosa: um macaco, um papagaio. Não sei direito o que ela veria na América do Sul, mas espero que seus últimos momentos de vida tenham sido preenchidos por uma conexão divina com algo maior. Espero que minha mãe tenha morrido sorrindo.

Mas vamos ser realistas. Não estou no topo de uma montanha. Estou no meu quarto, olhando para o poço vazio que é o YouTube, e o que estou prestes a fazer parece tão errado que me levanto e fecho a porta.

Na barra de pesquisa, digito *Linhas Aéreas Sul-Americanas voo 501*. Vários vídeos aparecem na página. Eu poderia clicar em qualquer um deles e não faria diferença — são iguais. Sei disso porque já vi todos.

Clico em um vídeo aleatório no meio da página e coloco meus fones. Pouso o dedo sobre a tecla de som e pressiono sem parar até o volume chegar ao máximo, porque *preciso* ouvir cada um daqueles segundos torturantes. A imagem na tela treme. Botas marrons de trilha aparecem em cena, patinando em um caminho de terra. Uma voz ofegante diz "Meu Deus" tantas vezes que até perco a conta, e a câmera se move para cima.

Colunas de fumaça sobem de um bolsão de árvores recém-caídas em uma floresta. A fumaça fica mais espessa e mais escura à medida que sobe da carcaça de um avião envolto em uma bola gigante de fogo. Ele explode com um estrondo em meio à trilha sonora da respiração desesperada do homem da trilha.

Não há nada de mágico nisso.

O vídeo para, assim como minha respiração, por tempo suficiente para que meus pulmões implorem por ar como se fosse eu em meio ao fogo.

A cena é dramática. O tipo de coisa que apareceria no horário nobre da TV, mas acidentes de avião não são mais considerados importantes a ponto de serem exibidos no horário nobre, a não ser que envolvam presidentes, atletas ou celebridades e subcelebridades. Mães não constam nessa lista, mas deveriam, porque a minha era muito importante para mim.

Os comentários em destaque na página são de jornais pedindo permissão para transmitir o vídeo e assim o mundo inteiro possa assistir ao espetáculo. Com emojis de pipoca e tudo. Dói toda vez que vejo, mas não consigo evitar. Tenho medo de esquecê-la se parar de fazer isso.

Antes, a ficha demorava mais ou menos uma hora para cair. A realidade nua e crua por trás de toda a cena no YouTube. Aí eu desligava meu computador e chorava. Já faz alguns meses que parei de chorar, e não sei direito o que isso quer dizer.

— Nick? — A voz abafada do meu pai soa do outro lado da porta.

Pelo menos, ele avisou antes de entrar.

— Hum. Espera aí. Só um segundo.

Fecho o Youtube e abro a janela onipresente do Spotify, que ocupa toda a tela. A playlist "Minha mãe morreu" já está na página inicial e, com meus fones de ouvido, tudo aquilo parece completamente normal.

— Pode entrar — digo, girando na cadeira.

Ele abre a porta, mas não entra. Em vez disso, apenas se apoia no batente e dá uma olhada no meu quarto. Esse é o máximo de comprometimento que ele consegue dedicar às nossas conversas: ficar parado à distância, olhando de longe.

Tiro os fones.

— E aí?

Ele respira fundo, como um ator prestes a iniciar um monólogo memorável em sua carreira nos palcos.

— O que deu em você, Nick?

O que deu em você é uma pergunta que pode ter relação com várias coisas a meu respeito, então fico em silêncio até ele compartilhar mais detalhes. Por que eu não dei as caras no trabalho na semana passada? Fui eu que tomei o resto do uísque? Fui eu que catei uns trocados da carteira dele? Sou um ímã de "o que deu em você", então não faço ideia do que ele está falando.

— O que são todos aqueles acidentes de avião?

Ah. Entendi. Vai ser mais fácil do que eu pensei. Eu me faço de desentendido.

— Que acidentes?

— Só tem isso no histórico de navegação há semanas! Brooklyn passou um tempão falando no meu ouvido.

Então quem viu foi a namorada, não meu pai. Faz sentido. Ela devia estar tentando pegá-lo assistindo pornografia e, em vez disso, encontrou minhas buscas. Tudo porque eu estava com preguiça demais de subir para usar meu próprio computador. Mas é impossível que sejam *semanas* de buscas. Eu não vi tantos vídeos assim. Pelo menos, acho que não. E Brooklyn deveria ficar bem longe do computador se não consegue lidar com os segredos sombrios dessa família.

— Sei lá. Acho que eu só queria ver como era.

Sinceramente, fala sério, pai. Minha mãe morreu em um acidente de avião. O que deu em mim é bastante óbvio, mas não quero ter que ficar me explicando. Parece que nós falamos idiomas completamente diferentes.

Meu pai desvia o olhar. Agora ele está pensando em acidentes de avião também.

— É um pouco mórbido. Talvez seja melhor dar um tempo. Por que você não vai ver umas coisas... sobre Deus?

É isso. Isso é tudo o que ele tem disponível no arsenal de ferramentas de pai. Eu me recosto na cadeira e entrelaço os dedos atrás da cabeça da mesma forma que ele faz. É o gesto padrão dele para indicar que não está prestando atenção.

— Coisas sobre Deus?

— Ou ioga, ou seja lá o que for que ajuda as pessoas a encontrarem paz. Chega de acidentes de avião.

Essa é a parte em que eu deveria ter uma epifania a respeito de como estou agindo de forma equivocada.

— Tá bom.

Ele acena com a cabeça, satisfeito por ter bancado o pai. Parabéns, paizão.

— Então tá bom — diz ele, dando dois tapinhas no batente da porta como se para encerrar a conversa.

E por mais pareça que está se esforçando, o que ele fez na verdade foi adicionar mais um item à coluna "Coisas que são culpa do Nick".

O descanso de tela informa que são sete horas e estou atrasado pra cacete. Prometi à Fiona que não me atrasaria e agora ela vai me olhar com aquela cara de "você se atrasou" quando eu chegar.

Fecho o notebook. Se ele decidir mexer no meu computador, vai dar de cara com o bloqueio da tela pedindo a senha. Não que ele vá tentar.

— Obrigado pela conversa, pai. Chega de acidentes de avião — digo com um sorriso para mostrá-lo como o conselho fez efeito. Saindo do quarto, dou um tapinha no ombro dele. — Vou nessa.

— Não se esqueça de que vou estar em Sacramento nos próximos dias — avisa às minhas costas.

Ao sair pela porta, tento me lembrar do motivo da viagem, mas não estava prestando atenção quando ele me contou na semana passada. É difícil sentir qualquer coisa além de pura raiva quando ele fala comigo.

Está um pouco frio para o mês de junho, então coloco uma blusa de moletom antes de pegar minha bicicleta no quintal e sair pedalando pela interminável entrada da garagem. Demora mais para sair do quintal da minha casa do que para chegar à cidade. Tá, não é verdade, mas odeio isso mesmo assim — os tijolinhos intercalados, os arbustos aparados em redomas perfeitas — tudo do bom e do melhor para a casa do paisagista número um de Salem. Meu pai não poupou esforços no paisagismo aqui, o que reforça minha teoria de que quanto mais ornamentado o quintal, pior é a vida das pessoas que moram ali. Tenho 99% de certeza disso.

Agora que já saí, toda a urgência se esvai. É difícil estar com pressa quando você depende de uma bicicleta para chegar aos lugares. É como estar em câmera lenta, não importa o quão rápido você pedale, mas, para falar a verdade, eu gosto do trajeto até a cidade. É agradável pedalar sem as mãos pela rua lateral deserta, até meus pulmões arderem. Ajuda chegar exausto a uma reunião. Por alguma razão, fica mais fácil quando você está vazio.

Quando finalmente chego ao centro comunitário, o estacionamento está silencioso, o que significa que estou mais atrasado do que o normal. Encaixo minha bicicleta em um suporte perto da entrada, mas não tenho cadeado. Eu me pergunto se esse é o dia em que alguém vai roubá-la. Ainda não me aconteceu. Nesse sentido, o universo parece estar do meu lado. O carro de

Fi está estacionado no lugar de sempre, debaixo de um poste, uma fileira depois da entrada, porque "é o lugar mais seguro".

Lá dentro, os corredores estão desertos. Essa é a vantagem de se chegar tarde, não ter que lidar com gente chata. Viro no primeiro corredor e caminho até chegar a uma porta verde-musgo com uma pequena janela retangular.

Lugares como esse provavelmente são projetados pelos mesmos arquitetos que fazem os projetos para presídios. Talvez haja uma categoria única de anúncio de serviços: *Arquitetos para presídios, centros comunitários e escolas. Não perca tempo e venha conhecer as plantas prontas!* Depois eles contratam profissionais como meu pai para fazer um paisagismo foda.

Um papel detonado está colado no vidro da porta com os dizeres: "Lidando com a morte". Costumava estar escrito "Lidando com a tristeza", mas na época do inverno uns esquisitões aleatórios ficavam interrompendo as reuniões, achando que eram encontros sobre a depressão sazonal causada pela estação. *Foi mal, galera, aqui é só para quem é fodido da cabeça o ano inteiro, não importa a época do ano. Circulando, circulando.* Um cara desenhou um rosto triste na folha com uma lágrima escorrendo dos olhos. Eu adorei. Fico surpreso que Grace, nossa terapeuta, ainda não tenha tirado o papel ou, pelo menos, tentado apagar as lágrimas.

Minha mão paira sobre a maçaneta. Antes de cada reunião, torço para entrar em uma sala vazia e sentir o mundo um pouco mais leve, mas isso nunca acontece.

Abro a porta e imediatamente me arrependo. Alguém está chorando.

Fiona

Todo mundo olha para a porta quando ela se abre. Todo mundo exceto Maddie, a garota nova, que está em prantos. Chorando de soluçar, mesmo, e parece que não vai terminar nunca. Fico triste por ela, claro, mas meu estoque de tristeza anda meio limitado. Talvez todo mundo tenha uma cota específica de tristeza e eu acho que a minha já se esgotou faz tempo.

Nick fica paralisado na porta e faz um gesto solene com a cabeça, o que imagino ser a coisa certa a se fazer quando se interrompe o choro de outra pessoa. Ele vai até a cadeira vazia do outro lado da sala, de frente para mim, e a puxa, fazendo os pés do móvel guincharem no chão de linóleo. Ele olha para Grace como se estivesse prestes a ser preso em alguma operação sigilosa, mas ela ainda está focada em Maddie, então ele se senta.

As bochechas estão coradas e ele corre a mão pelos cabelos castanhos úmidos de suor, fazendo com que fiquem espetados. Ele não olha para mim, mas sei que percebe que está sendo observado.

Ele dá uma olhada no relógio, não para saber que horas são, mas para calcular quanto tempo falta para acabar. Depois, ele tenta tirar uma folha grudada na sola do tênis — que está meio encardido — esfregando o pé no chão. Ele cruza os braços, fecha-se atrás de seu escudo pessoal e só então fixa os olhos nos azulejos cinzentos entre nós, até que seu olhar recai sobre meus pés, depois sobe e seus olhos finalmente se encontram com os meus.

Nós somos as duas únicas pessoas na sala que não estão encarando o chão. Eu balanço a cabeça ligeiramente com cara de desaprovação porque ele está atrasado. De novo. Pelo menos, ele veio. Chorar em grupo é a criptonita dele. Nick baixa a cabeça e segura um sorriso, porque sabe exatamente o que estou pensando. *Onde você se meteu? Por que não me mandou uma mensagem? Vou matar você.* Mas aí nossos olhares se encontram de novo e minha irritação evapora. É como se fôssemos as duas únicas pessoas ali. A sala inteira parece mais iluminada, o teto salpicado de estrelas, e todo mundo desaparece, menos nós dois.

Os soluços de Maddie invadem meus devaneios e destroem o momento. A realidade se impõe, gelada, sombria e infindável.

Faz seis meses que frequentamos o grupo e nenhum de nós teve esse tipo de crise ainda. Às vezes me pergunto se essa é a única razão de sermos amigos, nossos corações anestesiados.

Como se estivesse lendo minha mente, ele arqueia uma das sobrancelhas.

As sobrancelhas de Nick sabem falar. Existe toda uma linguagem na parte superior do rosto dele, e eu a conheço muito bem. Assim como conheço Nick muito bem. Aquele é o olhar que significa "me mate agora, pelo amor de Deus". O choro é exagerado demais para ele. Nick balança a perna e morde o polegar. Olho de relance para Grace para ver se ela nota que o Vulcão Nick está prestes a entrar em erupção, mas ela ainda está conversando com Maddie.

Nick se levanta e se dirige à porta.

Ele aguentou seis minutos. Até que foi muito.

Grace bate as palmas das mãos na calça jeans.

— Que tal um intervalo?

Algumas pessoas se levantam e vão em direção à mesa dos lanches. Grace não pode ir atrás de Nick pois tem que lidar com Maddie, então passa o bastão para mim com um olhar.

Não sei quando "ir atrás do Nick" se tornou minha especialidade, mas me levanto. Para ser sincera, eu teria ido atrás dele de qualquer forma.

Assim que abro a porta, sinto a brisa fresca da noite. Estava calor quando cheguei. Nick é como a Elsa de Oregon, deixando um rastro gelado por onde passa.

Ele está parado na base da escada, encostado em um pilar no qual também apoia o pé. Ele não se vira para ver quem o seguiu. Nem precisa.

— Por que a gente ainda vem? — pergunta ele, olhando para o céu.

Eu desço os degraus e me sento ao lado dele, que continua de pé. Nós dois sabemos por que ele vem. Para Nick, a terapia foi uma exigência judicial, mas ele já cumpriu o tempo determinado, então não sei por que ainda não parou.

— Como assim?

Ele se afasta do pilar e se vira para mim.

— É deprimente demais.

O estacionamento está silencioso, a não ser por alguns garotos fazendo manobras de skate. Os shapes raspam no meio-fio a cada tentativa de salto. Eles não devem ser muito mais novos do que nós, mas o luto faz parecer que há um milhão de anos nos separando.

— Talvez esse seja o objetivo, tipo terapia de exposição. Quanto mais você se submete a coisas deprimentes, menos elas te incomodam.

Ele parece considerar a possibilidade.

— Ouvir alguém chorando por uma hora toda semana é uma forma excelente de testar essa teoria.

— Você chegou há dez minutos.

Ele abre um sorrisinho.

— Agora você deu para me vigiar?

— Onde você estava?

Ele volta a se recostar no pilar para olhar os skatistas.

— Em lugar nenhum. Acabei me distraindo. — É óbvio que está ranzinza e, quando volta a me encarar, há uma centelha de algo diferente em seu rosto. — E aí? Fez as reservas para Monterey?

Monterey? Por que ele está falando disso de repente? A palavra *reservas* faz meu cérebro entrar em parafuso.

E é nítido. Não respondo, boquiaberta.

Nick não perde tempo e arqueia uma das sobrancelhas, incisivo.

— Semana passada você disse que ia fazer isso, então, fez? Porque eu preciso pedir uma folga para esse fim de semana.

Eu digo isso toda semana. Já tivemos inúmeras conversas sobre Monterey no trajeto até a casa dele depois do grupo, e todas tiveram o mesmo fim: foram empacotadas e esquecidas como as embalagens de fast-food no banco traseiro do meu carro. Mas naquela noite há um toque de desespero na voz dele, como se precisasse disso mais do que eu, então, em vez de pressioná-lo pela tentativa óbvia de mudar de assunto, faço algo diferente. Eu dou corda.

— Fiz.

Ele olha para mim, desconfiado.

— Sério?

— Sério.

Então Nick pega o celular e abre o aplicativo do calendário com uma expressão presunçosa, como se soubesse que estou blefando.

— Dia vinte, né?

Ele aponta para o dia 20 de agosto no calendário, como se eu não me lembrasse do dia em que minha mãe morreu. Me deixa um pouco balançada saber que ele se lembra.

— Aham.

Ele imediatamente cria um evento, digitando VIAGEM PARA MONTEREY.

— Que horas vamos sair?

— Você está de brincadeira?

— É só para eu não me esquecer.

Nós dois sabemos qual é a dele. Está fazendo questão de registrar que não vamos. Minha bunda fica dormente sobre o concreto gelado, então eu me levanto e limpo a calça com as mãos. Mesmo no degrau mais baixo, ele ainda fica mais alto que eu alguns centímetros. Eu o encaro de volta em desafio.

— Você está duvidando de que vamos.

Ele inclina a cabeça para o lado.

— Tenho 99% de certeza de que *não* vamos.

— Saímos às seis — respondo rápido demais porque quero provar que ele está errado, mostrar que ele não me conhece tão bem quanto acha. Mas é verdade, ele me conhece bem para caramba.

Nick parece impressionado.

— Seis da manhã?

— A viagem é longa. É melhor sair cedo.

— Muito sensato — comenta ele, selecionando o horário das seis horas no evento. — Pronto. Está gravado em pedra.

— Excelente — respondo com um sorriso amarelo.

A porta no topo da escada se abre e Grace aparece.

— Tudo bem por aí?

Nick passa as mãos pelo cabelo.

— Tudo. O chororô acabou?

— Sim, Maddie parou de chorar. Podem entrar, está na hora — chama ela, segurando a porta aberta para nós.

Nick põe a mão em meu ombro, me conduzindo escada acima.

Somos os últimos a voltar para o círculo. Maddie está segurando um copinho de chá com as duas mãos enquanto o vapor quente rodopia diante de seu rosto. Ela é universitária, não é muito mais velha do que os outros.

— Vocês sabem que não há uma forma errada de se expressar aqui. Não há nada de vergonhoso em chorar. Nunca. Nick, quer nos contar por que ver alguém chorando deixa você tão desconfortável?

Nick cruza os braços e se recosta na cadeira.

— Ver uma pessoa chorando deixa qualquer um desconfortável.

— *Qualquer* um, não.

Ele olha para ela.

— Fala sério. Você já foi a um velório, Grace?

— Já estive em alguns. Mas eu não usaria a palavra "desconfortável" para descrever alguém que está sofrendo.

— Talvez você não esteja olhando com atenção. — A pirraça de Nick começa a ruir sob o olhar vigilante dela. Ele começa a balançar a perna outra vez. — Olha, ela é nova. A gente já viu isso mil vezes. Todo mundo chora no começo.

— Sim, no começo. E depois?

Ele encara uma mancha qualquer no chão. A sala fica em silêncio enquanto todos esperam que uma epifania fantástica saia da sua boca. — E depois? — repete ele, enfiando a mão nos bolsos do moletom. — É isso que acontece, não é? Infinitos dias de "E depois?".

Primeiro Grace olha fixamente para Nick, mas então desiste e volta-se para o grupo como um todo.

— Por que não encerramos por hoje com essa reflexão? Vamos pensar no que podemos fazer para encontrar nosso propósito, para ressignificar nossas vidas depois de uma perda. Nos vemos semana que vem.

O círculo se desfaz e, antes que eu possa pegar minha bolsa do chão, ouço a porta se fechar. Nick foi embora.

Maddie e eu saímos juntas. A mãe dela está vindo e eu lhe faço companhia enquanto ela espera.

— Parabéns por hoje — digo. — Eu sei que é difícil falar sobre essas coisas.

— Obrigada — responde ela, enxugando o nariz na manga da blusa. — Quem você perdeu?

— Minha mãe.

— Sinto muito. O que aconteceu?

Já respondi a essa pergunta um milhão de vezes.

— Ela era fotógrafa e estava em uma missão no exterior com o exército. — Eu geralmente paro por aí.

Maddie assente com a cabeça como se já soubesse do restante da história. Então um carro aparece, ela me dá um abraço breve e corre em direção a ele. Ela é um amor, mas parece tão frágil, como se estivesse oca por dentro.

O estacionamento está escuro e pontuado pela luz dourada dos postes da rua. Eu caminho por entre os carros e encontro Nick descansando contra a porta de passageiro do velho Fusca verde da minha mãe, sua bicicleta logo ao lado. Essa é a nossa tradição semanal.

Ele mexe na maçaneta.

— Você faz isso de propósito. Toda vez você demora para sair.

— Talvez — respondo, dando uma mordida em um dos biscoitos de carinhas sorridentes que Grace leva para as reuniões.

— Qualquer dia desses não vou esperar — ameaça ele, sorrindo com o blefe.

— E vai me fazer economizar o trajeto de uma hora de volta para minha casa? Quanta gentileza.

Você sabe que sentiria minha falta

Assim que destranco a porta, Nick começa o ritual de enfiar a bicicleta no banco de trás. Ele ainda não descobriu uma maneira de fazer isso sem praticamente rachar meu carro ao meio.

Ele nota meu olhar.

— Que foi?

— Se me deixasse passar para te buscar, não teríamos esse problema.

— Não é um problema — responde ele, grunhindo com o esforço. — Além do mais, eu gosto de vir de bicicleta. Você é que precisa comprar um carro maior.

— Eu não preciso de um carro maior, mas você precisa recuperar sua carteira de motorista.

Nick finge não ouvir, batendo a porta traseira na velocidade da luz para impedir que a bicicleta escorregue para fora do carro. Perder a carteira de motorista foi outra consequência por ter sido pego dirigindo embriagado. Ele já tem permissão para refazer o exame de direção, mas ainda não fez nada sobre isso.

Nós entramos e o carro pega no tranco com um leve ronco. Ele aponta para o outro biscoito na minha mão.

— É pra mim?

— Aham. — Nick estica o braço para pegá-lo, mas eu não entrego. — Mas só se você prometer ficar da próxima vez e conversar com as pessoas.

Saio do estacionamento e inicio a rota rumo à casa dele.

Nick puxa o biscoito da minha mão.

— Não é justo. Eu tentei. Teve aquele cara, como era o nome dele? — Sei onde ele quer chegar, então não digo nada. Ele começa a estalar os dedos. — Você sabe de quem eu estou falando. Eu sei que sabe.

— Roger — cedo.

— Isso! Roger. Aposto que nem era o verdadeiro nome dele. Fala sério, você por acaso já conheceu algum Roger na vida?

Demoro um instante para revisar mentalmente todos os nomes do meu escasso círculo social.

— Não.

— Exatamente. E quanto tempo ele aguentou? Tipo, duas semanas?

— Quatro semanas no mínimo — respondo.

— Até parece. Foi tudo isso, mesmo? O que será que aconteceu com ele?

— Ele invadiu alguma Starbucks com o carro.

Nick me encara, a boca aberta e cheia de biscoito.

— Quê?

— Sim. Estava chapado de alguma coisa. Eu te mandei o link da notícia.

— Caramba. Eu não abri. Pensei que fosse alguma coisa aleatória sobre a Starbucks. Nossa!

Ele balança a cabeça, mas sem julgamentos. Não que esteja em posição de julgar ninguém, afinal Nick tem uma ficha extensa dos próprios problemas.

— Esse é o lance com aquele grupo, Fi — continua ele. — Todo mundo é transitório. Não preciso de mais gente desaparecendo da minha vida. Essa é a razão pela qual estamos lá para começo de conversa.

— Espera aí. — Ergo um dedo. — Quer dizer que nossa amizade só se deu por um processo de eliminação, porque eu não saí do grupo?

Ele reflete por um instante, pensando em como responder.

— Sim? — Por mais que esteja brincando, fico magoada. — Não quero conhecer aquelas pessoas. Eu já conheço você. Vagas preenchidas.

— Por uma única pessoa?

— Por uma única pessoa — repete ele.

Foi uma boa resposta, ao menos boa o bastante para que eu não estacionasse o carro e chutasse ele para fora. E acho que gosto de saber que a única vaga disponível foi preenchida por mim.

— Você adiou o início das aulas para janeiro? — pergunto.

Nós dois passamos para a NYU, mas não queremos começar no outono. Eu nem sequer sei o que quero estudar. Poderia muito bem fechar os olhos e sortear um curso aleatório.

Ele está mexendo no celular e não levanta o olhar.

— Ainda não.

— Poxa, Nick! — Empurro o braço dele, fazendo com que derrube o celular.

Ele olha para mim de cara feia.

— Por que você está me enchendo com esse assunto de Monterey, cujas reservas eu já fiz, por sinal — digo enquanto ele abre um sorrisinho sugestivo —, sendo que você nem adiou as aulas ainda?

— Relaxa. Vou fazer isso no fim de semana. Estou deduzindo que você já fez, então? — pergunta ele, tateando o assoalho do carro em busca do celular.

— Já. E você já agendou seu exame de direção?

— Não, mãe.

— Não começa.

— Por que está pegando tanto no meu pé hoje, Fi?

— Foi você que começou. — Olho para o lado e vejo que ele voltou a mexer no celular. — E eu não posso ficar te levando para casa eternamente.

Eu digo isso toda semana.

— Por que não?

Mas não tenho resposta. Não é como se eu tivesse outro lugar onde estar.

Ele aumenta o volume do som e uma música do Kendrick Lamar começa a reverberar pelos alto-falantes.

Quando comecei a dar carona para Nick, eu analisava todas as escolhas musicais dele. Todas as músicas que colocava para tocar obviamente eram uma mensagem secreta sobre seus sentimentos, porque, seis meses atrás, eu achava que ele poderia estar a fim de mim. Até que uma noite ele colocou para tocar Smashing Pumpkins, A$AP Rocky e Marshmello em sequência e meu cérebro entrou em parafuso. E foi assim que parei de tentar interpretar as músicas que ele escolhia. Além disso, não acho que haja espaço na cabeça de Nick para relacionamentos sérios.

Viro na rua escura onde ele mora e, assim que a casa dele aparece, Nick pergunta:

— Quer dormir aqui?

É o tipo de pergunta que é só a ponta do iceberg. Olho para ele, desconfiada.

— Cadê seu pai?

— Cadê o Bob Banana? — retruca ele.

Nick se refere ao meu pai assim desde o começo, porque "ele nunca faz nada". Não na frente dele, mas estou aguardando pelo dia que o apelido saia sem querer.

— Alguém precisa salvar o mundo. Turno da noite outra vez — respondo.

— Para variar. Bom, alguém precisa embelezar o mundo também. Meu pai saiu por aí para colocar pedras nos gramados americanos — conta ele, repuxando a pele do canto do polegar com os dentes. — Ele está em Sacramento ou sei lá o quê. Vai saber. Ele pode estar em qualquer lugar.

— Ele ainda está com a Kate?

— Não. A Kate foi, tipo, três namoradas atrás. Agora é a Brooklyn. — Ele olha pela janela e não se passa nem um minuto antes de que desembuche. — A Alex chega amanhã.

Aí está o motivo. Alex é a irmã mais velha dele, o restante do iceberg do tamanho do Titanic.

— Ahhh.

— Ela vem pegar algumas coisas da minha mãe.

Em momentos como esse, é como se nossos cérebros se sintonizassem. É fácil preencher as lacunas.

— Entendi... Então vocês precisam de ajuda para carregar as coisas.

Ele olha para mim. Nós dois estamos carecas de saber que isso é puro papo-furado.

— Isso.

Nick

Quando Fi chega à minha casa, o caminho até a entrada dura uma eternidade agonizante porque ela "não consegue enxergar nada". Isso é culpa minha, porque eu não acendi as luzes — as de chão que ladeiam o caminho da garagem, as da casa, ou qualquer uma das dez mil luzes que meu pai instalou e que podem ser acesas com o mero toque de um botão em um aplicativo. O que acontece é que as luzes do caminho que leva até a entrada se acendem como em uma passarela, o que me irrita, então costumo deixá-las apagadas.

Fi desliga o carro e manda uma mensagem para o pai. Ele nem sequer vai responder, e sinto vontade de morrer ao vê-la se dando ao trabalho de tentar.

Não é que ele não se importe. Eu sei que se importa.

Na primeira vez em que ela dormiu aqui, ele apareceu de ambulância e tudo só para "ver o que a gente estava aprontando". Ele ficou parado na porta por uns bons dez minutos, esperando um grupo de adolescentes pular do armário para começar uma festa de arromba.

— Tenham juízo — ameaçou em tom de poucos amigos, em meio às luzes de pisca-pisca que iluminavam meu quarto.

Ele disse isso olhando para nós dois, mas a gente sabia que aquilo era direcionado a mim. Acho que a intenção era me intimidar, mas, fala sério, ele estava dirigindo uma ambulância, não uma viatura policial.

No dia seguinte, na casa deles, tive que passar por um interrogatório durante o jantar. Acho que ele sacou que não havia nem um pingo de romance rolando entre nós, porque depois disso não implicou mais com as noites em que ela dormia aqui. Ouvir um ao outro recontando o pior dia das nossas vidas no grupo não era exatamente o melhor jeito de pintar um clima romântico.

Fiona me olha de cara feia quando tiro minha bicicleta do banco de trás com um puxão. Então eu a solto no gramado sem grandes rodeios.

Fi desce do carro e vem correndo para me alcançar. Se ficasse ali, sozinha no escuro, provavelmente morreria do coração. Para ser justo, a vibe por aqui é meio sinistra mesmo. O som do sofá suspenso da varanda rangendo ao vento parece ter sido tirado diretamente de uma playlist de Halloween.

Assim que destranco a porta, digo a Alexa para acender as luzes.

A casa se ilumina.

É meio esquisito falar com a Alexa desde que minha irmã Alex se mudou. É como se fosse a versão 2.0 da Alex, só que a Alexa tem tudo sob controle e não me vive me dando ordens. Sempre que Alex volta para visitar, parece que um baixo-astral toma conta instantaneamente. Por sorte, não acontece com frequência.

Fiona deixa a bolsa no nosso sofá azul florido. Mamãe gostava muito de flores, então a casa é repleta delas. Ela até pintou um arranjo floral na caixa de correio e colocou uma coroa de hortênsias azuis artificiais na porta de entrada. O problema com as flores é que, quando você as coloca em coisas como móveis, elas parecem mortas. É estranho quando o exterior da sua casa parece mais vivo do que a parte de dentro. O mesmo pode ser dito a meu respeito.

— Filme? — sugiro, indo para a cozinha.

— Pode ser.

Fi olha em volta, ainda não completamente à vontade, como se os fantasmas tivessem nos seguido.

Pego duas Coca-Colas na geladeira e um pacote de Cheetos no armário, que jogo para Fi. Ela vasculha a bolsa até encontrar os óculos e depois nós subimos.

Meu quarto é o único cômodo que não é cheio de flores. As paredes são de um azul profundo que eu mesmo pintei, mas acho que nenhum dos meus pais notou.

É um caos organizado. Jogo meu moletom no chão em cima de uma pilha de outros moletons. Fi joga o pacote de Cheetos na cama e ele cai em cima do meu travesseiro. Eu puxo meu laptop da mesa e me jogo na cama também, iniciando uma busca infinita pela Netflix e pensando que Fi vai vir me fazer companhia, mas não é o que acontece.

Ela está de pé ao lado da minha mesa, se segurando para não mexer nas minhas coisas. Mas não consegue. Fiona mexe nas minhas coisas sempre que tem uma oportunidade. Para ser sincero, não me importo de ser o quebra-cabeça que ela quer solucionar.

Ela abre um livro da Jane Goodall sobre o trabalho dela com chimpanzés. Chegou por correio ontem, então é novidade para ela. Com certeza parece uma escolha estranha de leitura, mas faz sentido que o luto deixe uma pessoa viciada em detalhes. Ela folheia as páginas, mas não pergunta por que eu o tenho. Em seguida, passa para a pilha bagunçada dos meus cadernos, percorrendo-a com o dedo até parar de repente e, como um mágico fazendo um truque de cartas, puxa a lista de desejos da minha mãe que enfiei ali no meio. Não importa onde eu a esconda, Fiona sempre a encontra.

Lista da Liz: coisas para fazer antes de morrer

1. ~~Show do Keith Urban~~
2. ~~Visitar o Grand Canyon~~
3. ~~Nadar com golfinhos~~
4. ~~Voar de primeira classe~~
5. ~~Experiência Jane Goodall~~
6. Assistir a E.T.

7. Andar de balão
8. Tomar banho em uma banheira de leite
9. Pegar conchas em Bermuda
10. Alugar um conversível

— Você devia emoldurar essa lista. — Ela vira a frente da lista para mim. — Vou comprar uma moldura pra você.

Volto a atenção para a tela outra vez, parte de mim está torcendo para que o papel pegue fogo. Dói ver a caligrafia desleixada da minha mãe naquela página. Sua vida interrompida exposta daquela forma.

— Ou eu poderia queimá-la.

Fiona baixa o braço na lateral do corpo, ainda segurando a lista.

— Que coisa sombria a se dizer.

— Não é sombrio, é catártico. — A lista de desejos é um problema sem solução. Não quero pensar nela, tipo nunca, mas também não consigo fingir que não existe. Fi ainda está olhando para mim. — Você sabe como é. Você também tem umas coisas aleatórias das quais não consegue abrir mão.

Com cuidado, ela recoloca a lista na pilha de papel.

— Assassinos em série chamam essas coisas de troféus.

Às vezes Fiona fala as coisas mais estranhas da face da terra.

— Maneiro. Realmente não há diferença entre assassinos em série e pessoas enlutadas. E você gosta de guardar tudo, então talvez eu devesse estar com medo agora.

— Sim, você deveria estar morrendo de medo. A hora é agora, Nick — sussurra ela, se aproximando da cama. — F-f-f-f...

Acho que ela está tentando imitar o Hannibal Lecter. É horrível e fascinante ao mesmo tempo.

— O que você está fazendo? Está tentando imitar um castor raivoso?

Ela ri e tenta de novo.

— F-f-f-feijão-fava. Ele dizia o que mesmo?

É tão ruim que chega a ser bom.

— Para. Para com isso.

— Como ele faz isso sem ficar ridículo? Parece impossível.

Ela rouba um pijama dos Simpsons da minha gaveta e segue em direção ao banheiro no fim do corredor.

Nunca namorei para valer. Fiquei com algumas garotas ao longo dos anos, mas nada parecido com o que quer que seja isso. Esses "relacionamentos" tinham a profundidade de um post do Instagram. Era divertido para elas e para mim, mas não passava disso. Com a Fiona é diferente. Eu sei tudo sobre ela, o que talvez tenha sido um lado positivo da morte da minha mãe — acabei sendo obrigado a ser honesto com uma pessoa. Fiona entrou na minha vida de forma muito natural, como se fosse um lugar ao qual ela sempre tivesse pertencido.

Não é como se eu nunca pensasse na gente como um "nós". Às vezes, tenho a impressão de que há algo mais na forma como ela me olha, mas aí a gente se vê de novo e a sensação se esvai como se nunca tivesse acontecido. Parece sempre coisa da minha imaginação, mas quantas vezes preciso achar que imaginei uma coisa para acreditar que é real?

Quando volta vestindo meu pijama, ela inclina o corpo, joga o cabelo castanho ondulado para a frente e o amarra com um elástico, prendendo-o em um coque no topo da cabeça, depois coloca os óculos. Eu não consigo explicar, mas essa transformação me faz sorrir. Toda. Vez.

Ela passa por cima de mim na cama para ficar do lado da parede e abre o pacote de Cheetos enquanto passo os olhos pelos mesmos filmes de comédia que a gente repassa na tela todo santo fim de semana. Assim que dou play, ela solta um suspiro. Bom, já sei que posso ir fechando o computador. Ela claramente tem algo a dizer.

Fiona está encarando a parede.

— Você já teve vontade de se jogar do parapeito?

Parece um bom momento para pausar o filme.

— Do segundo andar?

— É.

— Nunca tive essa vontade, não. — Fico esperando por uma explicação, mas ela não diz nada, só coloca um salgadinho na boca. — *Você* tem?

Ela deixa a cabeça pender para o lado.

— Às vezes. Não é nada preocupante. Tipo, às vezes estou sentada e me imagino saindo do meu corpo e simplesmente pulando do segundo andar.

Uma luz vermelha se acende na minha cabeça — vermelha, piscante e apavorante — e eu me volto para a tela, porque é o tipo de preocupação que as pessoas conseguem ver na sua cara.

— Não é nada esquisito — continua ela. — Eu vi no Google. É um pensamento intrusivo.

— Pensamento o quê?

— Intrusivo. Nossa, quer dizer que eu sei algo que você não sabe? — Ela afasta o salgadinho para o lado e lambe os dedos. — Que momento memorável. Você vai procurar mil e um artigos no Google sobre isso depois que eu for embora, não vai?

— Não — respondo, fazendo uma careta.

Mas sim. É lógico que vou.

— Não quer dizer que você vá concretizar o pensamento. É a mesma coisa de pensar em dirigir na contramão em uma via movimentada...

Olho para ela imediatamente.

— Espera aí. Você pensa nisso também?

— Não tanto quanto em me jogar do parapeito.

Hora de fechar o computador.

— Beleza — digo, estendendo o braço e erguendo o dedo mindinho. — Você tem que prometer, aqui e agora, que não vai dar uma de Roger nem sair pulando de segundos andares por aí sem me mandar uma mensagem primeiro.

— Jurar de dedinho? Sério?

Bom, é a única coisa na qual consigo pensar. Não sei como as pessoas fazem juramentos hoje em dia.

— Prefere um pacto de sangue?

Ela afasta minha mão com um tapa.

— Eca. Claro que não.

Balanço meu dedo mindinho na frente do rosto dela até Fiona enganchar o dedinho no meu, então encaro seus olhos cor de mel. Não é justo que esteja usando óculos; parece que a barreira das lentes atrapalha o juramento.

— Então prometa.

— Nick, eu prometo que não vou jogar meu carro em uma Starbucks ou em qualquer outro estabelecimento de *fast-food*. Também prometo que não vou pular nem de um trampolim sem te avisar antes.

Fi está falando completamente sem vontade, mas tudo bem. Ela precisa disso mais do que eu.

Parece seguro abrir o computador de novo. O filme *Afinado no Amor* ainda está congelado na tela. Dou play e empurro o computador para longe, deixando-o acomodado entre nós dois, mas não estou assistindo porque estou pensando no papo do parapeito e encarando o corredor que leva até lá com um nível de ansiedade que não sinto há muito tempo. Eu me levanto e fecho a porta, como se fosse algo completamente normal de se fazer e não tivesse nada a ver com o que Fiona acabou de dizer.

Depois me jogo na cama e pego um punhado de Cheetos, fingindo não notar que ela está me observando. Fingindo que ela não sabe que estou entrando em pânico porque perdê-la significaria perder tudo.

— Da próxima vez a gente deveria ir para a sua casa — digo.

Nick

Em um horário absurdo da manhã, alguém buzina na frente da minha casa. Só pode ser o Max, porque minha irmã jamais anunciaria a própria chegada. Seu modo favorito de entrar nesta casa sempre foi às escondidas: na calada da noite, pela janela do porão ou depois de todo mundo ter saído para trabalhar.

Fiona passa por cima de mim ao sair da cama e, achando que estou dormindo, me dá uma joelhada de propósito para me acordar.

Não estou, mas também não quero me mexer. Ela se inclina sobre a escrivaninha e espia pela janela.

— Eles chegaram — murmura ela, e dá uma olhada nas próprias mensagens, provavelmente para ver se Bob Banana respondeu à sua.

Afundo o rosto no travesseiro. Ter convidado Fi para ficar na minha casa de repente parece ter sido um grande erro. Agora ela vai assistir de camarote a qualquer loucura que sair da boca da Alex. Eu afasto as cobertas e saio da cama, odiando minha irmã ainda mais por a) me fazer congelar de frio a essa hora da manhã, b) me obrigar a mexer nas coisas da minha mãe no porão e c) fazer eu me sentir um péssimo tio por não ver Max com mais frequência — o que vem com o título de péssimo irmão de brinde.

Fiona está na janela e eu me inclino sobre ela para bater no vidro. Alex olha em volta procurando a origem do barulho, o que me irrita ainda mais. O único lado bom é que cada segundo que eles demoram para olhar para cima é um segundo a mais que posso passar encostado em Fiona assim. Max finalmente me vê e aponta para nós, acenando.

— Vai ser um show de horrores — digo, indo para a porta.

— Vai dar tudo certo — diz Fiona, mas ela não parece muito confiante nisso.

Ela pega um dos meus moletons pretos do chão, se enfia dentro dele e pega as próprias calças jeans, indo em direção ao banheiro. Nós nos encontramos no andar de baixo e saímos juntos para recepcioná-los.

Alex está usando uma regata com franjas e não parece nem um pouco incomodada com o frio da manhã. É uma daquelas pessoas que nunca sente frio e usa shorts até no inverno.

No entanto, meu mau humor desaparece só de olhar para Max.

— E aí, carinha? Caramba, olha o seu tamanho!

— Tio Nick!

Ele pula nos meus braços e eu o levanto no ar. Parece o reencontro familiar mais feliz do mundo, só que meu coração está pesado com tudo o que há de errado naquela cena. A culpa por não o ter visitado por dois meses, além de *flashes* de Alex indo embora de casa quando Max tinha dois anos. Há tanta coisa por trás de cumprimentos e abraços.

Tanta, tanta coisa.

— Você cresceu tanto! Está com quantos anos? Uns vinte?

Max dá risada. Há mais uma janelinha em seu sorriso e a visão faz meu peito apertar.

— Não! Estou com oito!

Alex tinha dezessete anos quando teve Max. As pessoas sempre acham que ela é irmã dele.

— Max, leve suas coisas para dentro, por favor — pede Alex em um tom que parece ter saído diretamente do manual da nossa mãe.

Eu o coloco no chão e bagunço o cabelo dele. Ele estica a cabeça para trás de mim e dá um aceno tímido para Fiona.

— Oi, Fiona.

Fiona acena de volta.

— Oi, Max.

— Por que não vai até o meu quarto? Talvez você encontre algo interessante no meu guarda-roupas — sugiro com uma piscadela.

O rosto dele se ilumina. É meio que uma tradição nossa. Sempre que Max visita, compro uma caixa de Lego e escondo no meu guarda-roupas. Ele sai correndo e entra em casa.

— Max! — grita Alex, frustrada. — Você não pegou suas coisas!

Mas quem se importa? Max é só uma criança e vai agir como tal.

— Pode deixar — digo.

Alex estreita os olhos para mim como se eu tivesse a ofendido. Não sei se é por minha causa ou por ela estar em casa, mas é como se a personalidade alegre que ela exibe para o mundo evaporasse diante dos meus olhos.

— Você não tem que comprar presente para ele toda vez — comenta ela.

Pego a mochila do Max do banco traseiro.

— Mas eu quero. Nós dois mal nos vemos.

— E a culpa é de quem? Você pode nos visitar sempre que quiser, Nick.

Ah, claro. Aí está. A primeira alfinetada de culpa.

— Como?

Ela se aproxima para um abraço-relâmpago.

— Você dá um jeito quando quer.

— Você também. E você nem sequer veio para a minha formatura.

Vou devolver na mesma moeda. Jogo a mochila sobre o ombro e saio caminhando em direção à casa.

— Nem vem! A gente ligou para você por FaceTime. — Ela volta para o carro para pegar o celular. — É uma viagem de três horas. Max tinha aula de futebol e você sabe que não posso ficar aqui. Além do mais, você disse que não tinha problema.

E o que mais eu poderia dizer? Foi uma merda ficar sozinho com meu pai, mas dizer isso é chover no molhado. Além do mais, sei que Max fica enjoado quando viaja. Eu só queria encerrar o assunto, então não disse nada.

Alex dá um sorriso cansado para Fi.

— Oi, Fiona. Imaginei que você estaria aqui.

As mãos de Fiona estão escondidas nas mangas do meu moletom. Ela já viu Alex duas outras vezes, e acho que tem um pouco de medo dela. Ela abre um sorriso meio exagerado e desajeitado.

— Achei que vocês iam precisar de uma ajudinha.

Todo mundo sabe que é papo-furado. Ela está aqui para servir de distração entre mim e minha irmã, mas todos nós sabemos fingir muito bem.

— Que gentil da sua parte, me admira que Nick ainda não tenha espantado você.

— Cala a boca — digo, subindo os degraus da varanda.

Alex me ignora e segue caminhando ao lado de Fi.

— Nós fomos morar com Casey semana passada e a casa está meio vazia. Espero encontrar algumas coisas aqui.

Eu me viro para ela.

— Que legal da parte dele ter vindo ajudar.

— Na verdade, *ela* está trabalhando — corrige Alex, depois explica para Fi em um tom muito mais amigável: — Casey é professora assistente no curso de letras da Universidade Estadual da Pensilvânia.

— Ah, que legal! — exclama Fiona.

Mesmo sabendo que o assunto vai dar pano para manga, não consigo me segurar.

— Ela?

Alex faz uma careta.

— Vê se cresce — retruca Alex, passando por mim para entrar em casa.

Uma resposta audaciosa vindo de alguém que nem sequer entende o conceito de crescer.

— Típico da Alex.

Entro também e deixo a mochila do Max no chão da sala.

— Típico da Alex?

— Fugir no ensino médio, ter um caso com um cara casado depois de sair de casa...

— Sair de casa? — interrompe ela. — É assim que você se lembra de ter acontecido?

Olho para ela, instantaneamente tomado pela culpa.

— Não.

Não sei por que sempre falo disso dessa forma. Talvez seja porque meus pais também falavam assim: *Alex e Max vão sair de casa, Nick. É melhor assim.* Mas não. Meu pai a expulsou de casa e é uma realidade tão terrível que tento não pensar nisso.

— Mas, fala sério, você sempre age por impulso. E o Max?

Alex dá um passo na minha direção e eu praticamente consigo sentir as mãos dela me esganando.

— O que tem o Max?

Fiona aparece ao meu lado e coloca uma das mãos em meu ombro.

— Acho que é uma ótima ideia. Você parece muito feliz — diz ela, me sacudindo como se pudesse fazer minha afronta se desprender do meu corpo e cair no chão.

— Obrigada, Fiona. Está vendo? — comenta Alex enquanto abre a janela da cozinha. — Você podia simplesmente ter dito isso.

Eu arregalo os olhos. Não é possível que ela não esteja entendendo.

— Pouco me importa com quem você está saindo, o problema é que você não pensa antes de tomar decisões. E não acha que é irresponsável expor Max a um relacionamento diferente o tempo todo?

— Você quer *mesmo* me dar um sermão sobre responsabilidade?

Admito que meu histórico não é lá essas coisas, mas o dela é lastimável.

Ela coloca a mochila dele em cima da mesa e tira de lá uma caixinha de cereal e um gibi.

— Casey é incrível, ela é a melhor coisa que já aconteceu com a gente, e se você ao menos se desse ao trabalho de nos visitar saberia disso. Você não tem ideia de como é difícil criar um filho. Pode ser o tio legal por uma ou duas horas, mas não tem que limpar vômito às duas da madrugada.

— Quem escolheu isso foi você, não eu.

Silêncio. Missão cumprida. Eu a magoei. Alex me lança um olhar chateado e absorvo sua decepção como uma esponja. Por que preciso tanto magoá-la assim? Por que sempre preciso estar à frente? Simplesmente não consigo me desvencilhar dessa hostilidade dentro de mim todas as vezes que vejo Alex. *Você tinha tudo*, grita a mágoa dentro de mim. *Um pai e uma mãe. Os melhores.*

O barco já estava meio furado quando cheguei e Alex só piorou as coisas. Ela foi como um fio de eletricidade no nosso barquinho inundado e acabou eletrocutando todo mundo.

Fiona cutuca meu braço.

— Vamos passar um café. Está muito cedo, todo mundo está cansado.

Ela está tentando preencher o silêncio, mas ninguém se mexe.

— Nosso pai sabe sobre a Casey?

— Não. Mas não é como se fosse segredo, nós só não...

— Entendi.

— E, por favor, pode não mencionar que estivemos aqui hoje?

Ela nem sequer precisa pedir. Não estou jogando no time dela, mas o time do meu pai nem sequer existe.

— Claro, pode deixar, vou tentar não contar para ele durante nossas conversas semanais de pai e filho.

Minha irmã fica em silêncio, o que nunca é um bom sinal.

— Precisamos falar sobre o processo.

Sinto um aperto no peito e parece que o cômodo inteiro mergulhou na escuridão. Eu sabia que isso estava por vir e justamente por *isso* não queria ficar sozinho com ela.

— Você está aqui há sete minutos, Alex. Pelo amor de Deus.

— Você escreveu o depoimento de vítima?

— Não.

— Nick...

Fiona dá no pé, tipo, cem por cento. Afasta-se para fazer café e, quando tento atrair seu olhar, ela me dá as costas.

— Eu já disse que não estou nem aí para o seu processo.

— Nosso processo. O advogado disse que uma carta tocante vai fazer muita diferença no tribunal. É um acordo que pode mudar a nossa vida e você é bom nisso. É a sua praia. — Ela sacode o punho como se estivesse me dando um discurso motivacional quando estou prestes a entrar num campo de batalha.

— Não, isso é a *sua* praia.

O processo foi ideia de Alex. Meu pai não quis se meter porque julgou ser uma má ideia para os negócios, além de uma perda de tempo, mas Alex deu entrada na papelada mesmo assim e colocou meu nome junto.

— É sério, Nick. Você é o escritor, sabe fazer isso muito bem. Pense no Max.

Usar o carinho que sinto pelo Max é o mais baixo dos golpes. Antes que eu possa dizer qualquer coisa, ele desce as escadas correndo, balançando uma caixa de Lego.

— Olha isso, mãe!

— Uau! — Alex se esforça para soar empolgada e todos nós agimos como se estivéssemos falando de nuvens felizes e algo do tipo na cozinha. — Que maneiro! Posso ver?

Ela o ajuda a abrir a caixa.

Fiona se aproxima e toca meu braço.

— Preciso esconder alguma chave hipotética?

Respiro fundo, enchendo as bochechas de ar.

— Posso ser sincero?

Ela olha no fundo dos meus olhos.

— Sempre.

É engraçado como basta fazer algo algumas vezes e de repente se transforma em um costume. Eu tento me lembrar da primeira vez que um de nós perguntou "posso ser sincero?" e o outro respondeu "sempre", mas a memória me falha.

Enfio a mão no bolso e então solto uma chave imaginária na palma da mão dela.

Max abre um saquinho e uma pilha de peças de Lego se espalha pelo chão.

— Mãe! — exclama ele com um olhar maravilhado.

Alex esfrega os olhos. Ela parece muito cansada.

— Talvez o tio Nick possa te ajudar com isso — diz ela, tirando o corpo fora.

— Claro que posso. Se você quiser, claro.

— Quero! — grita Max.

Engatinhamos juntos para debaixo da mesa, levando todas as 344 peças conosco.

Eu deveria ter comprado um conjunto menor.

Alex nos observa de braços cruzados com o olhar distante, como se a conversa ainda estivesse acontecendo dentro de sua cabeça. Parte de mim quer envolvê-la em um abraço, dizer a ela que também estou triste, que não queria que as coisas fossem assim, mas simplesmente não consigo.

— Onde estão as coisas, afinal? — pergunta ela.

— Lá embaixo. — Fiona responde por mim. — Nós guardamos a maioria alguns meses atrás. Posso descer com você — oferece ela, fazendo soar como uma pergunta.

Quando me dou conta, as duas estão a caminho do porão.

Eu fecho olhos. Minha irmã está aqui há apenas alguns minutos e já me sinto aliviado por poder ficar longe dela. Com as mãos cheias de pecinhas de Lego, saio de baixo da mesa e solto todas sobre o tampo.

— Você estava se escondendo debaixo da mesa, tio Nick? — pergunta Max com uma risadinha.

— Não — respondo, mas o menino sorriu, sem se deixar enganar.

Depois de ajudá-lo a separar as peças por formato, Max pede para eu me retirar. Ele quer montar sozinho, então bagunço o cabelo dele e vou para o porão.

A sala no porão é como um mundo esquecido com nosso sofá velho de veludo verde e o carpete manchado. Há teias de aranha por todos os cantos e é como se aquele lugar fosse o resultado de um milhão de festas fossilizadas. Depois que minha mãe morreu, as festas cessaram, meus supostos amigos sumiram e o cômodo inteiro começou a se deteriorar. O lado bom é que minhas notas melhoraram — e muito.

— E aí? Qual é o lance entre vocês?

Ouço a voz abafada de Alex soando do outro cômodo onde guardamos as coisas. Em vez de sair correndo e interromper a conversa como deveria, eu me encosto na parede e paro para ouvir.

— Nao tem lance nenhum — responde Fiona.

— Fiona, você está com as roupas dele, passando a noite aqui... Claramente tem algo acontecendo.

Sei que é errado ficar ouvindo a conversa dos outros assim, mas quero saber a resposta. Só que ela não responde e Alex não espera por muito tempo antes de continuar:

— Será que você pode falar com ele sobre o depoimento?

Nesse momento eu entro e encerro aquele papo de uma só vez.

— Já decidiu o que vai querer levar? — pergunto, me dirigindo à Alex.

Fiona me lança um olhar de desespero que nitidamente diz: *Não me deixe sozinha aqui.*

— Sim. Vamos começar com as coisas maiores e eu levo o que couber no carro.

— Beleza. Então vamos começar — digo, batendo palmas uma única vez.

Alex pega um abajur da prateleira e o carrega para fora do cômodo. Eu pego dois suportes de planta curvados com cara de antiguidade e paro diante de Fi.

— Você está bem?

Ela parece um pouco desnorteada. Eis o que poucos minutos com minha irmã são capazes de fazer com uma pessoa.

— Sim.

No entanto, quando alcanço a base da escada, dou uma olhada para trás e vejo-a suspirar fundo e encostar a cabeça na parede.

Abarrotamos o carro da minha irmã. Só sobra lugar para ela e Max, e mesmo assim Alex ainda está tentando enfiar mais coisas lá dentro.

— Não cabe mais nada, Alex. Você vai ter que voltar.

Max joga o novo Batman de Lego para mim e eu jogo de volta para ele.

Nós dois sabemos que isso não vai acontecer tão cedo.

Ela fecha o porta-malas.

— Tem certeza de que não quer nenhuma dessas coisas?

— O que eu vou fazer com isso?

— Bom, se mudar de ideia, sabe onde estão.

— Na casa da Casey — digo com um sorriso.

— Na *nossa* casa — corrige ela. — Onde você sempre será bem-vindo. Não quero que pense que estou pegando as coisas só para mim. A louça feiosa da vovó é tão sua quanto minha.

Nossos olhares se encontram. Nós dois sabemos o quanto nossa mãe gostava daqueles pratos.

— Por favor, guarde para mim os que estiverem mais encardidos.

Isso a faz rir.

— Eca. Combinado.

Por incrível que pareça, trocamos um aperto de mão para selar o acordo.

Alex paga uma pizza de almoço para todo mundo. Max corre sem parar pelo gramado com seu novo Batmóvel de Lego e corro atrás dele enquanto Alex e Fiona conversam, sentadas nos degraus da entrada da casa. Minha irmã fala sem parar, alto o bastante para que eu ouça, sobre como adora Portland e como é legal morar em uma cidade grande. Tudo o que ela diz soa como uma indireta para mim.

Eles vão embora às quatro. Max me abraça com força, sem querer me largar, e eu preciso soltar os dedos dele da minha cintura. Tudo que consigo pensar é: *Não chore. Não se atreva a chorar*. Eu me ajoelho para ficar na altura dele e digo:

— A gente se vê em breve, tá bom?

— Quando? — Ele olha para mim com aqueles olhões verdes e meu coração derrete na mesma hora.

"Em breve" não é suficiente para Max, ele precisa de algo concreto, mas como posso dar uma resposta concreta quando minha vida inteira parece um banco de areia movediça?

— Em breve — repito.

Ele ergue o dedo mindinho e estende o braço.

— Jura de dedinho?

Fi deve ter entendido onde aprendi o juramento de dedinho de ontem à noite. Quando engancho meu dedo no de Max, ele parece contente e finalmente entra no carro, se acomodando no banco traseiro.

— Você vai passar no Bryce? — pergunto para Alex quando sei que Max não está ouvindo.

Bryce e Alex eram o casal mais popular da escola até terem Max. Ele é um pai inconstante para dizer o mínimo, mas ela ainda leva Max para visitá-lo algumas vezes ao ano.

— Não, dessa vez não. Mas talvez ele vá para Portland semana que vem.

— Entendi.

Ela me dá um abraço e um tapinha nas costas.

— Até a próxima, seu otário. Tchau, Fiona.

Fi acena e diz:

— Boa sorte na casa nova!

— Dirijam com cuidado! — exclamo enquanto ela entra no carro.

— Dirija *você* com cuidado! — grita Alex de volta, batendo a porta.

Finjo coçar meu rosto com o dedo do meio e ela buzina para mim. Fiona leva um susto e balanço a cabeça para ela, fingindo não saber o porquê. O carro se afasta de ré e nós continuamos acenando, mas, assim que eles somem de vista, meu sorriso murcha.

A casa parece tão vazia sem os dois.

Fi já está com a chave do carro em mãos. Ela não vê a hora de cair fora daqui.

— E aí? Alex alugou seus ouvidos também?

— Aham.

— O que ela disse?

É meio inconveniente da minha parte perguntar isso, porque já sei muito bem o que ela disse. *Qual é o lance entre vocês?*

Nós nunca falamos sobre isso e parte de mim quer que essa conversa aconteça. Qual é o lance entre a gente?

Fi dá de ombros.

— Ah, o de sempre. Que o processo é a coisa certa a se fazer. E me pediu para falar com você sobre a carta. — Acho que Fiona não quer falar sobre isso. Ela coloca uma mecha de cabelo atrás da orelha. — Você deveria pedir desculpas, foi meio cruel da sua parte.

— É. Vou mandar uma mensagem para ela. — Naquele momento, avisto um objeto na grama. — Merda.

É o Batman de Lego do Max. Pego o boneco do chão e mostro para Fi. Ele vai ficar muito chateado. Tento ligar para Alex, mas ela não atende e é possível que seja proposital.

— Não tem problema, vocês vão se ver daqui a pouco.

Eu olho para ela. É claro que isso não é verdade.

— Ou nós podemos ir para Portland — emenda Fiona, antes de se corrigir. — Digo, *você* pode ir para Portland.

Ela fica desconcertada. Não posso culpá-la. Minha cabeça também está confusa com nossas vidas se misturando e todos os "nós" e "vocês" para lá e para cá.

A passos curtos, ela começa a andar de costas em direção ao carro.

— Bom, eu vou nessa.

— Você deve ter ficado de saco cheio de todo o meu drama familiar.

— Pelo menos é melhor do que lidar com *o meu* drama familiar.

Ela entra no carro e eu me aproximo, apoiando os braços na janela do motorista.

— Qual o nome do hotel que você reservou?

— Não me lembro agora, era um nome muito comum — responde ela com um sorriso largo. — Pousada... Brisa do Oceano... algo assim.

Que mentirosa.

— A confirmação deve estar no seu e-mail.

— Não está. Eu usei o e-mail do meu pai.

Boa resposta, preciso admitir.

— Hum. Tá bom. Me manda o link quando você chegar em casa, estou muito curioso.

— Não é melhor não estragar a surpresa?

Eu pondero a pergunta.

— Não. Ver onde vamos nos hospedar vai me deixar mais animado para a viagem.

— Tá bom, mas abaixe as expectativas. Meu orçamento é limitado.

— Eu confio no seu discernimento, Fi.

Levanto a mão para acenar enquanto ela dá ré pelo infinito caminho de entrada.

Ela não reservou pousada nenhuma. Sem chances.

Mas, agora, espero que reserve.

Fiona

A viagem para Monterey supostamente aconteceria no primeiro aniversário de morte da mamãe, tipo uma peregrinação, mas o problema é que ainda não consegui tomar coragem e reservar um lugar para nos hospedarmos. Agora Nick está esperando por um link de reserva e preciso dar um jeito nisso o quanto antes, mas...

E se o tempo estiver ruim?

E se for um desperdício de dinheiro?

E se meu carro der problema? E se meu pai se sentir sozinho? E se o colchão do hotel tiver cheiro de mofo?

E então tem a questão do Nick. Dormir na casa dele é uma coisa; nós temos uma certa rotina, já é algo normal. Mas viajar juntos por um fim de semana inteiro, e depois ficar em um hotel? A ideia está me deixando nervosa e não sei por quê.

Quando chego em casa, meu pai está dormindo no sofá de camiseta e ainda com as calças do trabalho. A jaqueta azul-marinho de paramédico está largada num montinho no chão, e um exemplar em capa dura de *Comer, Rezar e Amar* repousa aberto no peito dele. Ele costuma ler jornais, não livros. Principalmente não os livros da mamãe, então não sei o que pensar.

Há três retratos gigantes na parede atrás dele. São obras feitas pela mamãe em preto e branco e dupla exposição. Deveriam ser "artísticos", mas tudo o que consigo enxergar são fantasmas nos observando.

Ele acorda e boceja, olhando para mim por trás dos óculos de leitura. Olheiras escuras emolduram os olhos dele.

— Como vai o Nick?

— Na mesma — respondo, tirando os sapatos na porta. — Sempre com raiva e com pitadas de amargura.

— Fico pensando que deveríamos fazer alguma coisa. Será que eu deveria falar com o pai dele?

— Por quê? Você nem conhece o pai dele.

— Mas eu sei que ele é um babaca, deixando o filho sozinho o tempo todo desse jeito.

Espero um momento para ver se ele compreende a ironia daquelas palavras, mas isso não acontece. Meu pai, o paramédico, diagnosticando e tratando os problemas alheios enquanto se recusa a enxergar o que está acontecendo bem debaixo do próprio nariz. Eu poderia estar pegando fogo e ele não perceberia, mas com o Nick ele está preocupado.

Meu pai pensa que Nick é uma dessas pessoas que vai "fazer alguma burrada". Eu já disse que esse é só o jeito dele, que não é do tipo que "faz burradas", mas do tipo que internaliza as coisas até elas perderem o gás. Então meu pai diz que as coisas precisam explodir antes de perderem o gás.

Aponto para o livro sobre o peito dele.

— Acho que a mamãe não gostava desse.

— É por isso que estou lendo. — Ele pega o livro e o segura em frente ao rosto.

Continuo sem entender. Nos últimos tempos, parece que ele tem feito tudo ao contrário, como um enrolar de um carretel vazio que ele não sabe por que se desenrolou para começo de conversa.

— Tem lasanha de legumes na geladeira. Eu já comi — avisa quando vou em direção à cozinha.

Uma única fatia de lasanha gelada é a pura imagem da tristeza. Eu coloco o prato no micro-ondas e o observo girar em um movimento circular vagaroso. Tudo em nossa casa é triste agora.

A tristeza paira como uma película pegajosa, impossível de ser removida. As quatro cadeiras em torno da mesa, a fruteira agora entulhada de tralhas, o ímã na geladeira que diz "Cozinha da mamãe". Ela está em todos os lugares, mas não está em lugar nenhum, e me dar conta disso dói toda vez.

Toda. Vez.

O micro-ondas apita.

O prato está fervendo quando o tiro, mas a lasanha ainda está gelada no meio. Não importa, eu a como mesmo assim, de pé contra o balcão da cozinha. Ficar em pé parece fazer doer menos.

— A May passou aqui — comenta meu pai.

Ele deixa o livro na mesinha de centro e se levanta do sofá, arrastando-se até a cozinha com uma mão na lombar. Ele pega o pote de sorvete de morango no congelador.

— Sério? Por quê?

— Queria saber de você. Disse que vocês tinham marcado alguma coisa. Ela ficou de te mandar uma mensagem.

Pego o celular no bolso. Eu liguei o modo Não perturbe e esqueci.

— Droga! Ela vai me matar. A gente ia almoçar.

Abro o aplicativo de mensagens e digito:

Mil perdões

Estava na casa do Nick

Longa história

Ela responde com um "De boa, amo vc" e um emoji de coração um segundo depois.

— Ela vai superar. Quer um pouco? — Meu pai estende o pote de sorvete para mim e me sirvo de uma colherada com a colher dele.

Então vejo uma pequena caixa sobre o balcão, já aberta.

— O que tem na caixa?

— O que tem na caixaaaaa? — repete ele, imitando o Brad Pitt em *Seven – Os Sete Crimes Capitais*.

É uma brincadeira nossa. Ele teria adorado minha imitação do Hannibal de ontem à noite.

Dou uma olhada no conteúdo da caixa. É uma pequena câmera prateada.

— A câmera da sua mãe — aponta ele como se não fosse grande coisa, pegando outra colher de sorvete.

Só que é claro que é grande coisa. É uma coisa enorme. Ele está olhando fixamente para a caixa, provavelmente pensando o mesmo que eu. Vamos encontrar fotos dos últimos minutos em que ela esteve viva, antes de o comboio passar por cima do explosivo? A câmera continuou a fotografar depois? Pode muito bem ser uma bomba. É claro que a guerra resultou em uma explosão forte o suficiente para espalhar destroços a um continente de distância.

— Achei que tudo tivesse sido destruído.

— Pelo jeito, nem tudo. Estava retido em uma unidade de armazenamento na Polônia, e agora está aqui.

— Tem fotos? — pergunto, colocando meu prato na lava-louças.

Meu pai olha para a caixa como se tivesse algo vivo lá dentro.

— Não sei.

— Você não vai dar uma olhada?

Ele pensa por um segundo, depois vai até o congelador para guardar o pote de sorvete.

— Não. É sua se você quiser.

No entanto, não quero mexer nela. Pelo menos, não agora.

— Vou subir. Tenho umas coisas para fazer.

— Vai escolher seu curso? — pergunta ele, esperançoso.

É a última coisa em que eu gostaria de pensar.

— Monterey — respondo, mas me arrependo no mesmo instante.

— Você estava falando sério sobre isso?

— Estava.

— Não acha que... — Ele se interrompe, escolhendo as palavras seguintes com cautela. — Não acha que talvez essa não seja a maneira mais inteligente de usar seu tempo?

— Pai, você está lendo *Comer, Rezar e Amar.*

Ele ergue as duas mãos, tentando defender suas ações.

— Tá bom, tá bom, mas não sei o que você acha que vai encontrar por lá.

— Eu poderia dizer o mesmo.

Ele sorri. Acho que isso significa que eu venci.

Meu celular vibra no balcão.

Nick:

Chegou em casa?

Droga. O link da hospedagem. Preciso fazer essa reserva *agora.*

— Tudo bem? — pergunta meu pai quando saio apressada da cozinha.

— Nada. É só o Nick — resmungo, digitando a resposta.

Acabei de abrir a porta

Nick:

Até parece

Subo correndo, me jogo na cama com meu notebook e digito no Google: *Hospedagem em Monterey.*

Nick:

Mal posso esperar para descobrir quanto tempo uma pessoa demora para encontrar e reservar um hotel em Monterey

Estou procurando o e-mail de confirmação

Seiscentos resultados aparecem na tela. *Por que tem tanta coisa?* Excluo as grandes redes de hotelaria, reduzo a faixa de preço e a lista diminui consideravelmente. Encontro um hotel simples. Por fora é meio caído, com paredes de estuque branco, cercado por um estacionamento e praticamente mais nada, mas fica perto do mar e os quartos foram pintados em tons de azul. A maioria das avaliações são positivas e a política de cancelamento é vantajosa. Faço a reserva no que é, a meu ver, um tempo recorde. Quando o e-mail de confirmação chega, envio o link para Nick.

Nick:

Estou impressionado

Não sei do que você está falando

Nick:

Você sabe que a gente não precisa ir, né

Eu quero ir

Eu acho. Acho que quero ir.

O que vc tá fazendo?

Nick:

Encarando uma tela em branco

Alex conseguiu convencê-lo a fazer o depoimento. Ele é teimoso, mas no fundo é uma manteiga derretida.

Nãooooo. Para. Hj não

Nick:

Parar com oq

De se torturar

Nick:

Impossível

Se serve de consolo, minha versão da lista de desejos apareceu hj aqui em casa

Nick:

?

A câmera que minha mãe estava usando naquele dia

No dia em que ela morreu. Eu nem consigo digitar as palavras. Há uma pausa antes de ele responder.

Nick:

Vc tá bem?

Ah... Vc sabe como é.

A sensação de nunca estar bem, mas ter que estar mesmo assim, porque afinal você está vivo e precisa agir como um ser humano minimamente funcional.

Nick

É. Queria que vc estivesse aqui

Mas meu quarto é mto mais confortável do que o seu

Nick:

Boa noite, Fiona

Já estou com saudades dele. Às vezes, parece que Nick é o ponto de equilíbrio na minha vida — que ele é a melhor parte, o sopro que areja tudo. Ele sabe como é o sentimento de se estar à deriva no espaço, sem ter o que fazer, porque não importa o quanto você tente entrar em contato com a torre de controle, ninguém responde.

Deixo meu notebook no chão e pego o álbum de fotos da minha mãe na mesa de cabeceira. Na capa, há o desenho de um narval em tons de azul-claro. Os olhos são dois pontos e ele tem o chifre enfeitado com sete lantejoulas cuidadosamente posicionadas. Ela até desenhou uma linha azul suave para deixá-lo sorridente. Um coração vermelho bem grande envolve todo o desenho e, logo acima dele, lê-se "O Narval" em uma caligrafia requintada. Minha mãe era fotojornalista e só fotografava em preto e branco, por isso, quando achei o álbum escondido no fundo do armário três meses depois da morte dela, achei muito estranho por três razões:

1. A capa tão alegre quanto um unicórnio vomitando arco-íris.
2. O fato de estar escondido no fundo do guarda-roupas dela.
3. As fotos.

Está cheio de fotos de algum bar e todas estão... em cores. Algumas em dupla exposição, marca registrada da mamãe, mas esse álbum destoa de todo o resto. Minha mãe não é o tipo de pessoa que curte desenhos de narvais felizes.

Não *era*. Ainda estou tentando me acostumar com o pretérito.

Meu pai disse que as fotos são de um trabalho para a universidade que ela fez vinte anos atrás, mas trabalhos universitários não ganham corações vermelhos. Ele me indicou uma localização, Monterey. Foi tudo o que me disse.

Folheio as páginas pela milionésima vez.

Há um banco de bar de estofado vermelho com botões prateados, um piso desgastado de madeira cheio de riscos e arranhões escuros, uma jukebox brilhante como um arco-íris e garrafas âmbar de bebidas alcoólicas ao longo da parede. São seis páginas detalhando o local.

Quando fecho o álbum, o narval sorri como se guardasse um segredo, acenando com uma chave para que eu o desvende. Pesquisei no Google. O Narval ainda está lá. Ele existe, então preciso vê-lo.

Coloco o álbum de volta na mesa de cabeceira e apago a luz. A dúvida surge com a escuridão.

Você sabe que a gente não precisa ir, né.

E se Nick não quiser ir?

Talvez seja isso que ele tenha acabado de me dizer.

Fiona

Restam apenas cinco minutos da ginástica infantil, mas é algo que parece uma eternidade quando se está cercado por um grupo de crianças de seis anos em uma tarde de sexta-feira. Na ponta dos pés, avanço a passos ágeis pela trave com os ombros eretos e a cabeça erguida. É fácil para mim o lance do equilíbrio. Poderia fazer isso de olhos fechados.

Quando giro sobre meu próprio eixo, um "Ei!" estridente ecoa pelo ginásio. Eu oscilo e um "Ahhhh" vindo do meu grupo ecoa em uníssono quando quase caio.

Mas eu nunca caio.

Quando consigo me estabilizar, tento ver de onde o grito veio. Foi May, minha melhor amiga desde a sexta série, em um impasse com um garoto sentado no meio de um trampolim longo.

— Não pode ficar sentado aí, cara. Você tem que ir até o fim. — Ela empurra o ar com as mãos, como se ele precisasse de instruções visuais.

May é a imagem da perfeição. O cabelo preto e sedoso está preso em um coque firme e ela se porta como se o mundo fosse um palco e ela, a estrela. Eu, por outro lado, estou praticamente invisível com minha camiseta folgada de treinadora e minhas calças largas de corrida.

May olha para trás e vê que metade do ginásio está olhando para eles.

— Não tem problema, pessoal, podem desviar dele para pular. Continuem. Quando chegarem ao fim, podem seguir em frente — diz ela ao próprio grupo em um tom de voz muito mais gentil.

Desço da trave e instruo meu grupo a passar mais uma vez pelo aparelho antes de ir embora.

Sarah, uma das alunas que faz aulas particulares comigo, cutuca meu braço.

— Fiona, podemos treinar estrelinha? — pede ela, com cara de cachorrinho que caiu da mudança.

— Nós não temos tempo hoje, mas que tal na quarta-feira, quando estaremos só você e eu? O que acha?

— Eba! — exclama ela, saindo correndo pelo ginásio para se juntar aos demais.

Uma aula particular semanal paga o dobro do valor da aula em grupo, e é a única maneira real que tenho de ganhar dinheiro com esse emprego. Eu tenho quatro alunos e May tem oito. As crianças parecem gostar mais de mim, mas os pais gostam mais dela.

May se aproxima de mim. Acenamos com nossas expressões superfelizes de despedida até o ginásio ficar quase vazio.

— Esses capetinhas — murmura ela baixinho, ainda sorrindo.

Não sei por que ela trabalha aqui. A família é podre de rica, então não é como se precisasse daquele emprego, mas ela adora ser bajulada pelos pais.

— Eles não são tão ruins assim — digo, soltando meu cabelo.

— É que você é legal demais. Por isso eles gostam de você.

É o tipo de comentário clássico vindo dela. Um elogio misturado a uma ofensa. É uma arte que May domina muito bem. Ela entrelaça as duas coisas tão bem, que às vezes levo dias para distinguir o elogio do insulto.

Subo na trave para uma última passagem antes de irmos embora. May vem caminhando logo ao lado.

— O que vai fazer hoje? Quer sair para comer alguma coisa? — pergunta ela.

— Pode ser outro dia? Estou cansada. Só quero chegar em casa e me largar no sofá.

May estica o pescoço para olhar para mim.

— Por que você sempre está cansada para mim e para o Nick não?

— Nada a ver — respondo enquanto executo um pequeno salto.

— Tudo a ver. Quando foi a última vez que saímos juntas?

Olho para ela de cima da trave.

— Não faço isso com você quando está ocupada com Jaden ou sei lá.

— É, mas só porque você fica secretamente aliviada por não ter que sair de casa.

Nós duas sabemos que ela tem razão, então não digo nada.

— Pelo menos admita que vocês dois estão juntos.

Eu me desequilibro de novo. Então saio da trave, endireitando os ombros. May é uns cinco centímetros mais alta do que eu, mas a postura perfeita de bailarina faz com que pareça ser ainda mais alta. Eu me sinto um toquinho de árvore ao lado dela.

— Não estamos.

— E ele não tem namorada?

— Não. — Tenho 99% de certeza. — A menos que ele tenha uma vida secreta que eu desconheço.

— Não faz sentido. — May me lança um olhar como se tivesse acabado de fazer uma pergunta e estivesse esperando pela resposta.

Ela nunca vai entender. Nick não precisa de um relacionamento, ele está ocupado demais com outra coisa: a própria perda. É tão real quanto a presença de alguém em carne e osso, é onipresente, um aperto implacável no peito que não deixa espaço para mais nada.

— Eu já te disse que não é o que você pensa. Nós somos amigos. É tipo no AA. Não tem regras que proíbem esse tipo de coisa?

— Fala sério. As pessoas do AA se pegam o tempo todo.

— Tá, mas não acho que deveriam fazer isso.

Ela rodopia diante de mim.

— Justamente, Fi! É o fruto proibido! Por isso é tãoooo gostoso.

— Nick está longe de ser "o fruto proibido". Ele é tipo... o fruto mais banal do mundo. O fruto mais sem sabor de todos. Nada de maçãs, morangos ou limões... — Arregalo os olhos, entusiasmada com o que percebo ao dizer aquilo. — Retiro o que eu disse. Ele *é sim* tipo um limão! Nick é a personificação de um limão!

May me olha de soslaio, como se eu tivesse ficado maluca.

— Hã... tá bom... você é que tá parecendo meio azeda...

— Uau... Ótima sacada. Parabéns!

— Obrigada — agradece ela com uma reverência.

Pegamos alguns cones e colchonetes coloridos abandonados pelo ginásio e os levamos para o depósito.

— A gente se conhece muito bem. É... diferente. — É difícil encontrar uma forma de descrever nossa relação. — Somos próximos demais.

— Espera, você não disse que ele gosta de escrever?

Acho que não quero saber onde ela quer chegar com essa pergunta.

— Aham.

— Por que não xereta o bloco de notas dele? É lá que ficam as coisas mais interessantes.

Algumas bolas rolam para fora da salinha e eu as jogo de volta para dentro, fechando a porta depressa antes que escapem de novo.

— Por que eu faria isso?

— Para saber o que ele anda pensando. Ou *em quem*. — Ela abre um sorriso malicioso. — Para ver se ele escreve sobre você.

— Não! De jeito nenhum. — É loucura e odeio o fato de que agora estou considerando a possibilidade.

Nós começamos a fazer o caminho inverso pelo ginásio.

— Será que você pode pelo menos chamar ele para dar uma volta com a gente? Pelo visto é o único jeito de eu conseguir te ver fora do seu habitat natural outra vez.

Não existe a menor chance de isso acontecer. Minha vida é perfeitamente compartimentada: Nick, meu pai, trabalho, estudos. Cada coisa em seu lugar. Misturar dois círculos é sinônimo de desastre. Já fiz isso com Nick e com meu pai e até agora as coisas estão estranhas.

May nunca vai entender. Eu me tornei uma pessoa diferente depois do que aconteceu com a minha mãe. Uma pessoa que não quer "dar uma volta" para começo de conversa, mas é mais fácil jogar a culpa no Nick.

— Ah, não sei se ele gostaria da ideia.

— Fi, já faz meio ano que ouço você falar desse garoto e a gente nunca se conheceu. Eu nem sei se ele existe mesmo. É muito esquisito que você esteja o escondendo de mim dessa forma.

— Eu não estou...

— Faça o convite. Ele provavelmente é meio solitário e precisa urgentemente de companhia, que nem você! Pode convidá-lo para a festa do Jaden. Eu não vou se você não fizer isso.

— Tá bom, tá bom, vou convidar. — Estou cedendo como se não fosse grande coisa, mas Nick e eu nunca passamos tempo juntos na vida real, então claro que é uma decisão importante.

— Se ele é legal como você diz, talvez eu fique com ele. — Ela sacode os ombros e diz isso em tom de brincadeira, mas soa como uma ameaça.

Adiciono isso à pilha de Comentários da May que vou analisar mais tarde.

— Pensei que você e Jaden estivessem juntos.

Do outro lado do ginásio, Jaden se balança para a frente e para trás nas barras paralelas, orientando uma criança depois da aula. Ele adora demonstrar as próprias habilidades. Os músculos se destacam na camiseta justa que diz *Ginásio das Estrelas — Treinador-chefe*. Ele é tão sarado que os músculos ficariam aparentes mesmo debaixo de vinte camadas de roupas de inverno. E Jaden tem a personalidade de um labrador, então as crianças são loucas por ele. Aos dezenove anos, esse é o emprego dos sonhos para ele, que quando percebe nossos olhares coloca mais duzentos por cento de esforço em sua tarefa. Depois de saltar e aterrissar com perfeição, ele olha para nós e faz uma careta ridícula, como se fosse um cantor de ópera no auge de um espetáculo.

May estreita os olhos.

— Não. A gente terminou.

Essa é uma informação que eu deveria saber.

— Quando?

— Não era nada sério e foi meio que catastrófico.

Jaden está tentando terminar o que está fazendo e vir para cá, mas May não parece nem um pouco a fim disso. Ela me puxa em direção ao vestiário e aceno para Jaden antes de passarmos pela porta.

— Só isso? Vai deixar o mistério no ar?

Mas não é uma grande surpresa. "Catastrófico" é um bom adjetivo para descrever todos os relacionamentos da May.

Nós pegamos nossas mochilas no armário e May tira os tênis para calçar os chinelos decorados com strass. Ela se inclina para mais perto e cochicha.

— Ele quis comer almôndegas em cima da minha barriga.

Fico boquiaberta, sem uma palavra sequer. Às vezes não sei se May realmente está falando sério. Todas as histórias dela parecem extremamente improváveis. Uma vez ela disse que o Airbnb dos pais dela foi invadido e ela teve que se esconder em um armário só de calcinha e sutiã. Também já comentou uma vez que o hotel onde ela estava ficando com a irmã mais velha tinha pegado fogo e as duas tiveram que sair correndo só de calcinha e sutiã. E uma vez ela foi acampar e ficou presa dentro do carro (estou chutando que tenha sido só de calcinha e sutiã) porque um urso apareceu. Todas as histórias sempre parecem ter uma pitada de exagero. É difícil acreditar que tanta coisa pode acontecer com uma pessoa quando nada acontece comigo.

Como eu deveria responder? Pegamos as mochilas e seguimos para o átrio da academia, que está quase vazio. Algumas crianças estão reunidas perto das máquinas de doce, escolhendo atentamente em que gastar suas moedas.

Um sopro de ar quente e úmido nos atinge quando saímos pelas portas automáticas.

— Por que almôndegas?

Ela balança a cabeça parecendo irritada e não sei se é porque perguntei a respeito da escolha alimentícia da história ou se é porque ela esperava que eu ficasse mais impactada.

— Se fosse outra comida não seria estranho para você?

Penso por um instante.

— Bom, gelatina talvez não fosse.

Ela arregala os olhos.

— Nossa, é mesmo! Gelatina parece, tipo, quase normal!

Nós caímos na gargalhada enquanto cortamos o estacionamento em direção aos nossos carros.

— Enfim. Era com molho e tudo. Mas não foi tão ruim assim.

Demoro um instante para processar o que acabei de ouvir. Paro onde estou.

— Calma. Você fez isso?

Ela sorri. Aquela era a reação pela qual ela estava esperando.

— Tecnicamente, ele é que fez. Eu meio que só tive que ficar deitada.

— Caramba. Não sei o que fazer com a cena que se formou na minha mente.

— É. Vira uma lambança e não some por nada.

— Relacionamentos são assim agora? Já faz um tempo que não tenho um, então estou muito confusa.

— Ah, Fiona, como você é inocente — brinca ela, e sinto outra alfinetada no comentário. O elogio com toques de ofensa.

Atrás dela, Jaden dispara pelo estacionamento, acenando com entusiasmo para tentar atrair nossa atenção.

May fica de costas para ele.

— Merda.

Quando nos alcança, ele apoia as mãos sobre os joelhos e curva o corpo, ofegante. É difícil olhar para ele com os mesmos olhos agora.

— Meninas. Oi. Por que tanta pressa, hein? Vamos dar uma volta, tomar sorvete ou algo assim.

May posiciona a mochila em frente ao corpo como se fosse um escudo.

— Não posso — diz ela, fingindo estar chateada. — Meus pais marcaram uma chamada de vídeo com meus primos e já estou atrasada. Mas vocês deviam ir.

Eu olho para ela. Não consigo acreditar que ela teve coragem de me colocar nessa cilada.

Na verdade, consigo sim. Tento pensar na fruta que melhor representaria uma pessoa tão babaca.

Jaden olha para mim, animado.

— E aí, Fi? Você topa?

Minha mente dá um branco total enquanto tento pensar em uma desculpa.

— Hã... Acho que eu também não posso. Meu pai está em casa e ele... ele fica muito triste... nos fins de semana.

O semblante de Jaden se suaviza. O luto é tipo um passe livre quando se quer pular fora de uma coisa.

— Ah, claro. — Ele baixa a cabeça e dá para ver que está se esforçando para ficar sério. — Eu super entendo.

Ele não entende nem um pouco. Assinto com a cabeça, tentando parecer o mais chateada possível com a situação.

Ele não demora para recuperar o ânimo depois de passados os cinco segundos obrigatórios de semblante triste.

— Bom, vamos ter que compensar o tempo perdido na minha festa sexta que vem, combinado?

May me cutuca com o ombro.

— Se Fi não der para trás, sim, claro.

— Mal posso esperar — digo, mas já estou tentando pensar em uma desculpa para fugir disso também.

— Legal. Vai ser maneiro! — exclama Jaden, se afastando de nós e seguindo pelo estacionamento.

Uma lufada de ar quente sai de dentro do meu carro quando o abro, então fico esperando à porta para deixar um pouco de ar fresco entrar.

May joga a mochila no banco de trás do carro dela, depois fecha a porta e olha para mim.

— Eu sei que não quer ir, mas vai ser bom para você.

Jaden passa por nós na caminhonete e buzina, a música alta reverberando. Nós acenamos em resposta.

May sorri de maneira quase imperceptível.

— Além disso, vai ser divertido.

Conheço aquele olhar. O que quer que esteja rolando entre os dois, eles definitivamente não terminaram.

Uma longa mecha de cabelo escuro escorrega pelo pescoço de May e ela ergue o braço para ajeitar o coque, mas então puxa o elástico e sacode a cabeça, soltando o cabelo e deixando-o cair sobre os ombros.

— Não pense muito, Fi. Por que é sempre tão difícil para você ser feliz?

May diz isso como se não fosse nada de mais, como se fosse muito fácil.

Ela acena antes de entrar no carro e nem sequer espera por uma resposta, o que me deixa aliviada, porque a verdade é que não tenho uma.

Fiona

Eu sinto o peso de um gato imaginário sentado no meu peito, e o nome dele é: que desculpa vou dar para não ir à festa do Jaden no próximo fim de semana? Esse gato está sentado em cima de outro gato, que se chama: o que tem na câmera da minha mãe? E ambos estão se equilibrando sobre as costas de um terceiro gato: Tudo o que pode dar errado em Monterey. O peso só aumenta. E, como dizem, dois é bom, mas três...

— É um desastre — completa o Nick imaginário.

Algumas vezes falo com ele na minha cabeça. O Nick imaginário sabe como ser engraçado.

Por que nunca o chamei para sair? Os piores desfechos possíveis são:

1. Ele diz não
2. Ele para de ser meu amigo para evitar futuros convites patéticos
3. May. Em suas mil e uma versões calamitosas. Já consigo até ouvir a próxima história dela "só de calcinha e sutiã", dessa vez com a participação especial de Nick.

Convidá-lo para sair pode arruinar a bolha perfeita da nossa amizade. Tudo dentro de mim grita para descartar a ideia! Recalcular a rota! Preciso expulsar um gato de cima do meu peito.

Eu não deveria estar pensando nisso aqui no grupo, e, quando olho para Nick, que está sentado à minha frente, me pergunto se o dilema fica nítido no meu rosto. Ele se atrasou, como sempre, mas esta noite Grace também está atrasada. No momento em que ele consulta o relógio, a porta se abre e ela entra.

— Desculpe, pessoal. Foi um dia daqueles.

Ela se joga na cadeira e passa alguns instantes revirando a bolsa atrás de alguma coisa, até avistar o que está procurando: seu caderno, que está no chão bem na frente dela.

— Quer falar sobre isso, Grace? — brinca Nick.

— Eu agradeço, mas foi só um dia de trânsito intenso — responde ela, se recompondo. — Por que não começamos falando sobre o último dia que se lembram de ter passado com seus entes queridos? Como foi? De quais detalhes vocês se lembram? Fiona, quer começar?

Todo mundo olha para mim.

— Pode ser.

Sou sempre a primeira a ser escolhida, embora nunca levante a mão, mas tudo bem. Não é como se eu pudesse falar sobre isso em casa. Meu pai deixou bem claro quando me encaminhou o link para esses encontros por indicação de um colega paramédico. Acho que viu a oportunidade como a solução definitiva, como um médico que prescreve remédios que só fazem efeito no dia seguinte. Grace acena com a cabeça para me encorajar, como se estivesse esperando ouvir algo genial.

— Bom... Ela estava animada — digo, passando longe da genialidade.

Grace pega o gancho.

— Por quê?

— Viajar com o exército para ela era tipo ganhar o Oscar. — Estremeço com a má escolha de palavras. — A gente estava em Portland no último verão. Minha mãe queria me mostrar a Universidade Estadual da Pensilvânia, mas o agente dela telefonou e tivemos que ir embora antes do previsto. — Dou de ombros. — Foi normal.

O dia foi uma droga. Estava um forno. Chegamos meia hora atrasadas para a visita guiada, não conseguimos encontrar ninguém e eu derramei um chá gelado gigantesco na minha roupa inteira. Tudo isso enquanto minha mãe estava ocupada demais checando o celular toda hora. Aquele passou longe de ser o dia memorável que eu esperava que fosse.

O plano de Grace dá certo. Depois que quebro o gelo, Maddie se sente à vontade para falar.

— Meu irmão tinha conseguido entrar para o time de futebol. — Ela conta tão baixinho que preciso me esforçar para entender o que diz. — Ele estava pulando pela casa, gritando "Toma essa!". Foi muito bobo. Ele passou o verão inteiro se exercitando para conseguir, e conseguiu mesmo. O papai pediu pizza e frango frito para comemorar, mas meu irmão nem sequer comeu porque estava fazendo uma dieta maluca. — Ela sorri com a lembrança. — Ele estava muito feliz.

— É um bom sentimento para se guardar — comenta Grace. — Quando percebemos que nossas mentes estão dando voltas em lembranças que nos deprimem, tentar revisitar esses momentos passados para se lembrar de coisas boas pode ser uma ótima ajuda.

Depois que outras pessoas compartilham as próprias histórias, Grace se vira para Nick.

— E você, Nick?

Ele se remexe na cadeira.

— Ela me mandou uma mensagem do aeroporto dizendo: "Não destrua a casa".

Alguém do grupo solta uma risada nervosa, mas Grace não se dá por vencida.

— Isso não é um sentimento.

Nick sorri, sagaz.

— Beleza. Ela estava desconfiada de que eu iria destruir a casa.

— Acha que ela estava feliz?

Nick parece levar a pergunta como um desafio.

— Não sei. Como é possível que alguém adivinhe uma coisa dessas?

Grace pondera a pergunta.

— Não se trata de adivinhar. Há sinais. Algumas pessoas simplesmente dizem. E, às vezes, é uma questão de intuição.

— Tudo bem, mas intuição não é só uma forma de projeção? E perguntar raramente resulta em uma resposta verdadeira. Minha intuição diria que não, ela não estava feliz, mas como diabos eu vou saber? Pode muito bem ter sido o dia mais feliz da vida dela.

— Interessante, Nick...

Mas ele a interrompe.

— A não ser que você pergunte para uma criança, que vai te responder na lata, mas se você perguntar para qualquer outra pessoa se está feliz vai receber uma resposta fabricada.

Grace parece considerar a perspectiva.

— Está querendo dizer que só as crianças podem ser felizes?

— Só as crianças são sinceras sobre estarem felizes ou não.

— Não acha que é uma visão um tanto limitada? Se você me perguntasse se sou feliz, a resposta seria sim, eu sou.

Um meio-sorriso surge no rosto de Nick.

— Será mesmo?

O grupo inteiro fica em silêncio. Todo mundo está compenetrado no pingue-pongue entre eles. É como se não houvesse mais ninguém na sala.

— Por que diz isso? — pergunta ela.

— Para começo de conversa, você é obrigada a ouvir todas essas histórias perturbadoras, sem ofensas, o que inevitavelmente deve deixá-la angustiada. Então me parece muito pouco provável que você saia feliz dessas reuniões.

Grace fica em silêncio por um minuto.

— Seu raciocínio tem certos furos se pensarmos em cirurgiões, bombeiros, professores, estudantes. Ninguém escapa da... *vida*. Seguindo essa linha de pensamento, o que você está dizendo é que o mundo todo é incapaz de ser feliz.

Nick relaxa o corpo na cadeira.

— Exceto quando se tem menos de dez anos.

— Há crianças sofrendo bullying diariamente nas escolas.

Então Nick é quem fica em silêncio. Ele inclina o corpo para a frente, apoiando os cotovelos nos joelhos.

— Não sei. Para mim, a felicidade é uma ilusão. É algo inventado em livros e filmes, e todo mundo engole essa ideia de que é uma meta de vida possível de ser alcançada, quando na verdade tudo o que a gente faz é tentar lidar com a dor, não acha? — Ele faz um gesto em minha direção. — Ir para uma zona de guerra é felicidade ou fuga? Felicidade é jogar futebol ou isso é uma afirmação da necessidade de pertencimento? Quero dizer, a felicidade não consiste essencialmente em momentos breves e efêmeros quando a vida não está uma merda?

— Não é permanente — diz Grace.

— Não é permanente — concorda ele.

Então a felicidade não é uma emoção estável

— A meu ver, não — responde Nick.

— E amor? O amor é estável?

— Estou fora.

— Vamos pensar sobre isso — diz Grace para o restante do grupo com energia renovada. — Nossas emoções surgem e se dissipam como um arco-íris depois de uma tempestade. Não é possível forçar um arco-íris a ficar onde está. Ele desaparece. Um arco-íris não é permanente. Emoções não são permanentes. Por vezes, podemos ficar felizes por um mês, uma semana ou dez segundos quando uma pequena coisa nos faz sorrir, mas isso inevitavelmente passa. O mesmo acontece com a tristeza e a raiva. Nós vivemos em uma porta giratória de sentimentos e, embora a tristeza nunca vá desaparecer de verdade, ela acaba dando lugar a outra coisa. A tristeza não é permanente.

— A menos que você tome antidepressivo — comenta Maddie.

Nick olha para mim com um sorriso. O crescendo grandioso que Grace orgulhosamente orquestrou murcha em um segundo, e ela parece não ver a hora de encerrar a sessão.

— Esta semana, quando estiverem vivendo a vida, fiquem atentos às pequenas coisas que impactam suas emoções. Seus gatilhos emocionais. Está bem?

Todo mundo assente com a cabeça. Sei que ninguém vai fazer isso.

— Nos vemos na próxima reunião. Nick, pode esperar para conversarmos?

Nick está prestes a sair da sala e seus ombros despencam quando ele retorna ao ouvir o pedido de Grace, que em seguida vai até a mesa de lanches com o restante do grupo.

Eu me aproximo dele. Nick está calado, olhando para os outros como se quisesse fazer todo mundo ir embora só com a força da mente.

— Quer um café? — ofereço.

— Não.

— Biscoito?

Ele se vira para mim e me lança um olhar preocupado.

— O que será que ela quer?

— Assassinar você, talvez? — Isso lhe arranca um pequeno sorriso.

Maddie vem até nós segurando uma xícara de chá.

— O que você disse foi bem inteligente.

Nick nem sequer olha para ela. Ele continua encarando Grace, impaciente.

— Valeu.

— A gente devia marcar alguma coisa com o pessoal qualquer dia desses.

— Aham. Quem sabe.

Ele obviamente descarta a proposta na cara dura. Fico com tanta vergonha que acabo respondendo:

— Ótima ideia! Vamos marcar. Me manda uma mensagem.

Maddie me passa o celular e adiciono meu número aos contatos, mas, no fundo, sei que ela nunca vai usá-lo.

— Beleza — diz ela, então seu celular vibra com uma notificação. — Minha mãe chegou. Até a próxima.

Maddie acena e vai embora.

Eu dou um tapa no peito de Nick e ele olha para mim, confuso.

— Que foi?

— Ela estava tentando se aproximar!

— E eu falei com ela! Não era o que você queria que eu fizesse?

Balanço a cabeça, exasperada.

A sala se esvazia aos poucos e Grace vem até nós, trazendo o que restou da comida.

— Venham. Vamos dar uma volta.

Nick lança um olhar desconfiado para mim. Grace apaga as luzes e nós caminhamos juntos pelo longo corredor do centro comunitário. Os gritos das crianças na aula de natação reverberam pelos corredores. Ela continua sem dizer nada, e Nick não aguenta nem mais um segundo de silêncio.

— Já sei. Você vai me expulsar do grupo. — Um toque de preocupação transparece por baixo de seu comportamento turrão. Ele precisa desses encontros, ainda que nunca vá admitir.

Grace olha de soslaio para ele.

— Por que eu faria isso? Você é a única razão pela qual metade desse pessoal continua vindo.

Ele parece processar a informação.

— Caramba. Então eu sou a fonte de drama, tipo em um reality show.

— Está mais para você faz provocações intelectuais muito pertinentes, não acha?

É um elogio, mas Nick é tão reservado que parece ser imune a esse tipo de coisa.

— Então, o quê? Quer que a gente finja um embate no próximo encontro?

— Na verdade, não. — Ela para e se vira para ele. — Fui selecionada como curadora convidada para uma revista nacional de psicologia. É uma edição especial lançada com antecedência e é sempre um grande acontecimento na área.

Nick olha para mim como se eu soubesse o que ela vai dizer.

— Que incrível — digo.

— Parabéns — acrescenta ele.

— Já conversamos sobre sua escrita em sessões anteriores e gostaria que você considerasse a possibilidade de submeter um artigo para publicação.

Ele franze a testa.

— Um artigo sobre o quê?

— Sobre o que você quiser. Felicidade, morte, amor. Você parece ter fortes opiniões sobre sentimentos no geral.

Nick parece ir parar em outra dimensão, e encara o chão, imerso nos próprios pensamentos. É como se Grace estivesse oferecendo uma boia e ele continuasse à deriva no oceano.

Ele volta a si quando eu o cutuco no braço.

— Seria ótimo para o seu portfólio.

— Publicar um texto em uma revista de psicologia?

— Uma revista nacional de psicologia — corrige Grace. — E o importante é publicar alguma coisa, não é?

Seguimos acompanhando Grace quando Sarah, minha aluna particular, surge de um corredor com os óculos de natação pendurados no pescoço.

— Fiona! É a Fiona! — grita ela.

A mãe de Sarah está alguns passos atrás, conversando com outra mãe. Aceno quando passamos por ela.

Quando Grace abre a porta para sairmos, um manto de neblina paira sobre o estacionamento, fazendo as luzes dos postes brilhar como vagalumes.

— Sei que está resistente à ideia, Nick, mas isso pode ser bom para você — diz ela enquanto descemos as escadas.

Ele olha para ela, cético.

— Tipo um final feliz?

— Um passo em direção a isso.

A neblina é tão densa que não consigo enxergar meu carro. Quando chegamos à calçada, pressiono o botão da chave que destrava a porta para que os faróis pisquem.

— Por que está sendo tão legal comigo? — questiona Nick.

— Eu não sou legal sempre? — rebate Grace, inclinando a cabeça.

— Pensei que você me achasse um babaca.

Um sorriso curioso se espalha pelos lábios dela.

— Por que você pensaria isso?

— Argh, pode parar de me analisar, Grace.

— É sério — diz ela, olhando para ele com interesse. — Você fez um discurso muito convincente sobre projeção hoje, então talvez *você* se ache um babaca.

Nick balança sobre os calcanhares.

— Em breve envio um e-mail com os detalhes para a submissão do artigo. Você não tem que decidir agora, mas não demore muito. Tenha uma ótima noite.

— Grace. — Ela para e olha para ele. — Obrigado.

Depois de acenar para nós, ela segue pela calçada.

— Dirijam com cuidado!

Nick pega a bicicleta e cruzamos o estacionamento em direção ao meu carro. De repente, ele solta:

— Você acha que eu sou babaca?

Sorrio. Eu poderia responder, mas não o faço. Apenas continuo caminhando e deixo a pergunta desaparecer na névoa atrás de mim.

Nick

Grace me pegou de surpresa. Tudo bem, eu escrevo, mas ela está falando de escrever de verdade para pessoas muito inteligentes. Não sei se eu sou a pessoa certa para isso.

E, pelo amor de Deus, finais felizes nem existem. Nada me dá mais vontade de arremessar um livro pela janela do que um casal caminhando de mãos dadas rumo ao pôr do sol. Até parece. Outra coisa igualmente asquerosa é o tilintar de taças de champanhe, a romantização da chuva, toda aquela correria em aeroportos. Os clichês de sempre. Toda a ideia de "felizes para sempre" é um porre. É um completo desperdício de filme, salvo raríssimas exceções, como em *Tudo por uma Esmeralda*. Era um dos preferidos da minha mãe. Perdi a conta de quantas vezes ela assistiu a esse filme, o que quer dizer que eu e Alex também assistimos. A cena do veleiro na Quinta Avenida é a coisa mais legal que eu já vi. Além disso, Michael Douglas é uma lenda viva. Aquele final por si só me fez repensar minha opinião a respeito de finais felizes. Talvez exista um meio-termo, talvez nem tudo seja sobre pôr do sol e caminhadas na praia, então tento manter isso em mente.

Depois que minha mãe morreu, decidi testar essa teoria. Comecei a imaginar o "felizes para sempre" de estranhos. Foi um experimento que se transformou em hábito. Fiona era a única que sabia, e começou a sugerir pessoas para quem eu deveria imaginar um feliz para sempre. As piadas foram infinitas.

Minha única regra é não fazer isso com pessoas próximas. Na verdade, é mais um bloqueio do que uma regra. Quando o assunto sou eu, Fi ou Alex, um branco toma conta da minha mente ao tentar imaginar nosso futuro. É como se a gente tivesse sido arremessado no ar e estivéssemos flutuando lá em cima, sem nem saber onde vamos aterrissar.

Imaginei o feliz para sempre do Bob Banana, mas não contei a Fi. Na minha história, ele consegue encontrar o amor outra vez. Ele enfim se cansa de vegetar em casa e escolhe voltar a viver. Na minha história, ele veleja em um iate alugado, pescando no Oceano Pacífico com uma camisa de estampa florida e um chapéu de palha, debaixo de um sol implacável. Uma moça bonita sorri para dele do outro lado do convés e, na água, um espadarte está prestes a morder a isca. Não sei se Fiona ia querer saber, mas, no meu feliz para sempre, Bob Banana dá um jeito na própria vida. Ele é um cara legal, então espero que um dia consiga.

Minha mãe não consegue um feliz para sempre. Alerta de spoiler: a morte estraga tudo. Algumas vezes, tento transformar o acidente dela em algo diferente, mas não cola nem mesmo para mim.

Fiona se inclina sobre a direção para desembaçar o para-brisas com a manga do casaco. Ainda não saímos do estacionamento. Aperto o botão do desembaçador no painel e uma rajada de vento sopra pela saída de ar direto no rosto dela. Ela se esquiva e olha para mim de cara feia. Acho que não foi uma boa ideia. Tenho 99% de certeza de que Fiona *acha, sim* que eu sou um babaca.

Ela liga o limpador de para-brisas que, para a surpresa de todos, não ajuda em nada com o vidro embaçado, e finalmente dá ré para sair da vaga. Fico meio preocupado.

— E aí? Vai escrever o artigo? — pergunta ela, por fim.

Com certeza não vou, mas ela soa ligeiramente esperançosa e não quero decepcioná-la.

— Sei lá. Por que estão sempre me pedindo para escrever sobre coisas que não quero?

— Sobre *o que* você quer escrever então?

Também não sei. É só um hobby. Ainda não decidi se é o que quero fazer da vida.

— Robôs, guerras no espaço e peixes que eletrocutam as pessoas.

Ela sorri, mas tenho quase certeza de que o que quer dizer mesmo é "como você é babaca".

— Está se inspirando em Max?

— As ideias dele são muito melhores do que as minhas.

A rua não está muito melhor quando o assunto é neblina. É como se o mundo estivesse coberto por um manto branco e olhar em volta me deixa meio nervoso porque parece que alguma coisa saída diretamente de *Doctor Who* vai aparecer a qualquer momento. Estamos em movimento, mas mal dá para perceber. Parece que o carro está flutuando.

Fi está dirigindo de olhos semicerrados, o que é meio ridículo, já que, se parar para pensar, não é como se isso fosse melhorar a visibilidade.

— Quer que eu dirija?

Ela não tira os olhos da rua.

— Você nem tem carteira de motorista.

— Eu sei dirigir aqui de olhos fechados. Na verdade, acho que já fiz isso.

— De bicicleta!

— Semântica — rebato, dando de ombros.

Os nós dos dedos de Fi ficam brancos com o tanto que ela aperta o volante, então tento distraí-la da preocupação com a neblina.

— O que vai fazer com a câmera?

Por um momento acho que piorei as coisas, mas as mãos dela parecem relaxar.

— Não sei. Talvez levar para Monterey?

— E ver as fotos lá?

Ela desliga o ar barulhento e o silêncio toma conta do carro.

— Quem sabe? Não é a mesma coisa que a lista de desejos.

Ela tateia o painel atrás da direção e aumenta a luz do farol, o que parece deixar as coisas ainda piores. Abro a boca para dizer algo, mas acho melhor ficar quieto. Quanto mais nos afastamos da cidade, mais escura fica a estrada. Por alguma razão, isso soa como uma metáfora para a minha vida.

Ligo o rádio esperando ouvir algum alerta de emergência dizendo que definitivamente deve-se evitar aquela estrada por causa da neblina, mas não há nada além de estática em todas as estações salvas, e isso piora a atmosfera sinistra em quinhentos por cento.

Fi dá uma olhada para o rádio e depois para mim. O carro segue acelerando em um ritmo estável como se tivesse vida própria, dizendo "vou dar o fora daqui". Eu me inclino mais para perto do painel, determinado a encontrar uma explicação para a estática. É um carro tão velho que talvez o rádio tenha morrido. Hoje, por coincidência. Não é possível que não tenha uma estação sequer funcionando.

POW.

Meu rosto se choca diretamente contra o painel e sou jogado para trás, batendo a cabeça contra o banco. Foi como se uma parede tivesse surgido do nada no meio do caminho. Estamos parados na estrada e a dor se irradia de trás dos meus olhos até as bochechas. É uma lei universal que um carro vai bater em algo no exato momento em que seu rosto estiver posicionado para receber o máximo de dano.

— Merda! — Fiona direciona o carro para o acostamento de cascalho e liga o pisca-alerta. — Meu Deus, Nick! — Ela está me encarando como se eu tivesse sido atravessado por uma flecha ou sei lá. Toco meu peito. Não há sinal de objetos pontiagudos.

— Você está bem? — murmuro.

Ela toca o próprio rosto e tateia pelo corpo.

— Sim. Estou, mas o seu rosto...

Abro o para-sol e me olho no espelho. Há sangue escorrendo do meu nariz. Não é uma cena bonita, mas já estive pior.

— Acho que a gente bateu em alguma coisa — diz ela, em pânico, inspecionando a estrada.

— Graças a Deus. Pensei que era um campo de força sobrenatural.

Minha manga já está empapada de sangue. Começo a procurar por lenços de papel antes que o carro inteiro pareça ter passado por um lava-rápido de filme de terror. Fi estica o braço para trás e encontra guardanapos do McDonald's no chão do banco traseiro, todos meio sujos com a lama do pneu da minha bicicleta. Ela começa a jogá-los no meu colo e penso que eu poderia ter uma hemorragia e teríamos guardanapos de papel suficientes para dar conta do recado.

Quando o sangue começa a estancar, ela pergunta:

— Você viu alguma coisa?

A Fiona faz cada pergunta. Eu sorrio. Não consigo me conter.

— Vi sim, claro. Mas decidi não falar nada. Achei que fazer mistério seria mais legal.

Mas ela não sorri de volta.

— E se foi uma pessoa? — Ela tira o cinto de segurança e sai do carro, o que significa que eu também tenho que tirar o cinto de segurança e sair do carro.

— Não estamos em *Silent Hill*, Fi. Não foi uma pessoa.

Ela dá uma olhada no acostamento e mergulha na neblina atrás de nós enquanto dou a volta no carro para olhar a dianteira. Estreito os olhos diante dos faróis e vejo um pequeno amassado no para-lama. E sangue. Quando ergo o olhar, não consigo mais enxergar Fiona. E o que poderia ser mais perigoso do que *dirigir* em meio à neblina?

— Fiona!

Saio correndo até voltar a enxergá-la.

— É assim! — grito. — É *exatamente assim* que as pessoas morrem!

Ela para de repente e seu corpo inteiro enrijece.

Há algo errado.

Uma respiração ofegante e irregular parece cada vez mais próxima conforme avanço. Então eu avisto, bem no meio da estrada, uma massa coberta de pelos. Definitivamente não é uma pessoa.

— Acho que é um cachorro. Ou um lobo — diz Fiona.

— "Era", né.

Ela me dá uma cotovelada nas costelas.

— Não fale assim.

Contrariando meu bom senso, me aproximo alguns passos, pensando que um bastão ou um pedaço de madeira ajudaria bastante agora. E se a coisa estiver fingindo, esperando que a gente chegue perto para um último ataque? Quando estou a cerca de um metro de distância, ele rosna.

— Definitivamente não é um cachorro.

Olho para Fi. Não há nada que possamos fazer. O animal respira com dificuldade e ela não quer se mexer, então eu a toco com um empurrãozinho gentil.

— Não é culpa sua. Essas coisas acontecem o tempo todo. Como acidentes de avião e explosões.

— A gente vai só deixá-lo aqui?

Há tristeza na voz dela e uma pontada de raiva. E eu entendo. O desejo de fazer alguma coisa. A necessidade de resolver o problema. A recusa em aceitar a impotência. Entendo tudo isso. Há milhares de coisas que eu poderia dizer a ela. *Ele vai morrer, Fi. Isso é perigoso. Eu faria qualquer coisa por você, menos arrastar um lobo para o acostamento da estrada. Não podemos acabar com o sofrimento dele e, mesmo que pudéssemos, nenhum de nós faria isso.*

Mas tudo o que digo é:

— Sim. Vamos.

Ela me segue de volta para o carro, olhando para trás uma última vez.

Nós retomamos o caminho em silêncio. A neblina finalmente está dando uma trégua e gotas suaves de chuva começam a cair, batendo no teto do carro. O rádio volta a funcionar, mas eu o desligo. Um pouco adiante na estrada, um caminhão de reciclagem ruge atrás de nós, vindo pela pista em sentido contrário. Se o lobo não estava morto quando saímos de lá, agora não há dúvida sobre o que vai acontecer. Eu não olho para Fi. Não tenho que olhar, sei o que ela está pensando. Nada disso parece real.

Tudo o que consigo enxergar são árvores até perder de vista.

— Talvez o líder da matilha tenha saído da floresta e o levado para um lugar seguro. Talvez eles tenham algo tipo um lobo-curandeiro que vai fazê-lo sarar bem depressa.

Ela parece estar assimilando minhas palavras.

— Você acabou de encontrar um final feliz para o lobo?

Olho de relance para ela.

— Acho que sim.

Fiona

Eu matei um lobo. Um animal, uma criatura viva. Acho impossível ele ter sobrevivido, mas, na minha cabeça, preciso imaginar que isso aconteceu. A Fiona em negação é a única que tem a chance de ser funcional, então eu me agarro à história do lobo-curandeiro de Nick. Às vezes, tenho a impressão de que ele só inventa finais felizes por minha causa, mas sei que precisa disso tanto quanto eu.

Quando paramos em frente à casa de Nick, tudo está escuro como de costume. Desligo o carro, mas continuamos imóveis, em silêncio, ouvindo a chuva bater na lataria.

— É melhor eu ir.

Nick olha para mim.

— Você não pode dirigir nesse tempo.

Na verdade, eu poderia, mas o argumento parece convincente o bastante, então mando uma mensagem para meu pai.

Assim que entramos na casa, Nick vai direto para a cozinha e começa a mexer no armário. Ele pega uma garrafa de uísque e a ergue no ar — uma pergunta silenciosa. Eu faço que sim com a cabeça avidamente, e ele serve duas doses, virando a dele em um só gole enquanto me entrega a minha. Eu não gosto de uísque. Não sou muito de beber, mas, naquele momento, parece uma ideia excelente, então viro a dose de uma só vez. Meu rosto se contorce de mil e uma maneiras diferentes. É abominável.

Nick gesticula com a cabeça, olhando para o meu telefone.

— Sem resposta?

— Turno da noite — digo. — Vai demorar um pouco.

— Entendi. — Ele abre a torneira e joga um pouco de água no rosto, lavando o sangue. — Porra, que dor.

— Está quebrado?

— Não — responde ele, apertando o nariz. — Acho que não.

— Posso dar uma olhada?

Nick chega mais perto e seguro o queixo dele em uma das mãos, passando o polegar da outra pela lateral do nariz dele.

— Ai! — resmunga ele. — Você ao menos sabe o que está procurando?

Nós nos olhamos e meu coração acelera. Por um segundo, eu me esqueço de que ele está falando sobre o nariz. Eu me recomponho, focando no machucado.

— Não.

Ele se afasta do meu toque.

— Ah, fala sério! Achei que você sabia algum macete de paramédico!

— Por que eu saberia? Mas conheço alguém que pode ajudar, se você quiser.

Sirvo outra dose e Nick me olha, desconfiado, ciente de que isso não é nada do meu feitio.

— Não, não precisa. — Ele seca a mão em um pano de prato, que depois joga sobre a pia. — Filme?

— Não. Deprimente demais.

— Como um filme seria deprimente?

— Seria silencioso demais. Preciso de barulho. Sabe o que seria legal? Um karaokê.

— Eu não tenho.

— Eu tenho! No meu celular. É um aplicativo. — Pego o celular e o balanço no ar, indo para a sala com o uísque na mão. — Podemos espelhar na TV. Você tem aquele negócio.

— Não sei do que você está falando.

— Sabe, sim! Aquele negócio que você conecta na TV!

Ele apoia o ombro no batente da porta, ainda balançando a cabeça como se tivesse escolha.

— Não sei, não... é sério...

Ligo a TV e abro o aplicativo de karaokê. May e eu fazíamos isso o tempo todo na casa dela, antes do acidente da minha mãe.

— Nem adianta fugir.

Ele joga a cabeça para trás, se dando por vencido.

— Tá bom! Mas vamos precisar de muito mais álcool para isso.

Quando volta da cozinha, Nick tem nas mãos a garrafa de uísque, uma concha e uma colher de pau.

— O que é isso? — pergunto quando ele me entrega a concha.

Ele estreita os olhos com uma expressão travessa.

— Um microfone. Não é óbvio?

Nós não pulamos nenhum hit de Beyoncé a Harry Styles, e, quando chegamos aos Ramones, Nick parece estar se divertindo. Podem ser as batidas contagiantes de "I Wanna Be Sedated", ou talvez seja o fato de que ele está bêbado. Eu parei depois da segunda dose, mas Nick continuou. Ele tem uma voz muito bonita, grave e suave ao mesmo tempo, do tipo que acalma. Quero dizer, ele é gato, isso é indiscutível, mas por alguma razão *é a voz dele* que mexe comigo. Se tudo der errado em relação à escrita, ele com certeza poderia narrar um daqueles podcasts de meditação guiada que as pessoas ouvem antes de dormir.

Estamos sentados no chão, encostados no sofá e com as pernas esticadas. Em algum momento da noite, Nick colocou uma faixa na cabeça e o cabelo está desgrenhado, apontando para todos os lados. Quando uma música da Sabrina Carpenter começa a tocar, ele solta a colher de pau no chão.

— Cansou? — pergunto, rindo.

— Essa é toda sua, Fi.

Eu nem preciso acompanhar a letra porque sei essa de cor. Ele gargalha diante da minha empolgação com a música, mas logo sua risada cessa e uma intensidade atípica toma conta de seu olhar. Eu provavelmente deveria ter percebido que cantar sobre ficar com um cara lindo de olhos azuis diante de um cara lindo de olhos azuis poderia ser *um pouco ousado* da minha parte, mas isso é o que duas doses de uísque fazem comigo.

A música termina e encaro a TV, sentindo o rubor em minhas bochechas. Eu me recuso a olhar para Nick, certa de que a música seguinte vai dissipar a atmosfera carregada. Mas a música em questão é "Love on the Brain", que equivale a apagarmos as luzes e ficar à luz de velas, então a tensão aumenta.

Tento esticar o braço para pegar o celular e mudar a música, mas Nick é mais rápido do que eu e empurra meu celular, que vai parar debaixo da mesinha de centro de madeira. Nenhum de nós está cantando. Encosto a cabeça na almofada do sofá e ele faz o mesmo. A música reverbera pelo cômodo e é como se estivéssemos em um show privado só para nós dois. Nossas mãos estão lado a lado no chão, a centímetros de distância.

Nick empurra meu pé com o dele e viro o rosto para encará-lo. Nós trocamos um olhar demorado e minha mente parece dar um branco completo. É como se o meu coração fosse sair pela boca. Ele se aproxima, então faço a mesma coisa. Nossos lábios estão a uma respiração de distância.

Então a porta se abre e duas vozes invadem a sala.

Nós nos afastamos de um salto.

O pai dele entra no cômodo seguido de uma mulher. Eles estão arrumados e de mãos dadas, como se estivessem chegando de um encontro.

Quando meu cérebro volta a funcionar e sei que não estamos prestes a ser assassinados, me arrasto até a mesa de centro e passo a mão por baixo, procurando meu celular. Parece demorar uma vida até eu conseguir pausar o som e fico morrendo de vergonha, mas a música finalmente cessa. A sala fica em silêncio.

Aquela deve ser a Brooklyn. Ela é a primeira a romper o silêncio com um "oi" gentil e um breve aceno. Ela parece simpática, mas aparentemente não sabe que está diante de um vulcão ativo, prestes a entrar em erupção.

O pai do Nick é alto e atlético, o cabelo castanho-claro começando a ficar grisalho. Dá para perceber que ele é bem-sucedido pela maneira como se comporta, com aquela aura arrogante típica de homens ricos. Nick é quase a cópia exata dele, exceto pelas partes ruins.

Ele olha em volta. Álcool, faixas de cabelo, utensílios de cozinha, o rosto de Nick.

— Por Deus, o que aconteceu com você?

Nick olha em volta também, tentando entender do que ele está falando. Eu toco o nariz para ajudá-lo e ele enfim se lembra.

— Ahhhh — diz ele, tentando conter um sorriso. — Eu caí.

O pai dele pega a tampa do uísque do chão e a examina. Talvez a gente esteja mesmo prestes a ser assassinados, afinal. No entanto, ele parece decidir que aquilo não vai estragar a noite e puxa Brooklyn para perto.

— Brook, você deve se lembrar do Nick. E esta é a amiga dele, Fiona.

A maneira como ele diz *amiga* é carregada de condescendência. Ele nunca gostou muito de mim. Tenho a impressão de que ele me vê como uma má influência porque Nick e eu nos conhecemos no grupo, e, segundo ele, todo mundo lá é problemático. E, tudo bem, temos nossas questões, mas para o pai de Nick o problema *sou eu*.

Aceno para Brooklyn com um sorriso sem jeito. Nick não se levanta do chão, de repente muito interessado nas fibras do carpete.

— Pensei que você fosse passar o fim de semana fora.

— Mudança de planos — responde o pai dele. — Eu mandei uma mensagem avisando. — Ele conduz Brooklyn em direção às escadas. — Vamos deixar vocês à vontade.

— Desculpe, acho que nós atrapalhamos. Foi um prazer conhecer você, Fiona — diz ela, já subindo as escadas.

É como se uma bomba atômica tivesse caído no meio da sala.

Nick se levanta de repente e sai correndo em direção à porta. Eu o sigo bem a tempo de vê-lo debruçado sobre a balaustrada da varanda, vomitando na roseira perfeitamente aparada.

— Isso é que é noite de sábado — comenta ele, esfregando a boca com a manga que não está suja de sangue.

— Acho que você vai ter que incinerar essa camisa — digo. — Você deveria ter ido vomitar no carro dele.

— Drogaaaa — lamenta ele, como se tivesse perdido a melhor oportunidade de todos os tempos. — Será que você não quer dar uma vomitadinha?

— Até agora, não. Talvez daqui a pouco. Quem sabe não rola um vômito por empatia?

Nick sorri, mas seu semblante é melancólico. Sei que ele está triste.

— Acho que não consigo voltar para lá.

— Talvez a gente não tenha que entrar. Não se mexa.

Entro na casa para pegar um copo de água para ele e me pergunto se imaginei o que quase aconteceu entre nós na sala. Ele provavelmente nem vai se lembrar disso amanhã. Gostaria de poder dizer o mesmo. Tomo um gole de água do copo e depois dou uma olhada no congelador, pegando um saco de ervilhas para ele colocar no nariz. Saio e entrego as duas coisas para Nick, tentando parecer despreocupada.

— Ah, e tem mais! — exclamo, voltando para dentro.

Tiro as almofadas do sofá e, quando Nick me vê voltando, ele abre a porta telada e as pega, levando-as até a varanda para usá-las de cama improvisada. Ele se joga sobre as almofadas e fecha os olhos.

— Já volto.

Penso em pegar uma camiseta limpa no quarto dele, mas não quero ir lá em cima, então abro o armário no corredor e encontro um moletom bordô. Quando vou até o sofá para pegar a manta floral, fico paralisada por um momento.

O celular do Nick está em cima da mesa de centro.

Está logo ali. *May*. Que droga. Ela conseguiu me deixar tentada com aquela história de "xeretar o bloco de notas". Lanço um olhar para a porta. Há grandes chances de ele já ter apagado e, mesmo que não tenha, duvido de que ele volte a entrar. Uma pequena guerra eclode na minha cabeça.

Olhe. Não olhe.

Largo o capuz e a manta e pego o celular. Meu coração dispara com a ideia de ser flagrada. Tem senha, mas já vi Nick digitá-la um milhão de vezes. 1216, aniversário do Max, e o celular é desbloqueado.

Primeiro, vejo as mensagens e noto uma mensagem não lida. É do pai dele, nada muito interessante. A próxima é minha, depois de Alex, do Max e de um funcionário da empresa de paisagismo do pai dele. Deslizo a tela até o final e encontro algumas mensagens antigas da mãe de Nick. A última enviada foi exatamente a que ele mencionou no grupo. "Não destrua a casa", seguida por "mil beijos", que ele convenientemente deixou de fora da história.

Sinto um aperto no peito.

Não quero perder tempo, então abro o menu e passo os olhos pelos apps até encontrar o bloco de notas. Há vários arquivos. Quarenta, no mínimo. Dou uma olhada rápida nos títulos: histórias, compromissos, endereços. Uma das notas é uma lista de ideias de presentes para Max, outra tem fatos aleatórios sobre o Brasil... alguma coisa sobre macacos?

Uma nota chama minha atenção.

Mãe. 12:42 da tarde, 12 de dezembro. Camisa de botão azul com listras brancas, jeans com as barras dobradas, sapato preto sem salto, relógio dourado.

Então a ficha cai. É da última vez que Nick viu a mãe. É como se eu tivesse levado um soco na barriga. Meu primeiro pensamento foi: *por que não fiz isso também?* E agora estou tentando lembrar o que mamãe estava vestindo na última vez que a vi. Mas não consigo. Não consigo me lembrar.

Ouço um barulho lá fora e fecho a pasta.

Por que fiz isso? Eu achei mesmo que ele usaria o bloco de notas do celular como um diário? Está bem, sim, achei. Eu só queria saber se ele tinha escrito algo sobre mim nesse suposto espaço sagrado onde ele escreve coisas importantes.

Talvez eu não seja uma coisa importante.

Pego tudo do chão e volto lá para fora. Ele está esticado no sofá suspenso, que se balança levemente sob o peso. Seus olhos estão fechados. Deixo tudo ao lado dele e me espremo na outra extremidade, nos cobrindo com a manta. Quando abro os olhos, ele está me observando.

— Não precisa fazer isso. Você não tem que dormir aqui fora.

— Eu adoro dormir do lado de fora.

É mentira. Com exceção da praia, não sou muito fã de áreas externas. Eu e meu quarto somos melhores amigos.

— Até parece — resmunga ele.

Então Nick tira a camisa suja e a joga no chão, e é assim que de repente me vejo diante de um Nick seminu.

Ele pega o moletom e começa a procurar pelo buraco para passar a cabeça, o que me dá a oportunidade de observá-lo por um momento. Ele tem ombros largos, braços esguios, mas tonificados graças ao trabalho que vem fazendo para o pai. Vejo um leve sinal vermelho logo abaixo da caixa torácica. É difícil de enxergar na luz da varanda, mas acho que é uma cicatriz. Nick me pega olhando e encaro a manta, ajeitando-a como se fosse algo urgente enquanto ele se veste.

— É uma cicatriz? — pergunto como quem não quer nada, como se tivesse batido o olho por acaso em vez de estar *admirando* o corpo dele.

— Ah. É. — Ele levanta o moletom para me mostrar. — Ferroada de água-viva — diz ele, soando orgulhoso. — Foi numa viagem para a Flórida com Alex e a minha mãe.

Eu assinto.

— Me disseram que cicatrizes são sexy — comenta ele, meio convencido, ajeitando a roupa.

— Quem disse? — Eu dou risada como se aquela fosse uma coisa ridícula a se dizer, mas imediatamente me sinto culpada.

Mas, sério, quem disse?

Ele não responde, apenas volta a se deitar e ajeita o cobertor sobre o corpo.

— Ei — digo com um empurrãozinho na perna dele. — Você falou sério hoje? Tipo, quando disse para Grace que não acreditava em felicidade.

— Posso ser sincero? — A voz dele está sonolenta.

— Sempre.

— Não sei. Não faço ideia, Fi. Tudo o que sei é que aqui dentro dói. — Ele bate no peito com o punho cerrado. — E nunca passa. Eu dou risada e acho uma coisa engraçada por uns dez minutos, depois tudo volta. Eu já nem sei dizer se é o luto ou se é outra coisa. Não sei como fazer esse sentimento passar.

— Sei. — Uma vez, meu pai disse que Nick era como um buraco negro, mas a verdade é que sou eu que me sinto exatamente assim, como um grande vazio. — Coloque as ervilhas no nariz.

Ele sorri de canto, depois pega o saco de ervilha e o solta sobre o rosto.

— Você vai fazer alguma coisa na sexta que vem? — pergunto.

— Por quê? — murmura ele.

— Fui convidada para uma festa.

— Parabéns.

— E quero convidar você.

— Por quê?

— Porque não quero ir sozinha.

— Então por que vai?

— Talvez seja legal.

Ele tira o saco de ervilha do rosto e me olha como se soubesse muito bem que estou mentindo.

— May está me enchendo o saco para sair. Ela acha estranho eu passar o tempo todo em casa.

Ele se estica para pegar o copo d'água no chão e toma um gole.

— Você se importa mesmo com o que a May pensa?

— Argh. Pare de me analisar. — Cutuco a cintura dele com o pé e ele ri, empurrando minha perna. — É só dizer sim ou não.

— Claro que vou com você. Amigos se ajudam em situações de merda.

— Sempre.

— Vou anotar isso — diz ele, pegando o celular.

Ele desbloqueia a tela, abre o bloco de notas e começa a digitar, porque nós somos amigos e isso é uma coisa importante.

Fiona

Lá dentro, o moedor de café faz um barulho tão alto que acordaria até os mortos, mas Nick continua em sono profundo, com uma perna pendurada para fora do sofá e o pescoço torto em um ângulo que parece bastante desconfortável. Há um hematoma arroxeado em seu nariz.

Meu corpo é um incrível coquetel de privação de sono com ressaca moderada. Dormir no sofá suspenso foi mais do que desconfortável. As almofadas caíram durante a noite e estão espalhadas pela varanda, e a blusa nojenta do Nick está cheia de formigas. Minhas costas estão latejando quando me levanto. Eu o observo dormir por mais um momento, antes de chacoalhá-lo pela perna até acordá-lo.

— Estou indo embora — sussurro.

Ele esfrega os olhos. Dentro da casa, alguém fecha um armário. Deduzo que Brooklyn ainda esteja descobrindo onde ficam as coisas na cozinha.

— Hã? Não... Fica aqui.

— Não, preciso de uma cama. Preciso da *minha* cama. Estou exausta.

— Por favor. Não me faça ter que ficar de conversa-fiada com a Brooklyn — resmunga ele.

— Você consegue. Você é ótimo nisso. — Dou um tapinha no ombro dele e vou em direção aos degraus.

Por sorte, deixei minha bolsa e minhas chaves no carro, então vou conseguir dar no pé sem ter que ver o pai dele outra vez.

Nick me acompanha até o carro. À luz da manhã, inspeciono meu para-choque com mais cuidado e vejo que realmente está amassado. Que maravilha.

Ao meu lado, Nick parece constatar a mesma coisa. Ele aperta meu ombro.

— Serviu para deixar o carro mais charmoso.

Olho para ele.

— Tipo o que aconteceu com o seu nariz.

O hematoma está muito pior agora de manhã e já se espalhou pela área sob os olhos. Foi um acidente, mas ainda assim me sinto mal. Levo a mão à bochecha de Nick e ele relaxa com o toque, aninhando o rosto na minha palma. Mesmo com o rosto roxo, seus olhos azuis se iluminam.

— Estou bem — diz ele, baixinho.

— Coloque gelo nisso.

Ele continua me olhando fixamente. Engulo em seco e recolho minha mão.

— Não está tão ruim assim — diz Nick, dando uma olhada no para-choque de novo. — É uma lembrança de ontem à noite.

Quando abro a porta, juro que consigo sentir um cheiro estranho de animal.

— Eu não quero uma lembrança da noite em que atropelei o lobo — digo, entrando e imediatamente abrindo os vidros.

Nick se espreguiça e boceja, o que faz com que eu boceje também.

— Não vá dormir no volante. Me manda uma mensagem quando chegar, tá bem?

— Mando.

Ele fica na calçada enquanto saio, provavelmente pensando em uma forma de entrar sem ser visto.

Meu carro parece um hotel luxuoso depois da noite passada. Aumento o volume do rádio, na esperança de que seja o combustível necessário para me manter acordada durante a viagem de volta para casa.

As árvores à margem da estrada reluzem com o orvalho da manhã. Tudo parece saído de um anime de cores supersaturadas. Quando chego ao local onde atingi o lobo, diminuo a velocidade, procurando por qualquer sinal dele, mas não vejo nada. Nada de pelo na estrada, nenhuma mancha de sangue, nenhum vestígio, como se o animal tivesse desaparecido. Provavelmente foi removido por algum agente público. Meu lado racional sabe disso, mas talvez o lobo esteja correndo por entre as árvores, banhado pela luz da manhã, recuperado e vivo. Meu lado Nick quer acreditar, quer se apegar à esperança de que ainda existe algum tipo de magia neste mundo.

A casa está vazia. Jogo minhas chaves no móvel ao lado da porta e, na mesa da cozinha, encontro um prato de bolinhos de banana junto com o livro de receitas da Martha Stewart da mamãe. Ela nunca o usou. Acho que agora meu pai trocou a ficção pelos livros de receita. Meus olhos já estão se fechando quando subo as escadas. Preciso dormir por algumas horas para poder voltar a funcionar. Já na cama, mando uma mensagem para Nick.

Cheguei em casa

Mto cansada

Agora dormir. Nada de lobo

Nick:

?? boa noite

Ele respondeu. Pensei que estaria dormindo.

boa noite

amo vc

Deixo o celular na mesinha de cabeceira e deito a cabeça no travesseiro.

De repente, arregalo os olhos.

O QUE FOI ISSO? Por favor, por favor, que isso não tenha acontecido de verdade. Pego o celular depressa e encaro a mensagem que acabei de mandar. Está lá. Aconteceu.

boa noite

amo vc

A mensagem parece ecoar na minha mente. "Amo vc"?! Dou um grito, sozinha no quarto. Não. Nãonãonãonãonão. O que foi que eu fiz? Foi automático, algo que eu mandaria para o meu pai ou para May, mas não para o Nick. Jamais para o Nick. *Não significa nada*, quero gritar. As palavras parecem ficarem ainda maiores e mais significantes quanto mais olho para elas. Cancelar envio. Claro, eu poderia cancelar o envio, mas é tarde demais. O sinal de mensagem lida já apareceu. Espero e espero, mas nada acontece. O ícone que indica que o contato está digitando não aparece na tela. Ele não vai responder.

Não acredito que isso está acontecendo.

Digito outra mensagem.

haha, acho que deu pra ver o qto estou cansada

Mas apago. Depois escolho um emoji rindo, mas apago isso também. Acho que mandar outra mensagem só vai piorar as coisas. *Não piore as coisas, Fiona*.

Ele deve ter deixado o celular de lado ou dormido *vinte segundos depois de mandar a última mensagem*. Reviro os olhos. Não tem a menor chance de ele estar dormindo, então parece que morro mil vezes enquanto encaro aquela mensagem, desejando poder exterminá-la do mundo virtual.

Mas tudo bem, é só o Nick. Estou exagerando. Empurro o celular para a outra extremidade da mesa de cabeceira, como se fosse veneno, e afundo o rosto no travesseiro, mas meus olhos ainda estão bem abertos.

Porque talvez eu não esteja exagerando. Talvez isso estrague tudo.

Nick

Entrei em casa pela janela do banheiro. Escalei a treliça, pulei por cima da calha, abri a janela e espremi todo o meu metro e oitenta de altura para dentro, como se estivesse passando por uma máquina de sorvete humana. Esse é o nível de malabarismo que estou disposto a fazer para evitar a conversa-fiada com Brooklyn no café da manhã.

No entanto, não consigo dormir. Fico pensando em Brooklyn na cozinha, sobrepondo as últimas impressões digitais da minha mãe com as dela. Penso no processo da minha irmã, na Fiona, na porra da prova de direção.

Minha mãe.

Esses pensamentos rodopiam na minha cabeça e é como correr atrás de um coelho branco que nunca se cansa. Pensei em visitar o local do acidente depois da formatura. Não de verdade, mas a ideia se transformou em um botão luminoso na minha mente que não conseguia parar de apertar. Ir. Não ir. Ir. Não ir. No final das contas, foi mais fácil desligar o botão, deixar o pensamento se esvair, mas continuei sem ter certeza do que isso significa para mim.

A lista de desejos dela está onde Fi a deixou. Eu a pego e leio o conteúdo. De novo. Nem chega a ser ambiciosa. Conhecer o Grand Canyon e ir a um show do Keith Urban em San Diego? É tudo tão aleatório. Não é uma lista de desejos, é um "alguém pelo amor de Deus me tire de Oregon".

Começou depois que Alex foi embora. Ela e meu pai estavam sempre discutindo porque Alex às vezes sumia por semanas e deixava Max com eles. Meu pai dizia que Alex tinha que assumir a responsabilidade e que aquilo estava atrapalhando o tempo que os dois tinham juntos, mas ele estava ocupado com a empresa, então não era como se estivesse presente. Mesmo assim, ele pressionou minha mãe até que ela finalmente cedeu e aceitou expulsar Alex e Max de casa. Ela ficou diferente depois que eles foram embora. Aí veio a lista de desejos.

Ela estava a caminho do número cinco, a experiência Jane Goodall na América do Sul. Viaje com Jane e se deixe encantar pela vida selvagem.

Mas a primeira parte? Acho que ela não fez nem a metade dessas coisas. Aposto que ela riscou os números de um a três enquanto ia de carro até o shopping mais próximo ou se hospedava no Westin por alguns dias. Qualquer lugar é melhor do que aqui.

Meu pai fez uma surpresa para ela e comprou a passagem de avião. Na primeira classe, ainda por cima. Acho que ele também viu a lista como uma possibilidade de liberdade, só que ele precisava de mais do que um fim de semana, queria uma semana inteira e, veja só que coincidência, ele viajou a trabalho na mesma semana da viagem dela.

Na época, não prestei atenção em nada disso. Para mim, isso significava que eu teria a casa só para mim depois da escola. Uma semana de festa. Eu era um rei em meu castelo. Meus pais não estavam em casa e eu não queria saber onde estariam. Foi só depois que me vi sozinho e com todo aquele tempo livre que comecei a ligar os pontos.

Jane Goodall nem sequer estava na América do Sul, ela atuava na África, o que me leva a pensar que minha mãe nunca teve um grande interesse pelo trabalho dela. Ela provavelmente clicou na primeira excursão que apareceu na internet, talvez tenha escolhido a América do Sul por ser mais perto.

Assim é o luto. Não é encarar uma pilha de roupas no quarto dela. É pesquisar sobre Jane Goodall e acidentes de avião por meses a fio, como se houvesse uma resposta nas páginas do Google.

Jane Goodall batizou um de seus chimpanzés de Frodo.

Imagino que a vista tenha sido espetacular, olhar para a floresta a trinta e cinco mil pés de altura.

A queda, por outro lado...

Ou talvez ela nunca tenha embarcado naquele avião. Talvez esteja em uma cama do hotel Westin em algum lugar, assistindo a TV e comendo morangos cobertos de chocolate, feliz por ter se livrado da gente.

Não entendo por que ela fez aquela viagem. Por que ela simplesmente não se divorciou como uma pessoa normal. Ficar pensando nos porquês só deixa tudo ainda mais doloroso. Foi por minha causa? Eu era muito difícil? É fácil mandar beijos por mensagem, mas como você diz que ama uma pessoa e faz isso com ela?

Ainda bem que ela morreu. Ela que se foda.

E não preciso ir para a América do Sul. Não preciso gritar de uma montanha para ouvir meu próprio eco. Posso fazer isso do meu quarto, bem aqui, como sempre fiz.

Meu celular vibra. Sei que é a Fi sem nem mesmo checar e, como meus olhos já estão fechados, quase ignoro a notificação, mas e se ela tiver sofrido um acidente ou algo assim?

Cheguei em casa

Mto cansada

Agora dormir. Nada de lobo

Não entendo nada. Que lobo? O que a gente atropelou? Mas fico feliz por ela estar em casa. Respondo:

?? boa noite

Fiona:

boa noite

amo vc

Eu imediatamente me sento na cama, mais acordado do que nunca.

Eu releio a mensagem três vezes para ter certeza de que não deixei passar um "eu". Mas, realmente, ela não digitou "eu". Só "amo vc". Parece espontâneo, despreocupado, mas mesmo assim... está lá. Aquelas palavras existem onde antes não havia nada.

Estou prestes a responder, mas me detenho. Não sou o tipo de cara que faz isso. Se eu responder, principalmente depois de ontem à noite, isso vai significar alguma coisa e ela vai saber. Mandar essa mensagem parece uma má ideia.

Então deixo o celular de lado, fecho os olhos e tento fingir que não li aquilo.

Fiona

Meu pai aparece na cozinha pronto para ir trabalhar e dá uma olhada na pizza congelada girando no micro-ondas. Estou sentada sobre o balcão, obsessivamente checando meu celular, como fiz a semana inteira.

Nick não diz nada há cinco dias. A pior parte é pegar meu celular a cada dois minutos e ver meu "amo vc" me encarando de volta. Eu poderia deletar a mensagem, mas vai continuar aparecendo para ele, então de que adiantaria?

Não faz *tanto tempo* assim. Mas a Fiona pós-"amo vc" está paranoica porque nunca ficamos tanto tempo assim sem conversar. É ele que está agindo de forma esquisita ou será que sou eu?

A festa de Jaden é hoje e nem sei se ele vai. Não consigo aguentar nem mais um segundo dessa tortura, então desisto e mando uma mensagem:

Oi

— Acho que está pronta. — Meu pai tira a pizza do micro-ondas e a coloca sobre o fogão, olhando para mim. — Você sabe que o celular apita para avisar quando uma mensagem chega, certo?

Eu me obrigo a soltar o telefone.

— Haha. Essa foi boa.

— Posso levar um pedaço para comer no caminho?

Desço do balcão e queimo os dedos tentando cortar a pizza. Eu incrementei com uma porção extra de queijo e azeitonas. É minha especialidade. Consigo soltar uma fatia e meu pai a pega com uma folha de papel-toalha, depois rouba algumas azeitonas a mais para ele.

Ele me vê desbloqueando o celular. De novo.

— Está tudo bem?

— Sim. Eu tenho uma festa hoje. Só estou esperando mais informações.

— Uma festa?

Ele morde a pizza, mas mal consegue mastigar. Está fervendo.

— Vou com a May. É com o pessoal do trabalho. Vai ser tranquilo — murmuro, tentando fingir que não me importo.

— Nunca é tranquilo quando May está presente. — Meu pai conhece os dramas de May, até porque ela os compartilha com quem quer que esteja por perto. — Me liga se quiser que eu te busque.

— Pai, você vai trabalhar.

— Então ligue para a emergência e talvez eles mandem minha ambulância.

Reviro os olhos.

— Eu não vou beber.

Ele me dá um beijo na testa e limpa a mão engordurada de pizza na calça.

— Tudo bem, eu não perguntei.

Meu pai diz sempre isso, como se ele fosse descolado por não perguntar quando, na verdade, ele não precisa. Sempre podemos contar com meu senso de responsabilidade.

Ele abre o congelador, tira um dos bolinhos de banana que assou na semana anterior e segue para a porta com o pedaço de pizza.

— Vejo você mais tarde! — grito.

Ouço a porta se fechar. A cozinha está tão silenciosa que dá para ouvir o tique-taque do relógio. A câmera da mamãe está no balcão, ainda dentro da caixa, e Nick continua sem me responder. A torre de Jenga que é minha vida fica mais alta a cada dia. Tudo ao meu redor grita sobre o quanto me esquivo de todos os problemas.

Meu celular vibra.

Nick:

E aí

Até que enfim. Mando cinco mensagens seguidas.

Você

ainda

topa

ir

hoje?

Sim, é meio idiota, mas não aguentava mais ver a mensagem de "amo vc" na conversa.

Nick:

Claro, se vc ainda quiser que eu vá

Por que as coisas estão tão estranhas? Analiso mil vezes cada palavra.

Aham! Passo para te pegar daqui uma hora?

Nick:

Me manda o endereço

Eu vou de Uber, assim vc não tem que vir até aqui

Beleza

Desde quando ele dispensa uma carona? Normalmente eu diria: "Para com isso, eu posso passar aí". Mas pós-"amo vc" isso parece absurdo. Conversar por mensagens pós-"amo vc" é uma droga.

Todo o meu empenho em tentar melhorar a pizza só amenizou o gosto de papelão em no máximo dez por cento. Eu a mastigo ainda sobre o balcão enquanto digito o endereço de Jaden.

Rua Chalmers, número 449

Nos vemos às 9?

Ele reage com o emoji de joinha. Odeio isso.

A festa começa em uma hora.

Troco minha calça de moletom por uma calça jeans e visto uma das minhas camisetas pretas mais bonitas. Meu cabelo está uma bagunça e muito embaraçado, mas escová-lo só faz com que ele caia sem vida em torno do meu rosto. Decido prendê-lo em um rabo de cavalo no topo da cabeça, na esperança de que isso vá me fazer parecer um pouco mais arrumada.

Choveu à tarde e o ar ainda está carregado com aquela umidade espessa que faz você se sentir suado só de caminhar. A temperatura está esquisita, calor e frio ao mesmo tempo, então deixo um suéter no carro por via das dúvidas. É um pouco cedo para sair, mas não quero que Nick chegue antes de mim.

Jaden divide uma casa pequena em uma parte mais histórica da cidade com dois garotos da faculdade. Eles dão festas em quase todos os fins de semana, então o evento não é exatamente especial. Eu nunca vou e, felizmente, Jaden parou de me convidar, mas dessa vez ele insistiu bastante.

Sem dúvida ele espera conseguir outra chance com May.

Não é difícil identificar a casa. Há carros enfileirados pela rua e o gramado da frente está lotado de pessoas com copos de festa em mãos. Arranjo uma vaga para estacionar a três quadras de distância e volto a pé.

Quando estou chegando perto, vejo Nick parado na frente da casa com as mãos enfiadas nos bolsos da calça jeans. Ele está de camiseta azul-marinho e de cabelo molhado, como se tivesse acabado de tomar banho. Da última vez que o vi, ele estava sujo de sangue e vômito, então já é uma vitória. Ele acena quando me vê e vem caminhando até onde estou. Ainda há hematomas em volta dos olhos dele por causa da batida, mas já estão clareando.

— Olha só! Está melhorando! — Eu automaticamente estico a mão para tocar o rosto dele, mas me detenho.

— É. Aos poucos.

Ele inclina a cabeça analisando meu rabo-de-cavalo, do qual começo a me arrepender. É estranho estar ali com ele, fazendo coisas que as pessoas normais fazem. Chuto a calçada como uma garotinha.

— Está pronto para a melhor noite da sua vida?

— Estou. — Ele sorri. — Quando vai ser?

Dou de ombros.

— Não faço ideia, mas definitivamente não vai ser hoje.

Abrimos caminho entre as pessoas e subimos os degraus de madeira desgastada até a porta, que não para de abrir e fechar com os convidados indo para lá e para cá. Dentro da casa está escuro e tudo cheira a maconha. Os cômodos estão iluminados por diferentes cores: a sala de estar em roxo, o corredor em azul-piscina. A música reverbera nas paredes, estrondosa. Pelo menos não vou ter que me preocupar em manter uma conversa rolando.

— Fi! — exclama May do outro lado da sala.

Nick está tão perto que colide diretamente comigo quando paro de andar de repente. Ele me segura pelos ombros e meu corpo inteiro fica tenso.

— Foi mal — diz ele, inclinando-se para falar perto do meu ouvido.

Meu coração dispara. Ainda bem que não estou virada de frente para ele.

May é o centro das atenções, vestindo o que parece ser uma frente única e uma longa saia plissada cor-de-rosa. Seus cabelos cacheados caem em ondas suaves ao redor dos ombros. Quem enrola o cabelo para uma festa qualquer? Ela vem andando animadamente com um spritzer de vinho na mão e, quando chega até nós do outro lado, já está com dois. Ela passa um deles para Nick com naturalidade.

— Então você é o Nick — grita ela, aproximando-se para falar no ouvido dele.

— Nick. May — anuncio, apontando de um para o outro em um movimento preguiçoso.

— Muito prazer — cumprimenta Nick enquanto May o inspeciona.

— O prazer é meu! Não acredito que demoramos tanto para nos conhecer. Já ouvi tanto sobre você. Então vocês se conheceram naquelas reuniões... O grupo do luto, né?

— Isso. No grupo do luto — responde Nick com a voz de locutor de rádio.

Ele fala como se estivesse dando uma entrevista no tapete vermelho e estivesse acostumado a responder a perguntas idiotas.

— Legal. E o que aconteceu com a sua mãe? — pergunta ela, gritando.

Ela grita.

Empalideço na hora. Abro a boca, mas não consigo encontrar palavras. Ela realmente perguntou aquilo no meio de uma festa ao som de Cardi B? Ela inclusive está dançando, completamente alheia ao que acabou de fazer, enquanto espera pela resposta.

No entanto, Nick não se deixa abalar.

— Desculpe, o que você disse? — pergunta ele com um sorriso sagaz, talvez esperando que ela perceba a indelicadeza da pergunta ao precisar repeti-la.

Mas isso não vai acontecer.

— May! — repreendo, arregalando os olhos. — Você conheceu ele há dez segundos!

Ela fica na defensiva.

— Que foi? Pensei que vocês falassem sobre isso o tempo todo.

— Não no meio de uma festa!

Nick ainda está decidindo como lidar com a situação. Normalmente, ele a mandaria ir se foder e daria meia-volta. E dá para ver que as palavras estão lá, na ponta da língua dele, mas Nick se segura, pelo visto calculando o que fazer a seguir.

— Tudo bem. Me surpreende que você não saiba, afinal vocês são próximas, não são?

Agora May vira-se para mim como se eu estivesse escondendo um segredo escandaloso.

— Claro! Fi é minha melhor amiga. É que o assunto nunca surgiu.

E nunca vai. Eu respeito a perda dele como se fosse minha. Agora ele sabe.

Nick olha para mim com um olhar de compreensão.

— Eu não gosto de falar sobre isso, mas ela foi devorada por um tigre.

May recua, levemente boquiaberta. Dá para ver que ela não está convencida e estreita os olhos.

— Ah, fala sério.

Só me resta apertar os cintos e pegar uma pipoca, porque quando ele começa, é difícil pará-lo.

— É verdade. Por um tigre albino. Eles estão praticamente extintos, por isso ela foi vê-los. Os tigres.

Olho de May para Nick, depois de Nick para May. Considerando o fato de que é a rainha das histórias mirabolantes, ela deve estar no céu com aquela interação.

— Ele está falando sério? — pergunta ela, olhando para mim.

Faço que sim com a cabeça, meu semblante sério.

— Sério mesmo? — repete ela, agora para Nick.

Ele assente com uma expressão solene.

Nick sempre tem na manga diversas explicações para a morte da mãe, a depender de quem pergunta. São como uma armadura para ele. A história do tigre é a que gera mais comoção. Em outra versão, ela morreu em um acidente de mergulho e, quando ele simplesmente não quer falar sobre o assunto, diz que foi um acidente de carro. Ninguém se interessa muito. Ele conta todas elas com a cara mais lavada do mundo.

— Caramba! Que... que loucura — balbucia ela. — Você não vai acreditar. A mesma coisa aconteceu com meu tio-avô.

Claro que aconteceu. Nick olha para mim e arqueia uma das sobrancelhas.

— Eles estavam acampando no exterior e foram andar de bicicleta, foi quando deram de cara com um tigre-siberiano. Tipo assim, ele saltou do meio do mato e abocanhou meu tio-avô. Aí um guarda-florestal apareceu e neutralizou o bicho, mas tigres são uma droga, né? — Ela termina a história apertando o ombro de Nick.

Acompanho o movimento com os olhos.

Contato físico.

— São mesmo. Uma droga — concorda Nick, com um sorriso.

Eles brindam com um toque das respectivas garrafas.

— E por que você nunca saiu com a gente? — pergunta May, se esquivando de um grupo de pessoas que entra na sala.

— Nunca fui convidado — responde ele, olhando para mim.

— Não é verdade — desminto.

— É, sim. Mas, de qualquer forma, eu moro meio longe e é um saco ficar vindo para a cidade.

— Você não sabe dirigir?

Lá vamos nós. Ele está prestes a perder alguns pontos quando o assunto é ser descolado.

— No momento, não estou dirigindo.

— Como veio hoje, então? — May genuinamente não entende como alguém consegue se locomover sem um carro.

— De Uber.

— Ah, legal.

A conversa entre eles continua e eu ouço, analisando cada resposta de Nick e tentando descobrir onde vão ficar no ranking de May.

Ela toca o braço dele ao rir e está flertando como se sua vida dependesse disso. Nosso círculo começa a se fechar e estou começando a sobrar, como se estivesse segurando vela. Meu cérebro entra em parafuso.

Quem é ele? Quem é esse cara confiante, ponderado e quase galanteador ao meu lado? Esse é o verdadeiro Nick, ou será que May é irresistível para todos os homens do universo?

Ou talvez ele esteja apenas sendo educado e eu esteja completamente paranoica.

— O que você faz da vida? Você também já terminou o colégio, né? — pergunta ela.

— Já. Eu trabalho para a empresa de paisagismo do meu pai.

— Vamos parar com o interrogatório? — interrompo.

May joga o cabelo. Outra vez.

— Como é que vou conhecê-lo melhor se não fizer perguntas? Tive uma ideia, você devia ir para a Universidade do Sul da Califórnia com a gente.

O sorriso de Nick murcha. Ele se vira para mim.

— Achei que íamos estudar em Nova York.

Agora May está me encarando também.

— Nova York? Desde quando? Você não me disse isso.

Pronto. E é por *isso* que eu não misturo meus círculos. Eu não falei nada sobre Nova York para May porque ela nunca mais ia me deixar em paz. Dou de ombros em um movimento tão vigoroso que quase toco minhas orelhas.

— Não sei. Ainda estou decidindo.

Mas é mentira. Eu com certeza vou para Nova York.

— Vai demorar uns cem anos, aposto — comenta May, tomando um gole da bebida.

Nick estreita os olhos.

— Que demore, então.

Olho para ele, pega de surpresa. May recua um passo e ergue as duas mãos como quem diz "relaxe". Nunca imaginei que poderia me sentir tão aliviada pela presença de Jaden. Ele aparece e abraça May por trás, depois a ergue do chão.

— Oi, May-ravilhosa!

— Me põe no chão. — Ela se debate tentando se soltar do abraço de urso.

Jaden a solta e estende o braço para Nick para um *high five* confiante.

— E aí?

May entrelaça o braço no de Nick antes que ele possa responder.

— Vou roubar você por um segundo. Me dê a chance de me redimir — diz ela, puxando-o para longe. — E quero que ele veja a piscina — acrescenta ela para mim por cima do ombro.

Acontece rápido demais para impedi-la, e agora estou presa aqui com Jaden. Ele parece tão contente com a situação quanto eu.

Nós os observamos desaparecer de vista. Jaden olha para Nick como se ele fosse um adversário, o que é ridículo.

— É seu amigo?

— Sim, mas não precisa se preocupar. — Faço um gesto despreocupado no ar. — Não vai acontecer nada.

Ele se estica e pega uma cerveja em um balde de gelo atrás de mim.

— Tem certeza?

E, de repente, não tenho mais. Sinto meu coração martelar no peito.

— Tenho, sim.

— Não quero problemas. Só pensei que talvez ela me desse outra chance hoje, e você sabe como ela fica quando quer uma coisa — continua ele, abrindo a lata.

É verdade, May pode ser implacável às vezes, mas eu vi a forma como ela estava olhando para Jaden na semana anterior.

— Não sei. Acho que vocês ainda podem resolver as coisas.

— Sério?

Quando confirmo, o rosto de Jaden se ilumina e ele não consegue parar de sorrir. Ele observa os convidados com o olhar distante, como se estivesse pensando nos dois juntos.

— Quer comer alguma coisa? — oferece Jaden, enfim se lembrando da minha presença. — Ou beber? Tem *shots* de gelatina na cozinha. O melhor dos dois mundos.

Não consigo me segurar e digo:

— É verdade. E é quase tão nutritivo quanto uma almôndega.

Jaden concorda com a cabeça, distraído, até finalmente processar minhas palavras. Ele se vira para mim quando a ficha cai, atônito.

A porta da frente se abre e dois caras com jaquetas esportivas entram, chamando por ele. Eu me embrenho no meio da multidão, tentando disfarçar minhas risadas com a mão e vou para a cozinha quase vazia. A geladeira está abarrotada de cerveja e vinho, então não há muitas opções para mim. Dispenso as tigelas reviradas de batatas fritas e decido procurar May e Nick lá fora.

Há uma fogueira acesa no fundo do quintal e o ar está impregnado com o cheiro forte de fumaça de lenha. O clima está quase pacífico por aqui. Uma pequena piscina inflável infantil foi armada sobre a grama, mas acho que o líquido dentro dela não é água, já que as pessoas estão enchendo seus copos de plástico com o que quer que seja aquilo. Então essa é a piscina que May queria mostrar para Nick.

Algumas garotas que conheço da época da escola estão por ali e vêm até mim, surpresas por me verem na festa. Levo uma eternidade para distribuir alguns abraços. Elas agem como se nada de terrível tivesse acontecido na minha vida e esse é um papel que estou tão acostumada a desempenhar que quase acredito também. Elas me contam as fofocas mais recentes e, quando pergunto por May, apontam para o portão lateral com um aviso:

— Vá depressa antes que ela se tranque em um quarto com aquele cara gostoso.

Elas riem, então faço o mesmo.

Vou até o gramado da frente. As pessoas estão fora de controle, mas ainda não consegui encontrar Nick ou May.

Todo mundo está se divertindo, mas parece que estou em outra dimensão como se aquele tipo de contentamento estivesse fora do meu alcance.

Há garotas perto de mim rindo, correndo em círculos ao meu redor com velas estrelinhas. É quase como se estivessem rindo de mim.

Por que é tão difícil para você ser feliz, Fiona?

Quando me viro, a janela principal se revela como uma pintura. Nick está em meio a um grupo de pessoas, May ao lado dele, e todos estão morrendo de rir de qualquer que seja a história engraçada que ele está contando. É como se ele nem tivesse notado a minha ausência.

É como se ele nem sequer se importasse.

Pego meu celular e mando uma mensagem para ele.

Estou indo embora

Isso foi uma péssima ideia. Minha torre de Jenga estava cada vez mais alta, mas pelo menos parecia estável. Por que eu tinha que mexer nas peças?

Fico observando a cena por um minuto. Eles fazem parecer tão fácil, o que quer dizer que a anomalia sou eu. Eu sou a garota que não sabe como ser feliz.

Dou dois minutos para Nick. Quando o tempo acaba, dou mais um.

Depois vou embora.

Fiona

Estou de pijama deitada na cama, já na quarta música da minha *daylist* do Spotify. Fiz minha rotina de skin care e escovei os dentes, mas não antes de comer o que restou da pizza e do sorvete de morango.

É nesse momento que a mensagem dele chega. Depois de todo esse tempo.

Nick:
Cadê você?

Leio as palavras de novo, sem saber se quero responder. Se eu fizer isso, vou liberar uma avalanche de ressentimento no teclado. Nick nem sequer merece uma resposta, merece levar um gelo, mas não consigo me segurar. Dou corda.

Eu te mandei uma mensagem
Suba a conversa

Nick:
Eu "subi a conversa", mas isso não é resposta

Estou em casa

Nick:

Por que não me chamou?

Eu

Te mandei

Uma mensagem

Nick:

Ah, sim

Claro que eu consegui ouvir meu celular em meio à música ensurdecedora

A música estava engraçada?

Soa tão infantil que reviro os olhos assim que envio a mensagem. O que deu em mim?

Nick:

?? Não entendi

Eu já estava dormindo

Depois nos falamos

Nick:

Sinceridade?

Outra vez esse negócio de sinceridade. Como foi que começamos com isso?

Sim, para ser sincera, você foi um idiota.

Para ser sincera, eu já reclamei mil vezes da May para você e você me largou para ficar com ela. E, tudo bem, talvez eu não tenha sido tão clara sobre isso, mas era mesmo necessário?

Para ser sincera, não sei se devemos continuar amigos.

Para ser sincera, eu nem sei mais se sei quem você é.

Mas não quero que ele saiba de nada disso. Então respondo:

Sempre.

Na terça-feira, vasculho o Google em busca de clubes de ginástica em Nova York para me distrair do pesadelo que foi a festa.

Estou na expectativa de conseguir um emprego como treinadora quando chegar lá. Eu já tinha parado de competir havia dois anos e pensei que nunca mais voltaria, mas senti falta de passar pó de magnésio nas mãos, do cheiro de couro da trave, da forma como as luzes fluorescentes se acendem uma atrás da outra quando há treinos às seis da manhã.

Então voltei como treinadora e me apaixonei outra vez. O único ponto negativo é ter que lidar com os pais.

Mandei alguns e-mails para me apresentar. Meu último certificado chegou na semana passada, mas não lembro onde está para digitalizá-lo. Não consigo encontrá-lo em lugar algum. Reviro minhas gavetas e encontro um monte de outras coisas: cardápios de restaurantes aleatórios, tampas de garrafas, recortes de jornais sobre competições. Minhas gavetas estão cheias de história, lembranças que doem demais só de pensar nelas. Decido que todas essas coisas precisam ir para o lixo, agora mesmo, então despejo tudo em uma sacola de farmácia. O certificado só pode estar no ginásio.

Desço correndo as escadas com a sacola amarrada como se fosse lixo. Meu pai está sentado no chão, montando um carrinho na mesa de centro. Queria que ele ainda estivesse focado em cozinhar. Ele levava muito jeito para a coisa.

— Você viu algum documento meu por aí? — pergunto, dando uma olhada em uma pilha das correspondências na mesa da cozinha. Não encontro nada meu.

Meu pai não tira os olhos do carrinho.

— Que tipo de documento?

— Coisas da escola. De trabalho, na verdade.

Ele solta o tubo de cola e ajeita os óculos no rosto.

— Isso é novidade.

— Na verdade, não. Só estou tentando me organizar. — Pego as chaves do carro na mesa de canto. — Vou dar um pulo no ginásio, acho que deixei uma coisa no meu armário.

— Tudo bem.

Lá fora, deixo a sacola na lata de lixo, pensando em como é fácil apagar a si mesmo.

As portas do ginásio se abrem e o saguão está cheio de alunos. As aulas gerais terminaram e agora restaram os alunos das aulas particulares. Minha folga é às terças-feiras, então este é o último lugar em que quero estar agora, principalmente porque May está trabalhando.

Não nos falamos desde a festa no fim de semana. Eu a vejo caminhando ao lado de uma garota na trave de equilíbrio, perfeitamente alinhada com a janela de observação dos pais, e aceno com as mãos acima da cabeça tentando chamar a atenção dela para que não pense que a estou evitando. Dá certo, mas ela congela quando me vê, como se tivesse sido pega no flagra, o que eu não entendo até que a garota gira e fica de frente para mim. É Sarah, minha aluna, e não temos aula juntas naquele dia.

Esse tipo de coisa acontece o tempo todo. Às vezes, os pais têm algum problema de horários e pedem para trocar os dias das aulas, então não me preocupo muito com isso quando me dirijo ao vestiário. Mas, pensando bem, May reagiu de forma muito estranha.

O vestiário está vazio. Vou até o meu armário e procuro meu certificado embaixo de alguns suéteres até avistar um envelope na prateleira superior. Com alguns pulinhos, consigo alcançá-lo.

A porta se abre e May entra apressada.

— Oi! O que veio fazer aqui? — pergunta ela com as mãos nos quadris.

— Estava procurando isso — respondo, mostrando o envelope. — Era Sarah na trave?

Ela engole em seco e demora um pouco para responder.

— Era.

— Saquei. Legal. Ninguém me avisou que ela tinha mudado de horário.

— Ahhhh... Jaden ia te avisar. — Ela olha para mim em silêncio com uma expressão de pena.

Eu me preparo para o que quer que esteja por vir.

— Me avisar o quê?

— Não foi exatamente uma mudança de horários. Olha, Fi, não sei... Acho que isso não devia ser comunicado por mim...

— Bom, você já começou, então conte logo.

May ocupa as mãos com o próprio brinco, encarando o chão.

— A mãe da Sarah viu você sair de um daqueles encontros no centro comunitário.

Eu me lembro disso. Sarah estava na aula de natação e apareceu do nada. Eu acenei para ela.

— Acho que a mãe dela achou meio esquisito e pediu para que ela começasse a ter aulas comigo.

— Ah. Mas o que é esquisito?

— Não sei. Todo o lance da terapia?

Arregalo os olhos.

— O lance da terapia? Você deixou Jaden comer almôndegas com molho direto da sua barriga!

May fica vermelha. Ela olha para trás, mas não tem mais ninguém. O segredo dela está seguro.

— Eu sei, eu sei — responde ela, gesticulando para que eu fale mais baixo. — Não é justo. É uma idiotice. — Ela está dizendo aquilo, mas não parece tão incomodada assim.

— Cuidar da saúde mental não está mais na moda?

— É, acho que é mais uma coisa de Instagram… E não foi só Sarah. Tori, Becca e Rose também.

Recuo um passo.

— Como assim? Todas elas vão passar para você? De forma definitiva?

— Sinto muito.

Dessa vez, acredito nas palavras dela. Ela parece triste e seu olhar é sincero.

— O que aconteceu? Acham que sou maluca ou algo assim?

May balança a cabeça.

— Não sei. Você sabe como esse tipo de fofoca funciona. É uma idiotice.

Ainda não consigo entender. Todo mundo sabe o que aconteceu com minha mãe, não é nenhuma novidade.

— Mas por que me julgariam por causa da terapia? Jaden dá festas todo fim de semana e ele é o treinador-chefe.

Ela encolhe os ombros.

— Eu também não entendo, mas você sabe como é, os pais sempre têm que ter razão. Se você quiser, eu recuso as alunas.

— Não. Que seja. Pelo menos uma de nós está ganhando uma grana.

— Não me importo com o dinheiro, eu me importo com você — diz May.

— Mas você devia ter me mandado uma mensagem quando ficou sabendo — digo.

— Eu quis mandar, eu juro. Mas Jaden disse que era uma regra do ginásio que esse tipo de notícia fosse dada pelos chefes. Não devia ter dado ouvidos.

— Tudo bem. Eu não me importo.

Não é verdade. Eu me importo, sim. Muitíssimo. Dar aulas para aquelas crianças é um dos únicos pontos altos da minha semana, e agora até isso está sendo tirado de mim.

May me chama com um aceno.

— Vem aqui. Vamos conversar.

Eu a acompanho até o ginásio. Sarah ainda está na trave praticando pequenos saltos. Passo pela janela que dá para a área dos responsáveis e faço contato visual com sua mãe, lançando um olhar duro para ela agora que não tenho nada a perder. Ela finge estar procurando algo na bolsa e preciso me controlar para não bater com o punho no vidro da janela. Consigo até ver as manchetes: "Treinadora maluca aterroriza pais e responsáveis".

— Oi, Fiona!

Eu me viro. Sarah está sorrindo de cima da trave, acenando para mim com as duas mãos.

— Oi! Você está arrasando aí em cima!

— May disse que minha postura não está boa. — Faço uma careta e May me dá um tapinha. — E ela não me deixa ir de um lado para o outro.

— Achei a postura ótima! — digo, e Sarah endireita ainda mais a coluna.

May e eu caminhamos em torno da trave enquanto ela pratica andar para trás.

— Você sumiu no outro fim de semana — diz May.

— Ah, é? Tive a impressão de que você é que sumiu.

May não entende.

— Agora dê a volta — instrui ela quando Sarah chega ao fim da trave.

— Eu estava cansada e fui para casa — digo com um suspiro.

Ela revira os olhos.

— Você podia pelo menos ter se despedido. — Um leve sorriso surge no rosto dela. — Ainda não acredito que você não me contou.

— Que eu não contei o quê?

— Que o Nick é um gato.

Eu estava tentando não pensar nele, mas não tem dado certo.

— Ele é?

Ela cutuca meu braço.

— Ah, fala sério. Você sabe que é. Agora entendi por que estava escondendo ele.

— Eu não estava escondendo ninguém. Nós somos dois ermitões.

— Não sei, não, Fi. Ele pareceu muito sociável.

De fato.

— Acho que eu gosto dele.

May para de andar e abre um sorriso como se aquela fosse uma grande revelação. Como ainda estou fuzilando a mãe de Sarah com o olhar, não processo muito bem as palavras de May.

— De quem?

— Você está no mundo da lua? Do Nick!

— Ah.

— Será que eu deveria ligar para ele?

Parece que os gatos sobre o meu peito voltaram e estão se multiplicando. Acho que um deles inclusive se transformou em um cachorro e não sei se minha caixa torácica vai aguentar. *Por que está tão quente aqui?* Não consigo respirar.

— Desculpe, o que você perguntou?

— Se posso ligar para ele — repete ela, enunciando cada sílaba. Ela aguarda pela minha resposta de olhos atentos.

Fico sem reação.

— Sim. Claro.

— Tem certeza? Jura que não tem nada acontecendo entre vocês?

— Entre mim e o Nick? Não. — É como se meu cérebro estivesse respondendo no piloto automático.

— Eu não vou fazer isso caso você esteja a fim dele. Você tem que me contar.

Faço uma careta.

— Nãoooo. Eu não estou a fim dele.

— Ele é engraçado. Tem um senso de humor muito peculiar. — Ela parece estar caidinha por ele.

Realmente não quero ouvir as constatações de May sobre tudo o que já sei sobre Nick.

Ela tagarela sobre o tempo que passaram juntos na festa e termina com:

— Acho que rolou um clima.

Tropeço em um colchonete de ginástica e tento me recompor.

— Um clima?

Até aquele momento, eu não tinha considerado que o sentimento poderia ser mútuo, mas ela está falando sério.

— Sim. Algumas vezes você simplesmente *sabe* — continua ela com uma expressão sonhadora — quando um olhar é mais do que um olhar.

Talvez eu esteja tendo um ataque cardíaco. Sinto uma dor aguda atrás das costelas. Que ótima forma de morrer — ali, sob as luzes fluorescentes do ginásio, prestando atenção nos traços de May como se fosse a primeira vez que a vejo. A curva delicada do nariz, a pinta na bochecha esquerda, o cabelo escuro e sedoso. São esses os atributos que resultam em "um clima"?

Eu me pergunto se minha perda me deixou imune a esse tipo de coisa.

Pensei que Nick e eu éramos iguais — pessoas com as quais "um clima" não acontece. Então como isso de repente surgiu entre ele e outra pessoa?

— Vou mandar uma mensagem para ele. — May segura meu ombro e sinto suas unhas em minha pele quando ela dá um pulinho.

A mãe de Sarah faz uma careta quando percebe que a filha está sendo ignorada. Eu não conto para May.

— Ai, estou ansiosa. Que maluquice, né? Estamos velhas demais para esse tipo de nervosismo. Me explica de novo por que nunca aconteceu nada entre vocês?

Eu me sinto atacada ao ouvir aquilo, porque a verdade é que tudo aconteceu entre a gente. Tudo, menos um clima, ao que parece. Antes de eu ir embora, ela apoia o rosto no meu ombro e pergunta baixinho:

— Tem certeza de que ele não é superfodido da cabeça ou algo assim?

Como posso responder a essa pergunta?

— Noventa e nove por cento de certeza.

Os olhos dela se iluminam.

— Um por cento de chance? Ponto positivo!

Vou embora na velocidade da luz. Passo correndo pelas portas automáticas e, quando me vejo do lado de fora, sinto tudo de uma vez. Isso tudo é culpa minha. Minha obra-prima. Eu convidei o Nick para aquela festa. Dei o sinal verde para May. Parece que ela orquestrou tudo, explorou minhas fraquezas, e eu o servi em uma bandeja de prata. Para a May. Quem faz isso?

Quando entro no carro, fico lá, imóvel. Os detalhes da reserva do hotel aparecem na tela do meu celular. Não faz sentido fingir que a viagem ainda vai rolar. Estava na cara que não ia acontecer. Nick sempre soube que eu encontraria um motivo para não ir. Talvez todo esse desastre tenha sido eu criando um.

Não importa. Ele tinha razão. Clico no link e cancelo a reserva.

Nick

Estou superfodido. Tem alguma coisa rolando com a Fiona. Eu sei que tem. Ela está me dando um gelo e eu não sei o porquê. Parece que estou perdido dentro da casa de espelhos de um parque de diversões e tudo está distorcido, não sei o que é real e o que não é.

Já estou de saco cheio de blocos de concreto intertravados e são só dez da manhã. Cascalho. É isso que vou usar na minha futura casa. Nada mais.

Mas não é culpa da Sra. Sullivan que eu seja obrigado a estar aqui.

Quando avancei de carro pelo quintal dela no inverno passado, o solo estava gelado demais para iniciar qualquer tipo de reparo, então meu pai prometeu que faria isso no inverno. Ele fez até mais do que o prometido, na verdade, não só substituindo os arbustos que eu arruinei, mas também instalando esses blocos na entrada que dá para a garagem. Meu erro resultou em um prejuízo de milhares de dólares para ele.

Não há dúvida de que foi o certo a se fazer. Até o juiz achou a ideia louvável. Meu pai, um ser humano incrível! Mas o que me pega é que ele não está fazendo isso por mim ou porque dá a mínima para a Sra. Sullivan. Ele está fazendo isso pela publicidade. Que excelente exemplo, que empresa admirável. Queria que ele tivesse se empenhado da mesma forma para consertar nossa família, mas isso não iria dar nenhum lucro, então por que se dar ao trabalho?

E, nesse caso, o erro nem foi dele, foi meu.

Eu me ofereci para consertar o quintal dela sozinho, mas meu pai tomou as rédeas para colocar a empresa dele nos holofotes, e agora tenho que aguentar isso pairando sobre a minha cabeça. *Você só me dá desgosto. Sequer tem noção do quanto isso está me custando? Por que não consegue dar valor para tudo o que faço por você?*

Mas eu dou valor. É claro que dou. Só que parte de mim queria que o juiz tivesse me mandado para a prisão. Meu pai até mexeu alguns pauzinhos e limpou minha ficha, mas ter essa dívida com ele é pior do que ser condenado à prisão perpétua.

A cortina se abre e a Sra. Sullivan acena para mim de dentro da casa. Nunca vou me esquecer do rosto dela naquela noite. A expressão em seu rosto passou de medo a decepção e não sei se algum dia vou me perdoar por ter causado isso. Pelo menos ela ganhou esses blocos de concreto. Então, embora eu pareça ser o menos competente da equipe de paisagismo, dou um duro dobrado em relação aos outros.

Coloco um bloco na entrada da garagem e ouço um toque no meu bolso. Ray, o encarregado, está explicando o processo para dois caras novos, então eu tenho um segundo para dar uma olhada. Pego o telefone, esperando que seja uma mensagem de Fi.

Só que não é. É um número que não reconheço

971-542-0071:
Oiii. Está ocupado? 😇💫

A próxima mensagem provavelmente vai ser um link para uma pesquisa ou um pedido de doação para uma instituição de caridade. Mas eles não costumam usar emojis.

Depende

971-542-0071:

É a May, amiga da Fiona. A gente se conheceu na festa

Ela me passou seu número 😊🧚

Tento me lembrar de alguma parte inacabada da nossa conversa que justifique esse contato, mas não consigo pensar em nada. Fi com certeza teve uma boa razão para passar meu número.

Oi

971-542-0071:

Acho que a gente começou com o pé esquerdo

Posso pagar um café pra vc essa semana pra tentarmos de novo?

Todo mundo está voltando ao trabalho e consigo sentir o olhar furioso de Ray às minhas costas. Preciso andar logo com isso, então respondo:

Beleza.

971-542-0071:

Uhul! Que ótimo! 🌈🐼🤗🙌🌞🎉

Não penso mais nisso até o final da tarde, quando o Ray me deixa em casa e eu me jogo na cama. May me mandou uma mensagem com o endereço de um café aqui perto. Só então minha ficha cai. Isso é um encontro?

Porque eu não posso ter um encontro. Não quero ir a um encontro. É exatamente por isso que não saio, porque o flerte é inevitável e, se você não flertar de volta, é óbvio que deve ter algum problema. Não consigo inventar nenhum argumento para dizer não. Todas as desculpas que me ocorrem se autodestroem antes mesmo de eu digitá-las. Se eu culpar o trabalho, May vai desconfiar porque ela sabe que eu sempre tenho tempo para sair com a Fiona. Dizer que estou doente é uma desculpa muito batida, mas, para ser bem sincero, estou mesmo com vontade de vomitar por causa dessa situação.

Não existe espaço na minha vida para isso. Alex não para de me pressionar para que eu escreva o depoimento, e tudo o que meu pai quer é que eu supere minha mãe, o que, na visão dele, seria basicamente me ver saindo com garotas que não são a Fiona. Tenho 99% de certeza de que foi por isso que eu aceitei.

Fiona ainda não me mandou nenhuma mensagem desde a festa. Penso em perguntar qual é o lance com a May, mas tenho medo de dizer a coisa errada. Parece que estou cercado por uma rede de fiação elétrica e sou incapaz de me mexer sem eletrocutar todo mundo junto comigo. Dizem que o silêncio vale ouro por uma razão.

Posso ser sincero?

Eu poderia ter dito não.

Posso ser sincero?

Eu não soube como.

Posso ser sincero?

Vai ser bom poder dizer para o meu pai que tenho um encontro.

Ainda que não seja real.

Fiona

Quando meu celular vibra na mesa de centro, estou torcendo para que seja uma mensagem de Jaden sobre o trabalho. É quarta-feira e estou sentada no sofá, segurando um sanduíche deprimente, e a TV está ligada no volume máximo para que a sala de estar pareça um pouco menos vazia.

O nome da May aparece na tela. Eu hesito antes de abrir a mensagem.

> Ele aceitou!!
> 🎊❤️😍🙆‍♀️💖🤸‍♀️💫

Ela realmente não perde tempo. Parece até que ele aceitou uma proposta de casamento. Antes que eu tenha chance de responder, uma sequência de outras mensagens chega quase ao mesmo tempo.

> May:
> Que roupa será que eu uso?
> Vc conhece ele melhor do que eu
> Do que ele gosta?
> Me liga pra eu te contar tudo

O que mais ela tem para contar? Eu quero saber de todos os detalhes, mas, ao mesmo tempo, não quero.

Tô na cama

Com febre

Depois nos falamos

May:

😵😷🖤

Parece que uma enxurrada de chorume está prestes a arrastar meus dois melhores amigos. Já era. Não acredito que ela de fato mandou a mensagem.

Então é isso. Nick e May estão prestes a se tornar... um casal?

Mentira tem perna curta e a tendência de virar uma bola de neve. Quando falo para Jaden que estou doente demais para trabalhar na sexta, a bola de neve começa a tomar forma:

May:

Fi, vc está bem?

Jaden disse que vc está nas últimas

Não estou nas últimas

Só doente

Dormindo

May:

Vc está com mononucleose ou algo do tipo?

Ha! Não

Dor de garganta

May:

Faringite?

Bingo.

Sim, você sabe como vivo tendo isso. 😟

May:

Parece que alguém está precisando do combo sara-tudo!

A gente faz isso há anos. Quando uma de nós fica doente, a outra aparece com uma sacola de besteiras ultraprocessadas. Parece que o único lado bom da nossa amizade se materializa quando estou com uma doença contagiosa.

Não. Sério

Não quero passar nada pra vc

Então é isso. Estou em casa com faringite infecciosa.

Meu pai chega com uma sacolinha da farmácia algumas horas depois e a deixa na minha cama. Ele sabe o que é. Eu tiro meus fones com a impressão de que ele vai dizer alguma coisa, mas não diz nada, parecendo entender que aquele é um outro nível de drama completo entre a gente no qual não quer se meter.

Eu agradeço com um "obrigada!" superfeliz e espero a porta se fechar antes de dar uma olhada no conteúdo da sacola. Ursinhos de gelatina, um pacote de batata chips, revistas de fofoca, pastilhas para tosse e um refrigerante — é como um abraço quentinho em forma de guloseimas. Que fofo. Abro o pacote de ursinhos e jogo as pastilhas para tosse na cabeceira para quando eu estiver doente de verdade.

O sábado chega e May não me mandou mais mensagens. Ela é uma dessas pessoas que sempre está conversando com alguém sem parar, então, se não é comigo, provavelmente é com outra pessoa.

Nick.

A única coisa boa que acontece é o e-mail que recebo de Grace. Ela cancelou o encontro do dia porque teve um imprevisto, e eu fico extremamente aliviada.

Meu celular vibra na cama.

Nick:

Oi

Podemos conversar?

Sobre o que ele quer conversar? Sobre a May?

Eu não respondo. Não tenho tempo para fingir estar feliz, normal ou qualquer outra coisa. Simplesmente estou vazia.

Queria poder apagar todo mundo. Todas as pessoas. Por que ainda não inventaram um remédio para isso?

O Nick imaginário diz: "Inventaram, sim. As drogas, no caso".

Talvez seja possível, afinal de contas.

Posso começar agora mesmo. Meu quarto. Esse é o quarto de uma criança de dez anos, um cômodo preso no passado. Meu edredom é de estampa arco-íris e ainda há troféus de ginástica empoeirados nas estantes. Os ingressos de todos os shows a que May e eu fomos estão colados na parede, junto de uma foto da mamãe me abraçando no ginásio. A foto foi tirada bem no dia em que eu contei que não queria mais competir e ela não me deu ouvidos, só disse: "Você não sabe o que quer. Isso vai te fazer bem, e pelo menos você sempre vai ter uma boa postura". Então eu desisti no mesmo dia. Ela não me ouvia. Foi assim muitas vezes nos anos seguintes. Chegamos a um ponto em que nossas vidas eram completamente paralelas.

Eu suspiro. May tem mesmo uma postura excelente.

Minha história me sufoca. Cada fragmento do meu passado se transforma em um gato: gatos malhados, persas brancos de pelo fofo, gatos vira-lata e um Cheshire gigante de sorriso largo que governa todos os outros.

Os gatos precisam desaparecer.

Pego um saco de lixo e expurgo as lembranças do meu quarto. Tudo vai para um saco, de uma extremidade da prateleira à outra. Meu capelo de formatura está em um canto no chão, e eu o pego. Penso no meu pai sentado sozinho em meio a um mar de pais orgulhosos. Eu podia sentir a dor dele lá de cima do palco. A ausência da mamãe encobriu o dia como uma sombra. Não é uma lembrança que eu queira guardar, então jogo o capelo no saco também.

O álbum de narval da mamãe. Por que estou guardando isso? Eu o jogo fora também, como se não fosse nada. Minha escrivaninha? Eu a tenho desde que era criança. Ela sabe demais. Eu a empurro para o corredor para que meu pai a tire daqui mais tarde.

Meu quarto se transforma em uma casca vazia. Como eu. Nenhum gato à vista.

O saco de lixo parece pesar uma tonelada, mas eu o arrasto para fora e o enfio na lixeira. Depois de fechar a tampa, relaxo. Estou me sentindo leve e me permito flutuar por cinco segundos antes de o arrependimento me atingir em cheio. Só consigo pensar no narval sorridente abandonado sozinho, no escuro. Não consigo fazer isso. Não consigo me desfazer dele.

Abro a tampa e mergulho a mão no saco de lixo. Eu me inclino para dentro da lixeira e alguma coisa nojenta e pegajosa encosta no meu braço, mas não me importo. Preciso encontrar o álbum dela. Por fim, meus dedos tocam uma forma retangular e a lateral do que parecem ser páginas. Achei.

Faço um pouco de força e consigo puxá-lo, mas o esforço me faz cair para trás, estatelada no chão em frente à garagem. O álbum derrapa pelo chão. Eu me levanto, esfrego as palmas raladas das mãos na calça e vou buscá-lo. O narval sorri com um ar travesso, agora com duas lantejoulas a menos no chifre.

Lá no alto, o céu noturno está salpicado de estrelas. Juro que vejo uma delas riscando a escuridão.

Aperto o álbum com força contra o peito. Algumas coisas são feitas para durar para sempre.

Nick

Combinei de me encontrar com May no café domingo à noite, porque não havia a menor chance de deixá-la ir até minha casa. Tudo aquilo parecia uma armadilha, tipo ir a um circo e ouvir: "É claro que é permitido acariciar o tigre! Ele adora pessoas e não machucaria nem mesmo uma mosca", quando o bicho está, na verdade, preparando o sal e a pimenta para temperar o almoço. Que vai ser você.

Mas a verdade é que nenhuma história de tigre é pior do que May.

Quando chego, eu a vejo sentada em uma mesa para quatro pessoas, muito arrumada. Ela está vestindo uma blusa cor de creme com estampa de estrelas azuis, calças pretas justas e sapatos pretos de salto. Caramba, parece que eu errei o *dress code*. Tiro meu boné de beisebol e passo a mão pelo cabelo como se fosse adiantar alguma coisa. Ainda não sei o que está acontecendo aqui. Será que ela veio dar algum recado da Fiona? Ou será que é um desses testes de melhor amiga em que ela quer saber se eu sou um cara legal? Toda aquela situação parece uma entrevista de emprego e começo a me sentir meio inseguro com minha camiseta básica branca e minhas calças jeans semilimpas.

Assim que me vê, ela fica de pé, sorridente, e estende a mão.

— Oi.

A sensação de entrevista se intensifica.

— Oi.

Nós nos cumprimentamos com um aperto de mão.

Há duas bebidas sobre a mesa e olho em volta, meio que na expectativa de ver Fi. Talvez aquilo seja uma saída em grupo da qual não me avisaram.

May alisa a blusa e faz um gesto para a cadeira de frente para ela.

— Já pedi para você. Espero que não se importe. É um chai latte de caramelo com leite de soja. Quem é que não gosta de um desses, né?

Eu, por exemplo.

Acho que minha expressão facial deixa a resposta evidente. Ela me encoraja:

— É uma delícia, juro. Depois de experimentar, você nunca mais vai querer tomar outra coisa.

— Ah. Imagino. Obrigado — respondo enquanto voltamos a nos sentar.

Sinto o aroma da bebida. Vômito de bebê cremoso e com especiarias. Sei que agora é o momento em que devo pegar a xícara do mesmo jeito que ela está fazendo, tomar um gole e dizer que é mesmo muito gostoso, mas simplesmente não consigo fazer isso.

— Devia ter deixado que eu fosse te buscar. O tempo lá fora está tão... blergh. Fiquei me sentindo mal por você ter tido que vir de bicicleta.

Ela escolheu um lugar perto da minha casa, então não foi tão longe.

— Não tem problema.

Ela tamborila os dedos e não para de olhar para a minha xícara. Já está ficando estranho. Vou ser obrigado a tomar essa droga.

Então pego o copo, dou um sorriso para ela, rezo para que meu cérebro desligue o departamento do paladar e tomo um golinho.

— Hummmmm... realmente. Uau. O sabor é tão gostoso quanto o cheiro. — Devolvo a xícara para a mesa. — Mas está meio quente, vou esperar esfriar um pouco.

Ela quase bate palmas de alegria.

— Oba! Sabia que você ia gostar. — Então ela começa a falar sem parar, gesticulando no ar. — Eu levo jeito para descobrir o que as pessoas curtem. Eu sei que parece loucura, mas todo mundo sempre diz: "Nossa, como você sabia que eu ia gostar disso?". Eu devia fazer os pedidos das pessoas mais vezes.

— É mesmo um dom muito único.

Isso é tudo o que preciso dizer para incentivá-la a continuar. Procuro um relógio pelas paredes. Só consigo pensar em como diabos vou me livrar dessa bebida.

Quando ela finalmente para de falar, pergunto:

— Fi vai vir também?

Ela parece confusa.

— Fiona? Não... Por quê?

— Ah. Fiquei em dúvida. A gente não se fala há algum tempo, estou tentando...

Ela me interrompe com um aceno no ar.

— Ah, é, ela está com faringite. O ginásio é uma verdadeira fábrica de germes, você não faz ideia. Parece que as crianças estão sempre doentes, sabe? Eu vivo dizendo para ela tomar vitamina C e equinácea, mas ela não me escuta. Você nunca a viu doente?

— Não, acho que não.

— É sempre um acontecimento. Fiona praticamente hiberna, nem sequer me deixa entrar no quarto dela. Eu tinha que mandar mensagem para a mãe dela para saber se ela estava viva. Parece que ficar doente significa que ela também não consegue usar os dedos para digitar.

— Caramba.

— Mas não esquenta. Ela vai sobreviver.

O celular dela toca dentro da bolsa — é alguma música da Ariana Grande que agora vai ficar na minha cabeça o dia inteiro. Ela atende e começa a discutir com alguém do outro lado da linha, primeiro baixinho e depois em voz estridente. Depois que desliga, ela começa a ajeitar a bolsa e me olha como se tivesse acabado de lembrar que estou ali.

— Nossa, você vai me odiar, mas tenho que ir. Irmãs mais novas, sabe?

Graças a Deus.

— Claro. O dever chama.

— Quer vir comigo? Só preciso buscar ela no cinema e levar para casa. Podemos ir conversando no carro. Ou posso te dar uma carona para outro lugar.

— Não precisa. Obrigado.

— Vou matar minha irmã. Nem tivemos tempo de conversar. E você só tomou, tipo, dois goles do seu chai.

— Eu vou pedir para viagem — digo, segurando a xícara.

May sai apressada e, no segundo em que o carro dela sai do estacionamento, aproveito para a jogar a bebida no lixo.

Meu celular vibra com mensagens dela antes mesmo de eu sair do café.

Foi muito legal. É ótimo conversar com vc! ☕

Vamos sair mais vezes. 🤗🌠

Mas tudo o que eu queria eram notícias de Fiona. Ela ainda não respondeu à última mensagem que enviei, e isso está me deixando ansioso. Não me parece bom, mesmo que ela esteja doente. Este é o primeiro fim de semana em que não saímos juntos e ter que esperar mais uma semana para vê-la parece uma eternidade. No entanto, ela nunca deixou de ir a uma reunião. Ela vai estar lá. Tem que estar. Abro o contato de Fiona e mando uma mensagem.

Nos vemos no próximo sábado?

Fiona

O estado do meu quarto faz parecer que roubei uma IKEA. E meio que roubei, mesmo. Quase tudo é branco, pacífico e calmo, uma tela limpa. Parece que aterrissei sozinha na lua, onde os únicos vestígios de existência serão meus.

Minha nova escrivaninha é a única coisa que não é branca porque eu não queria que fosse igual à antiga. É um tampo de madeira de acácia que comprei na seção de bancadas. Muito obrigada pela ideia, Pinterest. Estou montando as pernas de metal e depois vou colocar a placa em cima.

Ontem faltei ao trabalho de novo, em parte porque ainda estou furiosa com as mães das minhas alunas, mas principalmente por causa da May. Mandei uma mensagem para ela e para Jaden e disse que ainda estava me sentindo mal. Não dei muitos detalhes.

Então só falta lidar com o Nick. Tem reunião hoje, mas não vou de jeito nenhum, então disse à Grace que estou doente. Nunca faltei antes, então é claro que ela acreditou em mim. Depois disse ao meu pai que a Grace é quem tinha desmarcado. E quanto ao Nick, ainda não respondi a mensagem dele. Eu quero, mas não sei o que dizer.

Estou sentada no chão com o manual de instruções do móvel aberto à minha frente. Não consigo entender nada e parafuso as peças das pernas do jeito errado. Duas tentativas depois, parece ter dado certo.

Ouço uma batida suave à porta.

— Ô de casa.

Meu pai sempre pede licença. Imagino que ele vá entrar como sempre, mas ele não o faz.

— Pode entrar — digo, pela primeira vez na vida.

Ele abre a porta e dá uma olhada nas pernas da mesa.

— Quer uma mãozinha para colocar o tampo?

É a parte mais fácil, mas fico com a impressão de que ele precisa disso mais do que eu.

— Sim, claro.

Pegamos a placa de madeira, um de cada lado, e a posicionamos com cuidado em cima das pernas. Ele dá um passo para trás e analisa meu quarto.

— Ficou bem legal, Fi! Meio vazio, né?

— É minimalista, não vazio. É difícil ter foco em um quarto entulhado de coisas.

Ele coloca as mãos nos quadris.

— Entendi.

— Eu não gastei muito.

— Tudo bem, eu não perguntei. — Ele se abaixa e pega a furadeira sem fio do chão. — Acho que traz certa calma.

Concordo com a cabeça. É porque expulsei os gatos.

— Enfim. Vou dar um pulo na casa do Rob para ver o jogo. Tudo bem?

Ele vai sair. Nem consigo acreditar.

— Aham! Bom jogo... na casa do Rob.

— Não vou chegar tarde.

Ele desce as escadas com as chaves tilintando no bolso. A porta se fecha e o carro se afasta pela rua. Eu deveria me sentir aliviada, mas não é o caso. Tudo em volta está em paz, mas me sinto uma impostora. A solidão se instala, mas não quero ficar triste esta noite. Só há uma coisa a se fazer: dar a maior festa da autopiedade em minha homenagem.

Na cozinha, pego um pacote de batatas chips sabor churrasco no armário e, veja só que surpresa, há uma garrafa aberta de vinho logo ao lado, praticamente acenando para mim. Com o vinho em uma das mãos e as batatas embaixo do braço, pego também minha caneca da Legolândia com meu nome estampado.

A caixa com a câmera da mamãe ainda está no balcão. A coragem líquida proporcionada por algumas taças de vinho pode ser o que preciso para ver as fotos. Algumas taças extras podem até ser suficientes para me fazer esquecê-las. Subo em câmera lenta com os braços ocupados — vinho, batatas, caneca, câmera e nenhuma testemunha.

Fecho a porta do quarto com o pé e coloco tudo no chão. A tampa do vinho é de rosquear e o som que a garrafa faz ao encher minha caneca é como música para os meus ouvidos. Então chega a vez da trilha sonora. Minhas *playlists* do Spotify são organizadas por mês, o que resultou basicamente no mapeamento musical do meu declínio até o fundo do poço. Por isso decido colocar uma *playlist* pronta, clico na "Top 40" e ligo a caixa de som *bluetooth*.

Eu quis renovar meu quarto para "espantar a tristeza", mas, nesta noite, já consigo senti-la se infiltrando pelas frestas da porta e se espalhando pelas paredes. A gosma escura da tristeza já está pingando do teto como se fosse cera de vela. Meu peito fica cada vez mais pesado.

— Você precisa relaxar — comenta o Nick imaginário.

Então tomo um longo gole de vinho. Para relaxar.

Agora que deixei um fragmento de Nick invadir meus pensamentos, May aparece também. Será que eles foram comer batatas fritas no trailer que a gente gosta? Será que ela foi até a casa do Nick? Será que conheceu o pai dele? Será que conheceu a Brooklyn? Será que se sentaram juntos no sofá suspenso? Imagino May me substituindo por completo, e eu deveria estar feliz por eles, porque era o que eu queria, não era? Que os dois ficassem felizes? Mas talvez não juntos.

Vejo o pacote de ursinhos na minha mesa de cabeceira e me sinto muito culpada por sentir raiva da May. Como posso odiá-la sendo que ela sempre me apoiou depois que minha mãe morreu? Somos amigas desde sempre. Sim, às vezes ela tenta me pôr para baixo para se sentir melhor consigo mesma, mas não acho que seja intencional, e será que isso anula todas as outras coisas boas?

— Não sei como consegue ser amiga dela, Fi. É sério, ela é maluca — diz o Nick imaginário.

Concordo com a cabeça. Afinal, qual é a linha que separa um amigo tóxico de um que tem defeitos como qualquer ser humano?

Talvez eu possa ficar no meu quarto para sempre. Não preciso ir estudar em Nova York em janeiro. Viajar não é tão legal assim, afinal. Na verdade, é bem chato.

— Viajar é divertido, Fiona — comenta o Nick imaginário.

— Não é coisa nenhuma — retruco em voz alta para mim mesma.

Encho a boca de vinho aveludado e o seguro nas bochechas por um minuto antes de engolir. Estou criando um casulo em cima do meu casulo. Várias bolas de algodão macio se multiplicam ao meu redor e o mundo fica mais borrado. Aumento o volume da música.

Cansei de você, Nick. Posso fazer ou deixar de fazer o que eu quiser. Não o julgo por ser antissocial.

— Claro que julga — contesta o Nick imaginário.

Meu celular vibra contra o chão de madeira e a coincidência é tão grande que fico um pouco assustada.

Nick:

E aí

São sete e meia e a reunião já começou faz tempo. Acho que ele percebeu que eu não vou comparecer. Segundos depois, ele manda outra mensagem.

Nick:

Fiona!

Eu sei que você está aí

Sei que está lendo minhas mensagens

O que tá rolando?

Fala comigo

Você está bem?

As mensagens estão me deixando ansiosa, então empurro o telefone para longe e seguro a caneca com as duas mãos.

A música cessa e o silêncio se apodera do meu quarto. Pego a câmera da mamãe e toco a lente no corpo de metal, notando que está arranhada e amassada em alguns lugares. Será que está carregada? Para saber, só tenho que pressionar o botão de ligar e desligar. Aproximo meu polegar, mas sou atingida por uma onda de pânico, então deixo a câmera no chão e puxo meu notebook para mais perto.

No Spotify, digito "mãe falecida" na barra de pesquisa para procurar uma playlist. Alguns resultados surgem na tela. O primeiro é a página do Deadmau5, depois uma playlist de título "minha mãe é idiota". Em seguida, vejo uma outra que se chama "minha mãe morreu". É de alguém tão fodido quanto eu. Fico arrepiada quando vejo as músicas. Já ouvi várias delas no meu carro e as músicas do Bowie me fazem ter certeza de que foi Nick quem a criou. Não sabia que ele tinha essa playlist, mas é como encontrar o seu diário. Não devia ficar tentando encontrar significado nisso, mas eu quero. Não sei o que significa.

Não sei o que nada *disso* significa.

Coloco para tocar desde o começo.

Eu me sirvo de mais vinho e, por um segundo, me pergunto quantas taças cabem em uma caneca. Já estou com sono, mas não quero dormir, então me levanto.

A casa está escura. Temos três quartos no andar de cima e eu me dirijo para o quarto dos meus pais no final do corredor.

Nunca venho aqui. O ar é denso e parado, meio sinistro. Se um caça-fantasmas o visitasse, o sensor sobrenatural piraria completamente. A cama está feita provavelmente há semanas, já que meu pai geralmente dorme no sofá.

Vou até o banheiro e abro a gaveta de maquiagem da mamãe. Tudo está disposto em fileiras organizadas. São tubos e potes da Glossier e da Maybelline, nada muito sofisticado. Passo um batom rosa nos lábios. Acho extravagante demais, então pego outra cor e aplico camada sobre camada de rosa, vermelho, nude e tons de roxo enquanto canto desafinadamente qualquer música aleatória que vem do meu quarto, transformando todas as letras em um único verso: "Fiona, ninguém te amaaaaa".

Antes de fechar a gaveta, vejo um frasco de vidro fosco com o rótulo em francês — é um creme que ela comprou em Paris quando viajou a trabalho uma vez, e que começou a comprar pela internet em segredo desde então. Meu pai teria ficado maluco se tivesse descoberto quanto custa. Pingo um pouco em meu dedo e é como se toda a essência da minha mãe estivesse naquela pequena gota. Eu a passo no rosto.

Meus olhos estão se fechando, então volto para meu quarto e me jogo na cama.

O sono vem no mesmo instante.

Ouço o som da chuva batendo no telhado. Queria poder abrir as paredes e deixá-la entrar. Talvez ela lavasse a tristeza daqui de dentro.

— Fiona!

A voz do Nick imaginário ressoa pelo cômodo.

— Fiona!

Abro os olhos.

— Fiona! Abre a porta!

Não é o Nick imaginário.

Saio da cama aos tropeços e dou uma olhada lá fora por trás da cortina. A campainha toca sem parar, mas não vejo ninguém.

Então Nick recua alguns passos e olha para cima. Ele está encharcado. Quando me vê, ele leva a mão ao peito como se estivesse aliviado, mas o alívio rapidamente dá lugar a um semblante bastante irritado.

— Abre a porta! — grita ele.

Meu quarto gira quando me viro sem sair do lugar. Balançar a cabeça não ajuda. Visto meu roupão azul surrado e respiro fundo antes de descer as escadas.

Quando abro a porta, Nick entra e traz consigo alguns respingos da chuva que cai na diagonal. Ele inspeciona minha sala em busca de evidências de que o mundo está acabando. Lá fora, vejo a bicicleta dele largada no chão. Nick veio de bicicleta até aqui. Na chuva. O que é completamente absurdo. Fecho a porta e ele afasta o cabelo molhado dos olhos.

— Você não foi hoje! — dispara ele, ainda ofegante.

— Eu sei.

Nick vai para a cozinha com os tênis encharcados rangendo a cada passo e pega um pano de prato para secar o cabelo e o rosto.

— Pensei que você tivesse batido o carro ou pulado do parapcito do segundo andar.

— Bom, isso seria difícil porque só dá para pular do segundo andar na sua casa.

Eu acho o comentário engraçado, mas ele me olha de cara feia.

E é nesse momento que ele estreita os olhos para minha boca.

— Droga. — Esfrego a boca com a manga para limpar minha maquiagem de palhaço.

Como se fosse adiantar de alguma coisa.

— Você está bêbada — constata ele, pendurando o pano de prato molhado no encosto de uma cadeira.

Depende do ponto de vista. Já estou na fase em que se tenta não vomitar. Dentro da minha cabeça, há todo um diálogo acontecendo comigo mesma. *Não vomite, não vomite, não vomite, coma alguma coisa, não vomite.*

Mas, sim, ainda estou bêbada. Eu passo por ele rumo à cozinha e abro o saco de pão em cima do balcão, colocando uma fatia na boca e levando a outra à torradeira.

— Cadê o Bob?

Mastigar. Mastigar. Mastigar. Odeio isso. Odeio o que ele está fazendo, que é dar uma de Sr. Responsável.

— Por que não está falando comigo?

— Eu estou falando com você.

— Você entendeu. Não estou falando de agora.

Sim, eu entendi, mas por que ele está jogando isso nas minhas costas?

— Por que você não está falando comigo?

— Quê? Foi você que não me respondeu, Fi! — rebate ele. — May disse que você estava com uma infecção de garganta.

É como uma punhalada no meu peito. Então eles estão mesmo conversando.

Meu pão pula na torradeira. Raspo os pedaços queimados deixando que caiam sobre o balcão assim como as cinzas do meu coração chamuscado, então começo a comer a torrada, pura.

— Que porra está acontecendo? Era pra eu ter vindo aqui? May disse que você gosta de ficar sozinha quando está doente, que você hiber... — Nick se interrompe e é como se uma lâmpada se acendesse no rosto dele. — Você nem sequer está doente. Nunca esteve! — Ele joga as mãos para o alto. — Qual é o seu problema?

É a pergunta de ouro. E o que diabos eu responderia? Esse é o maior insulto do mundo.

— Uau... bom, nem sei por onde começar.

— Você está mentindo pra todo mundo!

— Eu nunca disse que estava com faringite. Foi o que May deduziu. Eu só não desmenti.

— Como assim?

Passo por ele e volto para a sala.

— Por que você não respondeu minhas mensagens? — questiona ele, falando cada vez mais alto.

— Que mensagens?

— Eu te mandei mil mensagens hoje à noite.

— Meu celular estava desligado.

— Mentira.

Ele se aproxima e segura meu roupão, tateando os bolsos. Tento puxar o tecido e impedi-lo, mas ele ganha fácil. Então encontra meu celular.

— Devolva.

Ele estica o braço e o segura acima da cabeça em uma altura que não consigo alcançar. Ele abre minhas mensagens sem problema algum, já que eu faço a burrada de não colocar senha no meu celular, e todas as mensagens dele aparecem na tela.

— Que surpresa! Olha só!

Ele me encara, furioso, e empurra o celular de volta para mim.

— Que porra é essa? Aconteceu alguma coisa? Você está bem?

Ele está verdadeiramente preocupado, e é tudo muito triste. Eu estou triste.

— Não.

— Não o quê?

— A resposta é não para todas as perguntas. — Ele fica esperando como se eu fosse dizer algo mais, mas volto atrás. — Está tudo bem comigo. Deixa pra lá.

— Está sendo sincera?

Ele está a um palmo de distância e nós nos encaramos. A honestidade paira em algum lugar no espaço entre nós, mas nenhum de nós quer tocá-la.

— Estou.

Sei o que Nick está pensando. Está estampado no rosto dele. Estamos prestes a ter uma conversa completamente diferente. É tipo um jogo de xadrez totalmente injusto porque meu tabuleiro está suspenso no ar, na diagonal.

— Então é isso? Você obviamente não quer falar comigo.

— Por que fica repetindo isso? Eu estou falando com você.

Nick começa a andar de um lado para o outro na sala. Ele para de repente.

— É por causa da May — declara ele, apontando o dedo.

Ele faz a jogada. Move a Rainha no tabuleiro. Parece tão infantil quando o ouço falar em voz alta.

— Não é! — protesto, como se fosse a coisa mais ridícula que já ouvi, mas meus sentimentos são tão óbvios que nem eu acredito nisso.

— A gente foi tomar um café! Ela disse que você não estava nem aí.

Meu estômago está embrulhado. Não consigo nem olhar para ele, então volto para a cozinha.

— Estou superfeliz por vocês estarem se conhecendo melhor! E que ótimo que vocês se preocupam com a minha opinião.

— Eu achei que você também fosse. Depois pensei que você estivesse dando uma de cupido.

Eu me viro para encará-lo.

— Por que eu faria isso?

— Como é que eu vou saber, Fiona? Foi você que passou meu número para ela!

— Onde é que eu estava com a cabeça, não é? Não imaginei que você fosse agarrar a chance na primeira oportunidade.

Ele recua um passo.

— Do que está falando? — A confusão dele é genuína e eu sinto um aperto no peito. — Por que passou meu número para ela?

— Ela pediu! O que você queria que eu fizesse?

Nick balança a cabeça.

— Sei lá. Me avisar, talvez? Antes de...

— Mas por quê? Vocês marcaram um encontro na hora!

— Ela me pegou de surpresa! — Ele joga os braços para o alto, desconcertado.

Marcho de volta para a sala e ele vem logo atrás.

— Que seja. Mas, quer saber, eu acho ótimo! É excelente de verdade! — vocifero.

— Que bom. Que bom que acha ótimo. — Nós nos encaramos, os dois imóveis. — Então é isso? Vai me descartar assim? Se é tão fácil para você deixar as coisas para trás, por que frequentava o grupo para começo de conversa? Por que simplesmente não virou a página?

O pouco que restava da minha racionalidade evapora.

— Você aparece com esse papo de ser sincero, de sinceridade, depois vem com essa baboseira de não querer me incomodar...

— Não é baboseira — interrompe ele.

Mas não terminei.

— Espero que vocês sejam muito felizes juntos! Ela é completamente maluca, aliás, e você foi um babaca me deixando sozinha naquela festa, sendo que eu nunca faria isso com você. E antes disso você também não estava falando comigo. Eu mandei uma mensagem dizendo "eu te amo" e você nem sequer me respondeu.

Eu falo sem pensar, as palavras saem como uma enxurrada desastrosa. Os olhos de Nick estão tão arregalados que parece que a cabeça dele vai explodir.

— Como assim?

— Então não me venha pedir para ser sincera. Isso não vale só para mim, tá bom? Você não é a porra do fiscal da sinceridade.

— Como assim?

— Nada. Esquece.

Tento passar por Nick, mas ele segura meu braço.

— Não! E você não mandou "eu te amo", você mandou "amo você", como toda garota faz o tempo todo.

Eu me contorço para me desvencilhar da mão dele.

— Ah, nossa, como eu sou clichê!

— Pareceu da boca para fora, Fi. Você quis dizer *eu te amo*?

Xeque-mate. Por que ele é tão bom nisso? Fiquei com tanta raiva que compliquei as coisas para mim mesma. Balanço a cabeça sem parar, como um daqueles bonequinhos em que só as cabeças se movem. Não estou sóbria o suficiente para ter essa conversa. Isso não está acontecendo. Não, eu não te amo. Não, não, não.

— Você quis dizer *eu te amo*?

— Não! — grito como se a ideia fosse insana. — Mas você podia ter respondido. Só isso.

Ele passa a mão pelo cabelo.

— Por favor, diga que não vamos começar a analisar o quanto sou relapso com mensagens. Você sabe que eu odeio.

— Não odeia, nada. Você não odeia conversar por mensagem.

— É, realmente. Agora você me pegou! Eu adoro mandar mensagens!

— Só estou dizendo que você poderia ter me respondido.

Ele para e respira fundo, depois inclina a cabeça para o lado e tira o celular do bolso. Dois segundos depois, meu celular vibra. Quando olho para a tela, vejo a mensagem: "Amo vc". É completamente frio, sem vida e sem significado.

— Estamos de boa agora?

— Claro. Muito obrigada. — Mas ainda não acabei. Mais uma pérola embriagada sai da minha boca antes que eu possa evitar. — Você contou para ela sobre a sua mãe?

Ele dá um passo para trás como se tivesse levado um tapa, assimilando a enormidade daquela pergunta. Ele está tentando entender por que eu perguntaria isso. Mas é o Nick. É claro que ele sabe.

— Não. — A expressão dele se suaviza, a voz se acalma. Ele se aproxima, deixando de lado a postura defensiva. — Fi, o que você quer de mim?

Ele fala comigo com um olhar de súplica. Nick está me jogando um colete salva-vidas em forma de pergunta e tudo o que tenho que fazer é responder. Com sinceridade. Mas não consigo. Prefiro me afogar.

— Não quero nada. Eu não te pedi para vir aqui.

Ele absorve a rejeição. Sinto o cheiro de torrada queimada no ar e é tudo em que consigo pensar. Em qualquer coisa, menos no que acabou de acontecer aqui.

— Você não foi a única que não apareceu hoje. Aquela garota, Maddie, teve uma overdose alguns dias atrás.

Fecho os olhos. *Não.*

— Não vou mais voltar para o grupo. Para mim já chega — diz ele.

De alguma forma, eu sei que também não vou mais voltar. Sinto que acabou.

O farol de um carro surge na entrada da garagem. Nós dois olhamos fixamente um para o outro como se toda a nossa relação dependesse dos próximos trinta segundos de privacidade, mas não conseguimos dizer uma palavra sequer. Meu pai entra trazendo algumas compras em um saco de papel, e é recebido pela tensão no ar que o engole como um tsunami.

— Nick? — Ele olha de mim para Nick, mas felizmente não faz nenhum comentário sobre o estado do meu rosto.

— Boa noite, senhor.

— Está tudo bem?

Preciso dizer alguma coisa para ele.

— Uma garota do grupo morreu.

É a resposta perfeita. Ele não vai querer se aprofundar nisso.

— Sinto muito — diz meu pai, abaixando a cabeça.

Ele vai até a cozinha para guardar as compras.

Nick atravessa a sala até a escada onde estou, mas subo um degrau, ficando mais alta que ele. Ele estreita os olhos como se eu fosse um lobo em pele de cordeiro.

— Caramba. Parabéns. Muito impressionante — sussurra ele com amargura. — Você é que deveria ser a escritora, não eu, já que sempre sabe exatamente o que dizer.

Eu me inclino e sussurro de volta.

— Aprendi com os melhores!

Ele se afasta e comprime os lábios em uma linha fina.

— Nick, vai passar a noite aqui? — pergunta meu pai da cozinha.

— Não, senhor, eu já estava de saída.

— Tem certeza? Está chovendo canivetes lá fora.

— Tenho, sim.

Ele abre a porta e sai para a tempestade sem olhar para trás.

Dentro da minha cabeça, estou gritando *pare! Não vá. Eu sinto muito*. Mas o alívio que sinto quando a porta se fecha fala mais alto.

Vou até a cozinha e abraço meu pai. Ele provavelmente imagina que tem a ver com a morte, mas como posso explicar que tem a ver com a vida?

Nick

A mensagem chega quando já estou no quarto, depois de tirar o moletom molhado que parece pesar uma tonelada. Foi divertidíssimo voltar para casa pedalando com todo aquele peso extra.

Fiona:
não me odeie por favor

Acho que ela mandou no segundo em que eu fui embora. Meu coração se derrete de um jeito doloroso que só Fiona é capaz de provocar.

Arremesso o telefone para o outro lado do quarto. A sensação é boa, então pego o pacote de Cheetos aberto na mesinha de cabeceira e o jogo para longe também. E por que parar por aí? Atiro uma lata de refrigerante e agora meu quarto é uma porra de uma obra-prima do Pollock, feita à base de respingos de refrigerante e Cheetos. Quando não tenho mais o que arremessar, desabo na cama. Como isso foi acontecer?

Grace diz que sou um agitador. Se esse for o caso, Fiona é um furacão. Que diabos foi aquilo, Fi? Até agora eu não sei.

A cereja do bolo é um e-mail da Grace com os detalhes do funeral da Maddie, na próxima semana. Ótimo. Acho que não ser um babaca significa comparecer, mesmo que eu mal a conhecesse. Mas, para ser sincero, a situação mexeu muito comigo. Tudo o que consigo enxergar é ela parada na minha frente, propondo que a gente fizesse alguma coisa e eu a ignorando. Qual é o meu problema? Grace disse na reunião que ela tomou algo adulterado em uma festa, como se fosse um caso isolado.

Mas nada é.

Maddie tentou se aproximar. Uma vez. Eu deveria ter escutado.

Não faço ideia do que as pessoas usam em velórios. Não fizemos um para minha mãe. Não tem a menor chance de eu usar um terno. Um suéter azul-marinho é o máximo que posso oferecer, então eu o visto por cima de uma camisa social e depois coloco uma calça cinza. Vai ter que servir.

Como não estou a fim de tomar um chá de cadeira na igreja, pulo essa parte e vou só para o enterro. O pessoal do nosso grupo está perto da família de Maddie e de seus amigos da escola. A quantidade de pessoas é impressionante. Grace acena quando me vê e Fiona também está por lá, conversando com um cara. O cabelo dela está comprido e trançado. Fica perfeito nela. Quando ela olha para mim, desvio o olhar.

Ainda estou meio irritado. Quero dizer, ainda não sei o que ela quer de mim. Tentei ser sincero quando estive na casa dela e ela me expulsou, então o que quer que eu pense?

O restante do velório é extremamente desconfortável. Parte de mim quer ir até Grace e dizer: "Viu só? Eu não disse?", mas isso seria escroto demais até para mim.

— Qual o propósito das coisas, Nick? — Minha mãe costumava perguntar.

Acho que ela se arrependeu de ter expulsado Alex e Max, principalmente quando ficou claro que o discurso do meu pai de "precisamos ser capazes de viver nossas vidas" significava vivê-las separados um do outro. Quanto mais infeliz ela ficava, mais repetia isso. Sempre encarando algum ponto específico com um olhar vazio: a janela, alguma coisa dentro da geladeira, o ralo da pia da cozinha. *Qual o propósito das coisas?* Se estivéssemos em um programa de auditório, eu diria que nossa família é o propósito, mas, quando ela dizia isso, eu estava sentado a trinta centímetros de distância, então a resposta certa provavelmente não era essa.

Um padre profere a oração fúnebre sobre o túmulo aberto enquanto os pais de Maddie choram e os pássaros cantam em uma árvore próxima. Está um dia muito bonito — perfeito para os pássaros.

Fiona está olhando para mim. Consigo vê-la pelo canto do olho. Não quero olhar para ela, mas não consigo me segurar e acabo cedendo.

Há algo sereno em sua expressão. Uma brisa suave sopra alguns fios de cabelo sobre o rosto dela e a renda da blusa branca que está usando roça sua clavícula. Fiona é a única vestida de branco e o sol a ilumina como se ela fosse uma pintura. Atrás dela, um cara do grupo repousa a mão em seu ombro. Tudo dentro de mim grita que deveria ser eu. Eu deveria estar no lugar dele, mas não estou e nem mesmo sei o porquê. Nossos olhares se demoram, intensos. Dizem tudo, mas, ao mesmo tempo, não dizem nada.

Alguém começa a chorar ao meu lado e desvio minha atenção para o chão.

Tenho quase certeza de que minha mãe queria que as cinzas dela fossem espalhadas sob o palco de um show do Keith Urban, mas isso jamais iria acontecer. Acho que a equipe do Keith não iria autorizar para começo de conversa, mas também não havia cinzas a serem espalhadas.

Só dentes. Alex me contou isso enquanto comia uma tigela de cereal à mesa da cozinha. Não sei o que aconteceu com eles. Será que a caixa de dentes é mandada de volta para o país de origem da pessoa e depois entregue à família, ou fica sob posse do perito como prova para o seguro? Não sei dizer e nunca perguntei.

Meu pai foi o primeiro a saber. Ele estava trabalhando em Portland e, quando as notícias sobre um acidente aéreo começaram a pipocar, um funcionário lhe mostrou, dizendo:

— A Liz não estava a caminho da América do Sul?

Eu queria ter visto a cara dele. Alex disse que parecia que ele estava chorando quando telefonou, mas não engulo essa. Acho que ela aumentou um pouco a história para que eu me sentisse melhor e para servir de consolo para si mesma também. Eles receberam a notícia em uma sexta-feira e passaram quase dois dias tentando conseguir informações com a companhia aérea. Só me contaram no domingo, quando tiveram certeza de que ela tinha morrido.

É tão estranho pensar nisso. Passei aquele fim de semana inteiro indo a festas, sendo que minha mãe tinha morrido. Eu deveria estar chorando, ou... sei lá. Não sei o que eu deveria estar fazendo, mas definitivamente não deveria estar me divertindo com pessoas que não faziam a mínima diferença na minha vida. Mas eu sentia que estava no meu direito. Tipo, vocês me deixaram sozinho em casa esse tempo todo, o que é que estavam esperando, afinal?

Eu soube que havia algo errado no segundo em que Alex e meu pai chegaram em casa no mesmo carro. Quando eu era criança, minha avó me contou que um pássaro azul pousou do lado de fora da janela da cozinha no dia em que a irmã dela morreu. Ela disse que o pássaro é que tinha trazido a notícia. Na época, pareceu uma baboseira, mas depois entendi. Alex abriu a porta traseira e pegou Max nos braços. Ele estava abraçando um urso polar de pelúcia. Aquela cena como um todo estava me trazendo a notícia. Alex olhou para cima, para a janela do meu quarto, e eu soube.

Alguns minutos depois, ela bateu à minha porta e me pediu para descer.

Max ficou assistindo a TV na sala, Alex se sentou à mesa e meu pai decidiu passar um café, embora fosse o meio da tarde.

— Nick, aconteceu um acidente — anunciou ele sem rodeios, contando as colheres de pó de café. — Um acidente de avião.

Eles pareciam cansados, duas pessoas que já tinham passado o fim de semana inteiro processando aquilo. Eu me encostei na parede e ouvi.

Tudo se tornou um borrão e, naquele momento, deduzi que eles também tinham acabado de ficar sabendo. Acho que Alex me abraçou. Então eles começaram a falar sobre os preparativos para o enterro e a usar termos como "opções para recolhimento do corpo", mas eu estava dois dias atrasado, perguntando:

— Mas vocês têm certeza?

Fui ficar com Max no sofá, e Alex ficou conversando com meu pai sobre as medidas de segurança e o papel da companhia aérea. As vozes deles soavam como uma névoa distante. Havia algum desenho animado passando na TV, mas acho que Max não estava assistindo.

— Oi — disse Max, sem desviar o rosto da tela.

— Oi.

— Que pena o que aconteceu com a sua mãe.

Ele disse isso de modo muito tranquilo. Max quase não conhecia minha mãe porque Alex é rancorosa e só vinha visitar em datas comemorativas, mas para mim foi como um soco na boca, foi o momento em que tudo se concretizou. Que loucura pensar que o primeiro gesto de empatia que recebi veio de uma criança de oito anos. Minhas mãos estavam tremendo. Eu me controlei o máximo que pude e voltei para o andar de cima.

— Nick — chamou Alex.

Foi quando as pesquisas no Google começaram. Acho que eu estava procurando provas de que se tratava de um engano e de que eles estavam errados. Mas foi uma péssima ideia. É claro que havia registros dos destroços — a carcaça incinerada de um avião — e vi e revi os vídeos diversas vezes, atento a cada frame, um de cada vez, em busca de algum tipo de prova de que ela estava lá.

Mas só restaram os dentes. Mais nada.

Então não tivemos velório nem enterro. Os amigos da minha mãe ficaram sem entender, mas não somos religiosos e, sem corpo para enterrar e sem cinzas para espalhar, concordamos que o enterro dela já tinha acontecido na Amazônia. Então meus amigos lentamente desapareceram, assim como ela. Não foi culpa deles, eles tentaram, mas de repente eu estava vivendo em Marte, lutando para respirar, enquanto para eles a vida seguiu seu curso habitual.

Alex e eu escolhemos as quedas d'água no Parque Silver Falls como o lugar aonde iríamos para nos lembrar dela. A gente sempre as visitava em família, com exceção do meu pai, que estava sempre ocupado. Minha mãe se sentava nas pedras escorregadias com vista para as cachoeiras e nós ficávamos por perto, atirando pedras na água. Depois, fazíamos uma fogueira para assar salsichas e dávamos comida aos pássaros.

Como não tínhamos as cinzas da mamãe, Alex e eu queimamos algumas coisas dela — uma blusa, um sapato e uma fotografia. Junto de Max, levamos as cinzas desses objetos para a cachoeira e as jogamos na água. Não contamos para o meu pai. Queríamos que o momento fosse só nosso. Não foi nada tradicional, mas foi nosso.

Fico feliz que tenha sido assim, porque olhar para o caixão da Maddie nesse buraco é inimaginavelmente doloroso. Eu me afasto antes que eles o desçam.

Enterros são uma merda.

Quando chego em casa, o silêncio impera, e só consigo pensar nas pessoas que costumavam viver ali. O enterro mexeu comigo e penso em dormir para driblar a tristeza. Vou para meu quarto e tiro o suéter, mas estou muito agitado para dormir, então me sento à mesa em frente ao notebook. O brinquedo de

Max está logo ao lado, me observando como se estivesse esperando algo de mim, mas não sei o quê.

Há um documento em branco na tela que diz "Depoimento da vítima - Nick Bennet" no cabeçalho. O cursor pisca no final das palavras.

Não me sinto uma vítima. Se eu quisesse escrever um depoimento de vítima, teria que ter feito isso aos oito ou dez anos. Ou nos anos que vieram depois, quando as coisas pioraram. Agora, sinto dor e tristeza, mas as coisas já são assim há muito tempo, não é nenhuma novidade.

Meus dedos tocam as teclas. Eu digito:

A quem possa interessar nas Linhas Aéreas Sul-Americanas,

Enterros são uma merda. Pensando assim, eu deveria agradecer vocês por terem derrubado o avião no meio da Amazônia.

Encaro a tela por um segundo e depois apago tudo.

A quem possa interessar nas Linhas Aéreas Sul-Americanas,

Jane Goodall tinha um chimpanzé chamado Frodo. Ela nem sequer trabalhava na América do Sul, então por que diabos vocês ofereciam uma excursão da Jane Goodall lá?

Apago tudo e volto a digitar:

A quem possa interessar nas Linhas Aéreas Sul Americanas,

Vocês foderam com a minha vida. Vocês a privaram de um final feliz porque, se ela tivesse vivido, talvez tivesse se divorciado dele. Sabe o que era aquela lista de desejos? Era tipo uma contagem regressiva. A cada item riscado, ela ficava mais forte e chegava mais perto de ter coragem de fazer isso. E eu queria muito que ela tivesse conseguido. E o que eu faço agora? Acho que ela me passou o bastão. Ainda tenho chance, não tenho? Talvez eu ainda seja capaz de fazer isso. Mas, pensando bem, como poderia, Linhas

Aéreas Sul-Americanas, se o bastão em questão está perdido em algum lugar no meio da Amazônia?

Apago de novo. O bonequinho do Max está me julgando, eu consigo sentir.

O cursor pisca na tela. Eu escrevo:

Mamãe,
Eu não destruí a casa.

Nick

Agora que May começou a me mandar mensagens, não há escapatória. Ela me manda mais mensagens do que o banco cobrando uma dívida e só consigo pensar que, se for assim mesmo, nunca quero dever para ninguém.

Recebo mensagens dela toda hora. De manhã, à tarde, à meia-noite e é meio cruel porque eu sempre fico esperançoso, pensando: *Talvez seja a Fiona.* Mas nunca é. Eu poderia ter falado com ela no enterro, mas quero deixá-la à vontade para me procurar, principalmente depois do que aconteceu na casa dela.

Meu celular apita com um lembrete sobre a viagem a Monterey no fim de semana. Eu apago a notificação. Vamos estar bem até lá. Temos que estar.

Estou tentando funcionar como um ser humano, então respondo a May, mas é difícil me empolgar com a nossa conversa. Por exemplo, ela me mandou uma foto com dois sapatos perguntando qual era o mais bonito. Por quê? Por que diabos alguém me perguntaria isso? E o pior é que eu respondi! Eu disse:

O azul

Parece que ela está tentando me levar de volta para o mundo "das pessoas normais" e não estou reclamando. Talvez esteja dando certo.

Então, quando ela me pergunta o que estou fazendo hoje, conto sobre meu exame de direção no período da tarde para evitar qualquer convite para sair. Mas então ela responde com uma dúzia de emojis felizes e insiste em ir me buscar. Eu não reclamo, pensando que talvez a tagarelice dela me distraia do nervosismo que começou a dar as caras na noite anterior.

A prova está no meu calendário já faz um tempo. Eu intencionalmente escolhi uma data antes da viagem para Monterey. Não contei para Fi porque ela transformaria tudo em um grande acontecimento, e eu não queria a dose extra de pressão. Mas, para May, eu sou uma tela em branco. Para falar a verdade, é bem mais fácil lidar com alguém que não sabe nada sobre você.

Assim que vejo o Acura preto se aproximar, pego meu moletom do encosto da cadeira e desço. Não quero que ela entre. Quando abro a porta da frente, ela está na varanda com o braço erguido, pronta para bater.

— Ah. Oi. — Ela recua um passo, surpresa, e estica o pescoço para tentar espiar lá dentro, mas eu sou rápido e fecho a porta depois de sair.

— Oi. Podemos ir? A prova é importante e eu não queria me atrasar.

— Sim, claro. Você me mostra a casa outra hora! — diz May enquanto caminhamos até o carro.

Duvido muito.

Quando acho que já deu tudo certo, vejo a picape do meu pai se aproximando. Estamos quase no carro da May então estou confiante de que vamos conseguir sair logo daqui sem qualquer interação.

Então May vê o carro.

— É seu... jardineiro?

Não deixa de ser uma boa descrição da minha relação com ele.

— Não... É meu pai.

— Ah, é verdade! — exclama ela, fazendo movimentos circulares com o dedo em direção ao nosso gramado. — O paisagismo e tal. Eu tinha me esquecido.

Eu já estou segurando a maçaneta da porta do passageiro, mas o carro ainda está trancado. A porta da picape do meu pai se abre e olho para May, agoniado, me perguntando o que ela está esperando para abrir a porcaria da porta.

— Você não vai dizer oi?

Não, eu não ia dizer oi, mas agora acho que vou ter que fazer isso. Respondo com um sorriso tão forçado que meu rosto até dói. Fiona teria sacado na hora, mas May nem desconfia.

Ela dá a volta no carro e fica ao meu lado, sorrindo na direção do meu pai. Ele vem até nós com a simpatia de um vereador angariando votos para a próxima eleição.

— Olha só! Parece que temos visita — diz ele.

— Pai, essa é minha amiga May. May, esse é meu pai.

May coloca a bolsa amarela sem alça sob o braço e dá um passo à frente, esticando a mão.

— Prazer em conhecê-lo, sr. Bennet.

Ela ajeita uma mecha de cabelo escuro atrás da orelha, revelando uma argola dourada. A roupa inteira dela parece ter saído de um ensaio de revista, a blusa azul-marinho de mangas bufantes e jeans parecem supercaros.

Meu pai não consegue conter uma expressão satisfeita. É como se ele tivesse ganhado na loteria, ou como se eu tivesse ganhado. May definitivamente é o tipo de garota que seria considerada um bilhete premiado.

— Prazer em conhecer você também — cumprimenta ele com um aperto de mão, sorrindo de volta. — Que maravilha. É bom ver você com novas amizades, Nick.

May leva aquilo como um elogio, sem perceber que foi uma crítica à Fiona.

— May é a melhor amiga da Fiona, pai.

É a vez dele de dar um sorriso amarelo.

— Que bacana — comenta ele. — Só quis dizer que é bom que você esteja expandido seu círculo. Gente nova pode ajudar você a seguir pelo caminho certo.

Sinto tanto ódio dele nesse momento.

May concorda com a cabeça.

— É verdade! É como diz o ditado: Diga-me com quem andas e te direi quem és.

— Exatamente! — Meu pai aponta para May como se ela fosse um gênio, e ela reage com um floreio, exultante.

Preciso acordar desse pesadelo agora mesmo.

— Temos que ir — digo à May.

— É mesmo! Bom, foi muito bom conhecer você.

Ela acena em despedida e finalmente destranca o carro, dando a volta até a porta do motorista.

— Para onde estão indo? — pergunta meu pai.

Olho fixamente para May, torcendo para que ela entenda o recado e não diga nada, mas é tarde demais.

— Hoje é o exame de direção do Nick! Dê boa sorte para ele! — responde ela alegremente.

Mesmo de costas para ele, consigo sentir o olhar do meu pai às minhas costas. Abro a porta, mas ele aparece ao meu lado antes de eu entrar.

— Chegou a hora, então.

Não consigo fazer contato visual, então me concentro no ombro dele.

— Cinco meses passam voando.

A verdade é que o período de cinco meses terminou dois meses atrás, mas ele nem sequer percebeu.

— Você mandou a papelada e tudo?

— Aham.

— Certo. Talvez eu não esteja em casa à noite, mas me mande uma mensagem para contar como foi — diz ele com dois tapinhas na lataria do carro.

Minha visão fica vermelha de raiva. Ele nem tenta fingir que gostaria de me levar ou que vai me esperar voltar. Tenho vontade de mandar meu pai ir se foder, mas quando encontro o olhar dele por um milésimo de segundo, decido que não vale a pena.

— Pode deixar.

Entro no carro quando May dá a partida, e meu pai acena enquanto nos afastamos.

Ela não notou o que aconteceu. Para ela, sou só um cara que não sabe dirigir, não um que teve a carteira de motorista suspensa.

Mas hoje é um dia importante para mim. Eu finalmente paguei pelos meus erros. É um pouco assustador quando alguém te oferece uma segunda chance, porque tudo em que você pensa são nas mil e uma maneiras em que conseguiria estragar tudo outra vez.

Estar num carro com May é como estar preso dentro de uma máquina de *pinball*. Ela pula de um assunto para o outro na velocidade da luz enquanto tudo o que sou capaz de fazer é me concentrar em não deixar a bola cair. No começo, ela me faz perguntas básicas de direção para me ajudar no exame. Depois, aumenta o volume do rádio quando uma música da Billie Eilish começa a tocar, trazendo todo um novo significado à ideia de dançar no carro. Então, ela pega no meu pé porque não tenho redes sociais, se recusa a acreditar que isso seja possível, e por fim me dá um sermão sobre como a Califórnia é o único lugar onde eu deveria considerar estudar.

Quando chegamos ao local do exame, já estou com dor de cabeça. Antes de eu entrar, May me segura pelo moletom e olha no fundo dos meus olhos.

— Você consegue, Bennet. Entendido?

— Entendido.

— Então repita.

Obedeço sem nem um por cento do entusiasmo dela.

— Eu consigo.

— Isso aí!

Ela varre minha blusa com as mãos como se eu estivesse sujo de migalhas ou sei lá, embora eu esteja perfeitamente limpo. Depois ela me faz girar no lugar e me dá um empurrãozinho para a frente. Tudo parece estar fora do lugar.

Quando volto trinta minutos mais tarde, May está sentada na calçada, digitando furiosamente. Ela termina o que quer que seja e depois se levanta de um salto, me encarando com um olhar de expectativa.

— E aí?

Mostro a carteira de motorista temporária que me deram.

— É... Deu certo.

May pula em cima de mim e me abraça, gritando. O entusiasmo dela me faz cambalear para trás e meio que não sei o que fazer, então só dou uma palmadinha nas costas dela. Parece que subimos de fase no jogo da amizade e ninguém me avisou. Ela se afasta e ajeita a alça laranja do sutiã sobre o ombro. Tudo o que eu quero é dar o fora daqui antes que alguém perceba que foi um grande erro ter me dado a carteira de motorista e me peçam para devolver.

— Parabéns! Você conseguiu. Temos que comemorar. O que quer fazer? Quer ir até a minha casa e tomar alguma coisa?

Aquilo soa exatamente como a pior maneira de se comemorar isso.

— Não, tudo bem. Não é nada importante.

— Como assim? É superimportante! Pelo menos me deixe pagar um frappé pra você na Starbucks.

Ela soa decidida. Eu não tenho coragem de dizer que não gosto de tomar cinco quilos de açúcar em estado líquido, mas, a essa altura do campeonato, não pareço ter escolha.

Então respondo:

— Beleza.

— Mas você vai dirigir! — Ela atira as chaves para mim e eu as seguro por reflexo.

— Não, melhor não, por causa do seguro...

— Eu confio em você, Nick. Você não vai ferrar meu carro.

Não deveria, é o que sinto vontade de dizer, *eu sempre estrago tudo*. Mas May já deu a volta para o lado do passageiro e sacode a maçaneta da porta em um sinal para que eu destranque o carro. Ela sorri para mim enquanto eu me atrapalho com as chaves; já faz tanto tempo que peguei num carro que nem consigo destrancar a porta.

É difícil não me sentir como a Fiona dessa equação. Parece que estou vivendo a vida dela. Sei lá, será que somos a mesma pessoa? O entusiasmo da May não é exatamente contagiante, mas é legal sair com alguém que vê o mundo através de uma lente cor-de-rosa, alguém para içar a âncora de vez em quando. Mas não adianta, ela não é a Fiona e nunca vai ser. A Fiona é como um pote de ouro no fim do arco-íris.

May está olhando para mim do outro lado do carro, mas o que vejo é Fiona me encarando por trás do cabelo castanho bagunçado pelo vento. É Fiona derrubando as chaves vinte vezes antes de abrir a porta. Fiona me olhando de cara feia depois de eu fazer um comentário engraçadinho. É Fiona rindo até chorar e depois entrando em pânico porque as lágrimas arderam e ela começa a achar que está com algum tipo de câncer oftalmológico. Talvez Fiona e eu sejamos âncoras, mas não dá para negar que o fundo do mar é lindo. É Atlântida. Sinto vontade de mandar uma mensagem para ela ali mesmo, dizendo: "Estou com saudade, me desculpa". Mas então May grita:

— Vamos logo, Bennet! Estou morrendo de dor no pé!

Graças ao sapato azul.

Vamos até a Starbucks no centro da cidade, a Starbucks que Roger atingiu com o carro. Fi e eu nunca vamos para aqueles lados por causa do trânsito congestionado. Também não ajuda que esteja rolando uma feirinha ali por perto, porque todos os caçadores de comida orgânica decidiram lotar o café para comprar as bebidas com chantilly de não sei o quê e xarope de não sei o que lá.

May parece decepcionada quando não peço a mesma coisa ridícula que ela. Só de ouvir o nome do que ela vai tomar, as palavras "café preto gelado" saem automaticamente da minha boca.

Ela diz que eu sou "um chato". Nós mal conseguimos ouvir um ao outro em meio ao burburinho do café, então pegamos as bebidas e saímos para caminhar pela calçada pós-feira, ainda cheia de alface e caules de flores pisoteados.

O frappé de chocolate de May é tão grande que ela precisa segurar o copo com as duas mãos.

— Seria maluquice emendar um jantar no dia de hoje? — pergunta ela, como se tivesse acabado de ter aquela ideia.

— Acho que meu pai vai querer fazer alguma coisa. Sabe como é, um programa em família.

— Ah, claro. E no fim de semana? Você pode ir jantar lá em casa. Conhecer meus pais.

Conhecer os pais? Não sei o que ela acha que estamos fazendo, mas preciso colocar um ponto final nisso, tipo, agora.

— Eu vou para Monterey no fim de semana.

Ela para no mesmo instante.

— Monterey?

— Com a Fi.

May recua um passo, como se um grande quebra-cabeça estivesse tomando forma.

— Mas ela disse que cancelou a viagem.

Eu não sabia disso e foi uma merda ter ficado sabendo pela May. Depois me pergunto o que mais ela deve ter contado, mas não estou a fim de travar uma batalha para ver quem sabe mais sobre a vida da Fiona. E isso nem sequer importa. Ela pode cancelar o que quiser, não significa que não vai rolar. Não significa porra nenhuma.

— Bom, mas nós vamos — digo, jogando meu copo vazio em um cesto de reciclagem.

Então uma expressão estranha toma conta do rosto dela como se tivesse descoberto o segredo do universo.

— Nossa. Você está apaixonado por ela.

Se fosse possível levar um tapa na cara de uma sequência de palavras, seria o que acabou de acontecer comigo. E eu não sei o que dizer, então só fico lá, parado com cara de tacho, o que pelo visto é suficiente para ela saber que tem razão. May joga o próprio copo na lixeira também, ainda pela metade, como se o frappé tivesse azedado.

— Por que você está aqui comigo, então? — questiona ela.

Não parece o momento apropriado para lembrá-la de que ela é que está me mandando mensagens e insistindo em me dar caronas. Que ótimo, outra pessoa querendo me matar. Não é possível que todo mundo esteja errado. Eu devo mesmo ser um grande babaca.

— Você passou a noite inteira flertando comigo naquela festa — acusa May.

— Eu não estava flertando com você! — rebato.

Além do mais, e daí? Eu dei uma volta com ela pela festa, nós rimos um pouco. Ela encostou em mim algumas vezes. Acho que peguei uma bebida para ela.

Então a ficha cai como um meteoro.

Eu finalmente vejo a situação pelos olhos da Fiona. Pelos olhos da May. Agora sei que estou ferrado, mas o que posso dizer? Eu adorava sair, fazia isso com frequência, falava com todo mundo. Quando estava em uma festa, minha mão deslizava por inúmeros ombros e cinturas. Nunca significou nada. É difícil perder um hábito e simplesmente não pensei no que significaria.

Não pensei.

— Você pretende contar para ela?

O tom ameaçador de May me desperta do devaneio.

Não estou a fim de discutir com May, então enfio as mãos no bolso e digo:

— Será que você pode guardar para si as conclusões que tirou sozinha?

— Sozinha? Essa é a sua desculpa? Não dá para mentir para um mentiroso. Eu não vou esconder isso dela. Ela é minha melhor amiga.

— É mesmo? Acho que vocês não são "melhores amigas" há muito tempo.

Isso a deixa furiosa. Ela fica meio boquiaberta, com aquela expressão de ira pura que as garotas exibem às vezes, como se fosse me empalar ali mesmo, no meio da rua. Mas May não grita, apenas diz com superioridade condescendente:

— Nós somos melhores amigas desde a sexta série. Você teve meia dúzia de conversas profundas com ela e acha que conhece Fiona melhor do que eu?

Ela está falando comigo como se eu fosse o maior idiota da face da terra.

— Sim, acho. Ela não é a mesma Fiona que você conheceu. As pessoas mudam.

— As pessoas *não mudam.* Não de verdade. É disso que você tem medo, não é? De ser o mesmo cara que sempre foi. Sabia que a Fiona perdeu alunos por sua causa?

Ela está tentando plantar intrigas. Por mais que eu tente resistir, já mordi a isca e me enrosquei no anzol.

— Como assim?

Minha nítida insegurança parece servir de combustível para ela.

— Fi acha que é porque ela estava no grupo de apoio ao luto. — May se aproxima e seu tom de voz se intensifica a cada passo. — Mas o vestiário do ginásio não é tão grande assim, eu ouvi a conversa das mães. Foi *você.* Um dos filhos de sei lá quem foi a uma das suas festinhas e ficou completamente transtornado. Ela perdeu alunos porque a viram com você.

Foram tantas festas.

— Mas você está comigo agora!

— Eles não podem me demitir! Eu sou campeã estadual! Então o que você vai fazer, Nick? Vai se transformar no príncipe encantado? Arranjar um cavalo branco e ir pedir Fiona em casamento?

Aquilo não é só raiva. Ela está pronta para me aniquilar. E, por alguma razão, continuo dando corda.

— Talvez.

É óbvio que só quero provocá-la, mas o tiro sai pela culatra.

Ela solta um grunhido gutural.

— Ah, claro. Você quer *casar com ela*. Você nem sequer... Você nem ao menos consegue... — Ela ergue as duas mãos, parecendo calcular o que estava prestes a dizer. — Não. Você é completamente alucinado. Estou fora. Boa sorte.

Ela sai pisando duro pelo estacionamento e só consigo pensar em quantos passeios pela feirinha de orgânicos não terminam da mesma forma.

Ainda bem que não estou de carro, porque eu com certeza daria uma de Roger.

Que merda. May está enganada.

Ela está enganada em relação à Fiona e em relação a mim. Eu conheço Fiona mais do que ela jamais vai conhecer e a conheço, também. May não vai contar uma palavra disso porque é constrangedor, ela não saiu por cima. Provavelmente está torcendo para que eu suma, porque assim as duas vão poder voltar para a mesma porcaria de amizade na qual May sempre leva a melhor. O que significa que ela não me conhece nem um pouco.

Porque Monterey vai acontecer. As pessoas mudam, sim. May está completamente errada em relação a tudo.

Ela tem que estar.

Fiona

Meu celular vibra. Meio sonolenta, tateio a mesa de cabeceira até encontrá-lo. São seis da manhã.

Pai:

Fi?

A casa está pegando fogo?

Só isso justificaria uma mensagem às seis da manhã!

Pai:

Não. Nick está aqui na cozinha.

Leio a mensagem e depois leio de novo. Assimilo o que ele está dizendo e desperto imediatamente. Meu pai está brincando? O celular vibra de novo.

Pai:

Ele trouxe uma mala, disse que é para a viagem de vocês. Digo para ele subir?

Viagem? A gente não conversa há semanas, desde a noite em que perdi completamente a cabeça na frente dele. O que ele está fazendo aqui?

Não! Já vou descer

Cada segundo que demoro é uma oportunidade a mais para que meu pai comece um interrogatório, então pulo da cama e começo a olhar em volta em busca de um milagre que me faça parecer minimamente apresentável. Claro que não encontro nada, então pego meu roupão e o amarro com firmeza na cintura, depois desço correndo, rezando para ser uma pegadinha.

Mas não é.

Ele e meu pai estão sentados à mesa da cozinha, como se fosse a coisa mais normal do mundo. Nick está devorando meu cereal e meu pai se esconde atrás do jornal.

— Oi — diz Nick com a boca cheia após uma colherada.

— Oi.

— Você disse que a gente saía às seis, lembra? — diz ele, mostrando as horas no celular.

— Eu disse?

Dois meses atrás, antes de a nossa amizade ir pelo ralo.

— Aham.

A gente precisa conversar, mas é impossível com meu pai ali. Ele abaixa o jornal e me olha por cima dos óculos.

— Tá bom. Só vou tomar um banho.

Nick empurra a cadeira e se levanta.

— Vai demorar demais. Tome banho depois.

— Não, eu... Não posso dirigir assim. — Ou seja, ainda meio adormecida. — Não vou demorar.

Ele leva a tigela até a pia e a lava.

— Cadê sua mala? Vou colocar as coisas no carro. — Quando não respondo, ele nota a expressão de surpresa no meu rosto. — Você não fez a mala.

Faço que não com a cabeça.

— Então vá para o banho. Eu faço para você.

Eu olho de Nick para o meu pai.

— Tá. Tá bom.

Saio da cozinha e subo as escadas ciente de que Nick vai vir atrás de mim. Em vez de entrar no banheiro vou para o quarto e fecho a porta atrás dele.

— Nossa! O que aconteceu com o seu quarto? — pergunta ele, olhando em volta. — Eu curti!

Depois de superada a surpresa, ele vai até meu guarda-roupas e abre a porta de correr, depois pega minha mochila como se o quarto fosse dele.

— O que está fazendo?

Ele abre a mochila e a joga na minha cama.

— Suas malas — responde Nick, como se fosse óbvio. — Depois de eu chegar no horário certo, que fique registrado, para uma viagem que está planejada há séculos.

Ele abre minha gaveta e leva um susto quando vê que está cheia de calcinhas, mas depois de um instante dá de ombros e enche a mão com várias.

— Nick. Para. Eu não vou viajar com você.

Ele estica os braços, uma das mãos segurando um punhado de calcinhas, meio como o Chris Pratt naquele filme dos dinossauros tentando lidar com os bichos.

— Claro que vai.

— Você ficou maluco? — pergunto em um sussurro exasperado. — E por que está fazendo isso às seis da manhã? Você sabe que não consigo ter conversas sérias tão cedo.

— Fi. Nós temos que ir.

— *Nós* não temos que fazer nada. — É difícil argumentar enquanto ele está segurando minha calcinha amarela com estampa de patinho. Foi presente da May, por sinal. Eu sabia que aquilo iria dar um jeito de me atormentar. — Dá pra guardar isso?

Ele vai até a mochila e enfia as calcinhas lá dentro.

— Você não vai fazer isso sem mim.

— Vou, sim.

— Ah, é? Quando?

— Em breve. Tipo, hoje. — Fecho os olhos porque não sei o que estou dizendo. Realmente não consigo conversar de manhã. — Não importa. Eu *não preciso* que você vá comigo para Monterey.

Ele já está mexendo na minha cômoda de novo, parecendo meio ansioso com a possibilidade das coisas que pode encontrar na gaveta seguinte.

— Nick!

Ele deixa os ombros caírem e se vira para me encarar.

— Eu sei que você não *precisa* de mim. Mas eu quero ir com você, tá bom? Eu fiz merda. Vacilei feio. Mesmo que eu ache que você tem pelo menos cinco por cento de culp... — Ele se interrompe quando vê meu olhar de quem está prestes a cometer um crime. — Ou não. Tudo bem. — Ele corre os dedos pelo cabelo ondulado. — Olha, não sei como a gente se colocou nessa posição.

Não estou entendendo nada.

— O que isso quer dizer? — Quando ouço a palavra "posição" só consigo pensar nas posições que ele e May devem ter experimentado juntos.

— Não quer dizer nada. — Ele dá de ombros, tentando acabar logo com isso. — Significa... Significa que eu não sei o que significa. Eu fiquei confuso.

— E não está mais?

— Estou. Estou sempre confuso no geral. — Ele sorri e é naquele exato instante que sei que vou viajar com ele. — Mas não estou confuso em relação a isso. Essa viagem vai acontecer. — Nick endireita a coluna e comprime os lábios. — Olha, eu sinto a sua falta. Sinto saudade de passar tempo com você. E é isso que importa, certo? Nada é mais importante para mim do que ir com você para Monterey, então, por favor. Por favor.

Vê-lo assim, exasperado e determinado, ouvir a avidez na voz dele... Bem, eu ainda quero matá-lo, mas quero mais disso. Mais de Nick. Também senti falta dele, só não vou admitir.

Em vez disso, pergunto:

— Que horas são?

Ele checa o celular.

— Seis e meia.

— Me dá dez minutos.

Ele estica o braço para abrir outra gaveta, mas eu o detenho.

— Essa não, tá bom? Fica só nas roupas.

Ele estreia os olhos com um sorriso malicioso e se afasta da cômoda, erguendo ambas as mãos.

— O que tem nessa gaveta, Fi?

— Estou falando sério!

Ele inclina a cabeça para o lado.

— Anda. Você sabe que vou abrir.

— Meu Deus. Para com isso.

Ao menos ele finge que vai se comportar e volta para as minhas roupas. Quando me dirijo para a porta, ele diz: "também estava com saudade de você, Nick" em uma voz esganiçada.

— Também estava com saudade de você, Nick — repito no mesmo tom agudo que ele usou.

— Já está valendo, eu aceito — devolve ele.

Quando volto para o quarto, Nick não está mais lá. Olho pela janela e o vejo conversando com meu pai enquanto colocam as coisas no carro. Meu pai pousa a mão no ombro dele. Parece sério. Talvez esteja fazendo alguma ameaça. Visto um par de shorts e uma camiseta.

— Fi! Anda logo! — grita Nick.

Pego o álbum do narval e depois corro para o banheiro da minha mãe, abro a gaveta e enfio o creme de rosto na minha bolsa.

Lá embaixo, meu pai me entrega um suéter.

— Dirija com cuidado. Me mande uma mensagem quando chegar.

— Tem certeza de que não tem problema? Eu me esqueci de... Eu...

Meu pai me puxa para um abraço.

— Coloquei um pouco de dinheiro na sua mochila e o meu cartão de crédito também. Para emergências.

— Obrigada, pai.

Ele se vira para Nick.

— Tomem cuidado.

— Sim, senhor.

E nós partimos.

O cheiro aconchegante de café fresco se espalha pelo carro. Meu pai encheu dois copos de viagem para nós e Nick segura o dele. Sinto meu cabelo molhado umedecendo a parte de trás da camiseta.

Nenhum de nós diz uma palavra.

A única coisa que me distrai é o desejo imediato de fazer um balanço geral. Estou catalogando mentalmente tudo o que eu queria levar e tenho certeza de que ele esqueceu de pegar. Nick olha para mim. Ele sabe o que estou fazendo.

— Eu peguei tudo, Fi.

— Meus óculos.

— Na mochila. Os dois. Remédio de alergia, Advil, óculos de sol, lentes de contato, suas meias para não encostar no chão do hotel...

Droga. Ele realmente mexeu na minha gaveta de meias.

Ele se estica e pega um alce de pelúcia no banco de trás.

— Minou? — digo, secretamente feliz por Nick tê-la trazido. Minou é a única coisa da qual não gosto de me separar, mas finjo costume. — Você não precisava trazer a Minou.

— Shhhhh! — Ele cobre os ouvidos do alce fingindo choque. — Como tem coragem de falar isso? Ela vai ficar arrasada.

Ele ajeita o casaquinho dela e, pela primeira vez, a viagem começa a parecer real. Eu revisito mentalmente os últimos trinta minutos.

— O que meu pai te disse enquanto vocês colocavam as coisas no carro?

— Além de "juízo, garoto"? — responde ele, imitando a voz do meu pai.

— Sim.

Ele hesita, observando os carros em movimento lá fora.

— Nada.

A forma como hesita para responder me faz pensar que há algo que ele não está me dizendo.

— Então. Como nós estamos?

Dou ênfase no "nós" e ele sabe o que eu quero dizer. Estou falando de *nós dois*. Nick toma um gole de café e deixa a pergunta pairando no ar.

— Estamos passando pela Quarta Avenida a caminho da rodovia.

É claro que Nick fugiria do assunto. Mas eu senti falta disso também. E é assim que, de repente, tudo parece estar em ordem. Ou o mais em ordem possível.

Então eu me lembro.

— Meu Deus. Eu cancelei a reserva! — exclamo, boquiaberta com o choque.

Ele olha para mim fingindo surpresa.

— O quê? Como assim, cancelou? — Então sorri. — Eu sei. Eu reservei de novo.

Quando nos aproximamos da via expressa, pergunto:

— Que caminho eu devo seguir?

— Já planejei toda a rota. Pegue a I-5 e siga em frente.

Eu dou seta para entrar na via.

— Depois podemos fazer uma parada e revezar a direção — diz ele.

— Revezar?

Ele tira um documento plastificado da carteira e sorri, orgulhoso. É a carteira de motorista.

— Mentira! Você conseguiu renovar?

— Aham.

— Quando?

— Semana passada. May me deu uma carona.

O nome dela cai como uma bigorna entre a gente. Eu não tiro os olhos do trânsito e finjo que não ouvi. Fique calma. É só relaxar.

— Eu quase reprovei. No meu terceiro erro já estava tudo perdido, e a moça estava prestes a anotar alguma coisa no papelzinho, então comecei a contar a história da minha mãe.

Arregalo os olhos.

— Meu Deus, não acredito.

— Juro. Contei tudo. Ela estava em prantos quando estacionamos.

— A versão real?

Ele fica em silêncio por um instante.

— É.

— Caramba. Espera, foi a primeira pessoa para quem você contou?

— Foi! Foi bom, meio terapêutico, mas ela praticamente saiu correndo do carro. E quem teria coragem de me reprovar depois disso? Eu só passei por pena.

— Isso é loucura, mas não conta muito a favor das suas habilidades no volante.

Ele me lança um olhar.

— Eu sei dirigir.

— Aham.

— Minou confia em mim no volante, não confia, Minou? — brinca ele, forçando Minou a assentir com a cabeça.

— O que deu em você para finalmente resolver isso?

— A viagem. Você. Que tipo de babaca deixaria você dirigir a viagem toda?

Então eu me lembro da exata coisa da qual me esqueci. Olho para Nick, em pânico.

— Eu esqueci a câmera dela.

Então ele me encara e responde com toda a calma do mundo:

— Eu não.

É uma longa viagem até Monterey. Nenhum de nós dois quer tocar na torta de climão. Ouvimos música, cantamos e paramos para tomar alguma coisa em uma lanchonete com um donut gigantesco na fachada.

Quando finalmente chegamos, já são dez horas da noite. Eu mando uma mensagem para o meu pai e aviso que chegamos bem. O hotel é comprido e tem dois andares e, do outro lado da rua, há várias fachadas acesas anunciando serviços de tatuagem e de massagem. Avisto algumas pessoas em situação de rua na calçada da frente. O lugar é meio estranho.

Nós nos entreolhamos, nitidamente pensando a mesma coisa.

— Você reservou o quarto por mais de uma hora, né? — pergunto.

A tensão de Nick se dissolve em um sorriso.

—- Acho que uma hora dá e sobra. Quer ir para outro lugar?

Sim. Sim, quero ir para outro lugar.

— Tipo onde?

— Sei lá.

Pego o celular e digito "hotéis em Monterey" no Google, mas mudo de ideia.

— Está tudo bem. Estamos cansados. Vamos só dormir.

— Tá bom, então vamos dormir.

Nick estaciona. Pegamos o que deve ser a vaga menos segura do estacionamento, completamente longe da entrada. Tiramos nossas mochilas do carro e eu o sigo até a porta giratória do saguão. Uma mulher mais velha nos recebe com um sorriso gentil, pergunta de onde somos e entrega duas chaves para uma suíte com cama King, o que pode ser considerado um luxo considerando a cama em que a gente costuma dormir na casa dele.

Demoramos cinco minutos para espalhar nossas coisas pelos móveis. O quarto é normal. É meio parecido com o consultório de um dentista se você colocasse uma cama no meio da sala de espera. Tem um sofá pequeno bege, uma televisão, algumas revistas e uma mesinha de metal. Não é tão legal quanto parecia na internet.

Coloco minhas meias que dizem "tenho nojo de chão de hotéis" e meu pijama e lavo o rosto na pia de vidro que, diferente do restante, é igual a das fotos. Nick já está na cama quando saio do banheiro. Ele pegou o lado mais perto da porta, o lado em que o assassino normalmente chega primeiro, e nem sequer tive que pedir. O quarto está tão escuro que tropeço nos nossos sapatos tentando chegar à cama.

Precisamos falar sobre o que aconteceu? Nossa briga é meio que um borrão, mas não consigo parar de pensar em como Nick pareceu magoado quando eu disse que não tinha pedido para que ele fosse até a minha casa.

O brilho da tela do celular ilumina seu rosto enquanto ele me assiste executar minha rotina padrão ao chegar em um hotel: tirar o cobertor nojento e iluminar as laterais do colchão em busca de qualquer bichinho.

— Nick? — digo, depois de finalmente me acomodar sob os lençóis.

Ele não tira os olhos da tela.

— Hum?

— Por que você quis vir?

Ele solta o celular e fica em silêncio.

— Porque... é importante.

— Eu pensei que, depois daquela noite...

— O quê? Que eu nunca mais fosse falar com você?

— Mais ou menos isso.

O brilho da tela do celular diminui, mas consigo enxergar os olhos azuis dele mesmo com pouca luz.

— O que é isso? Confissões da meia-noite?

Dou uma olhada no relógio.

— Confissões das onze horas.

Ele suspira.

— Não sei o que dizer. Minha vida ficou com um buraco enorme em formato de Fiona sem você.

— Está sendo sincero?

Ele deixa o celular de lado e se acomoda na cama.

— Eu fiquei irritado, claro, e ainda não entendo por que você não me respondeu. Mas não sou uma criança, Fi. Não vou te dar unfollow ou sei lá.

— Desculpe — digo. — É que tudo virou uma bola de neve e...

Ele me olha nos olhos.

— Me desculpa também.

Fiona

Raios de luz atravessam as laterais das cortinas de blecaute. Nick ainda está em sono profundo, embora lá fora as pessoas já estejam batendo portas há pelo menos uma hora. A descarga de um vaso sanitário no quarto ao lado ressoa e nosso ar-condicionado é ligado com a força de um jato. Passei a maior parte da noite em claro por causa do barulho, mas Nick consegue dormir como um defunto onde quer que esteja.

Hoje é o primeiro aniversário da morte da mamãe. Quando contei à Grace que estava pensando em fazer essa viagem na primavera, ela ficou com receio de que minhas expectativas estivessem muito altas. Não sei ao certo o que estou procurando. Um encerramento? Algo que mude minha vida? Então, sim, acho que são muito altas mesmo.

Com o celular na mão, deslizo silenciosamente para fora da cama e saio para o corredor. A vista é ainda mais espetacular na luz da manhã. O concreto do estacionamento resplandece sob os raios do sol. Meu pai não respondeu, então começo a escrever uma mensagem para ele, mas me detenho. O dia de hoje merece uma ligação.

— Alô. — Ele soa alegre.

— Oi!

— Quem é?

— É o chefe da máfia costeira que sequestrou a sua filha. Mande dez mil ou nunca mais vai voltar a vê-la.

— Você deu mole, chefe da máfia costeira. Eu pagaria pelo menos quinze.

Eu me sento sobre uma das cadeiras sujas de plástico que estão à nossa porta.

— Anotado.

— O que tem na água de Monterey para fazer você acordar cedo assim?

— Um ar-condicionado barulhento.

— Entendi. Vou arranjar um para o seu quarto aqui em casa hoje mesmo, então.

— Ha, ha.

O silêncio toma conta da linha. Eu não sei se devo falar algo sobre a mamãe.

— Aí é bonito? — pergunta ele, por fim.

— É o estacionamento mais lindo que eu já vi.

— Bom, tome cuidado.

— Vou tomar.

— Como está o Nick?

— Ainda está dormindo, mas estou feliz por ele ter vindo. É bom ter companhia.

Bato com o celular na testa. Se eu pudesse voltar atrás e engolir minhas palavras, faria isso. Eu abandonei meu pai hoje. Não que a gente tenha feito planos, mas a culpa por tê-lo deixado sozinho me atinge em cheio.

— Você está bem? — pergunto.

— Superbem. Chamei um pessoal para ver o jogo hoje. Red Sox e Dodgers. Vai ser ótimo.

Quero acreditar nele.

— Que bom. Parece divertido.

Silêncio outra vez.

— Tente se divertir você também. Vai passar rápido, você vai ver.

Ele quer dizer o dia de hoje ou o fim de semana?

— Eu estava saindo para ir ao mercado — diz ele. — Preciso comprar umas coisas para o jogo.

— Ah, tudo bem. Vou desligar, então. Amo você.

— Amo você também. Mande fotos da praia.

— Pode deixar. Tchau, pai.

Meu coração aperta quando desligo. Não foi uma conversa adequada, mas eu não queria pressioná-lo.

Quando volto para dentro, Nick está colocando água na máquina de café.

— Quer café? — pergunta ele, bocejando.

Ele não fala nada sobre a ligação, mas provavelmente deve ter ouvido. As paredes são finas feito papel.

— Quero, mas não esse.

Ele olha para mim, confuso.

— As máquinas desses hotéis são cheias de bactérias nojentas.

— Fi, *hotéis no geral* são cheios de bactérias nojentas. Principalmente esse. O quarto provavelmente está coberto de esperma.

— Inclusive a máquina de café. Você está literalmente prestes a beber esperma.

Nick ri e apoia a caneca na mesa.

— Siri, onde fica a Starbucks mais próxima? — pergunta ele para o celular com a voz de locutor. Depois de dar uma olhada no mapa, diz: — Dez quadras? Que se foda, vou arriscar o café com esperma. Você topa?

— Tá. Tá bom. Acho que não vai ter problema.

— Problema nenhum — concorda ele, ligando a máquina.

— Por que acordou tão cedo?

Ele levanta os braços para se espreguiçar e sua camiseta sobe um pouco, deixando uma mínima faixa de pele à mostra. Não é nada que eu já não tenha visto antes, mas o fato de estarmos sozinhos em um quarto de hotel faz com que pareça algo completamente diferente.

— Sabe o que foi? Eu acordei, aí vi que você tinha sumido. Então tive um breve ataque de pânico, pensando que você me trouxe até aqui só para me desovar em Monterey.

— Hum. A corrida de Uber para casa sairia bem cara.

— Aí ouvi você lá fora.

Assinto com a cabeça.

— Como o Bob está?

Fico feliz por ele ter deixado a parte do "Banana" de fora.

— Boa pergunta. Está agindo como se fosse só mais um dia comum.

— Ele é assim. Você sabe que ele não se esqueceu.

— É.

Nick prepara meu café do jeito que eu gosto — dois torrões de açúcar, um chorinho de creme — e me passa o copo de papel.

Em momentos como esse, queria que meu pai conseguisse enxergar como está enganado sobre Nick. Hoje, Nick é a rocha e eu sou o papelão molhado.

— Então, qual é o plano? — pergunta ele.

Além de ir ao Narval, não tenho nada em mente.

— Quer ir até Carmel?

— Minha parte favorita de Monterey — diz ele, encostando o copo no meu para um brinde.

Carmel fica a apenas dez minutos de carro, mas parece outro mundo. Os chalés pitorescos de telhados levemente inclinados e portas curvas poderiam ter saído diretamente das páginas de *O Hobbit*.

Uma brisa quente vinda do oceano varre as ruas e uma leve neblina se adere ao ar da manhã enquanto passeamos pela Ocean Avenue.

Estamos cercados por casais, um exército de pares de mãos dadas. Se existe algum lugar destinado a dar as mãos na Costa Oeste, só pode ser esse. Não me incomoda o fato de não estarmos fazendo o mesmo. Quem precisa dar a mão para outra pessoa quando se tem a Minou?

Nick e eu nos alternamos apontando todas as coisas legais que vemos. Escadas de pedra, ferro forjado nas portas, telhados de palha. Há um milhão de detalhes nas ruas.

Entramos em uma loja chamada Coelho Branco e é como entrar no universo de *Alice no País das Maravilhas*. Há gatos de Cheshire e rainhas vermelhas por todos os lados. Nick compra um pequeno relógio invertido para Max, depois tiramos selfies que envio por mensagem ao meu pai.

Obrigo Nick a entrar em todas as docerias e comemos o equivalente ao nosso peso em carboidratos. Seguimos caminhando até chegar aos penhascos com vista para o mar, e estamos tão alto que parece que chegamos à borda do mundo. Passamos o restante do dia absortos pela vista do mar. Parte de mim quer esquecer o Narval e ficar ali a noite toda, mas, quando o sol se põe, Nick me arrasta de volta para o carro.

Aquilo finalmente está acontecendo, depois de meses imaginando esse dia. Estou nervosa e não sei por quê.

Saio do chuveiro e me enrolo em uma toalha azul-caribe. O creme de rosto da mamãe está na bancada do banheiro. Quero levar uma parte dela comigo hoje, então pressiono o pump duas vezes na palma da mão, mas não sai nada. Pressiono de novo e depois agito o frasco, mas não tem nada além de ar. Meu peito se aperta. Isso não pode estar acontecendo, não hoje. Tateio as laterais do frasco, mas não há nada para desrosquear nem abrir. Bater o cilindro contra a pia não ajuda em nada. Frascos assim nunca ficam vazios, tem que ter algo ali dentro.

Nick bate na porta.

— Tudo bem aí?

Eu a abro.

— Não está funcionando. Não consigo.

Ele me vê enrolada na toalha, depois vê o frasco. Depois de ficar cego pelo luto não é difícil reconhecer a mesma cegueira em outras pessoas.

— Você tem que abrir isso! — Jogo o frasco para ele.

Ele pega o creme e tenta abrir a tampa exatamente como eu fiz.

— Eu já tentei fazer isso. — Estico o braço para pegar o creme de volta.

— Espera um segundo!

Nick bate o frasco contra a mesa, repetindo outra manobra que eu já tinha tentado.

— Esquece. Me dá. Eu abro.

— Calma, eu acabei de começar a tentar.

— Não me diga para ficar calma. Você não entende.

— Claro que eu entendo.

Eu me sento na beirada da cama e afundo o rosto nas mãos.

Nick segura o frasco como se fosse uma arma, andando de um lado para o outro, procurando alguma coisa, qualquer coisa. Então ele solta o creme no chão, pega uma cadeira de madeira e a usa para bater no frasco repetidas vezes.

Ele se quebra.

Os pedaços de vidro se espalham por toda parte — poderia muito bem ser meu coração. Com toda a calma do mundo, Nick deixa a cadeira de lado, se ajoelha e recolhe os cacos, tirando com cuidado o que restou do creme. Em seguida, ele vem até onde estou e fica de joelhos na minha frente, depois, com cuidado, passa o creme no meu nariz, queixo, testa e bochechas. Ele me emplastra de creme.

Como é possível que um ano tenha se passado? Ela desaparece mais e mais a cada dia.

Nick coloca o que restou do frasco sobre a mesa de cabeceira.

— Acho que você quebrou o creme da minha mãe.

— É, parece que sim.

Estou um pouco aliviada que acabou. Talvez fosse destino isso acontecer aqui.

Sinto meus dedos frios contra minha pele quando pressiono os dedos na bochecha, inalando o perfume fresco e marinho do creme pela última vez.

— Eu sei. Eu sou maluca. — Minha voz é quase um sussurro.

Nick ocupa as mãos com um bloco de notas na mesa. Ele olha para mim.

— Você não é maluca. Eu sei como é. Eu nunca mais vou conseguir assistir a *O Senhor dos Anéis*.

O livro da Jane Goodall. O nome do chimpanzé. A viagem da mãe dele.

— Frodo — digo, baixinho.

— É. Me dá dez minutos — diz ele, indo para o banheiro.

Ouço o chuveiro sendo ligado. Eu me levanto e vasculho a mochila que ele arrumou para mim. Tudo é uma surpresa. Há roupas que eu nunca usei antes. Meus dedos roçam em algo acetinado no fundo da bolsa e puxo uma blusa de alcinha que estava esquecida no fundo do meu armário. O tecido é cor de esmeralda e brilha sob a luz como uma joia. Embora as alças estejam desgastadas e haja uma manchinha na bainha, talvez combine com minha calça jeans azul.

Nick sai do banheiro com a toalha na cintura e congela ao me ver. A blusa tem um decote em V, e é o visual mais relevador que já usei. Aquela roupa passa longe do meu estilo habitual de camiseta e moletom. Estou inclinada sobre a escrivaninha passando brilho labial no espelho e de repente me sinto constrangida, como se estivesse mais nua do que ele.

— Que foi? Não está legal? — pergunto, guardando o brilho labial na bolsa.

— Não — balbucia ele. — Está perfeito.

As coisas não ficam esquisitas assim desde a noite da nossa briga.

— Obrigada. Você é que colocou na bolsa.

— Sim, mas o mérito é todo seu, Fi.

A parte de mim que assiste a filmes de romance sabe que esse deveria ser um momento especial, mas estou nervosa demais pensando no que vai acontecer hoje à noite. Grande parte de mim quer desistir de tudo.

— Talvez seja melhor a gente ficar aqui.

Nick pega uma calça e uma camiseta preta. Ele sorri.

— A gente vai.

— Mas...

— Eu já chamei o Uber — avisa ele, voltando para o banheiro com as roupas.

Quando ele sai de novo, finjo estar dormindo, mas ele pega a minha mão e me põe de pé. Antes de sairmos, ele para diante da porta e eu praticamente colido meu corpo no dele.

— O álbum. Nós vamos levar?

Eu não sei. Entro em pânico, hesitante. Antes de vir, estava pensando em enterrá-lo aqui. Nick sugeriu que a gente o queimasse. Não sei se quero fazer nenhuma das duas coisas, parece que já vivi superação suficiente para um único dia.

— Esquece o álbum. Vamos nessa — diz ele, lendo minha mente.

Do lado de fora, a brisa salgada do oceano bagunça meu cabelo. Nosso Uber chega e Carly, a motorista, nem precisa do endereço do Narval. Ela sabe onde fica.

Quando nos acomodamos no banco de trás, Nick tira uma pequena caixa branca do bolso e a estende para mim.

Olho para ele sem entender.

— O que é?

— Abra — responde ele, como se fosse óbvio.

Na tampa da caixa há um pequeno adesivo de um coelho branco. Ele deve ter comprado quando foi pagar pelo relógio para o Max. Eu abro. Sobre papel de seda azul, está um colar com um pingente da Alice ao lado do gato de Cheshire com os dizeres:

"Somos todos loucos por aqui". Na mesma correntinha prateada, há um segundo pingente de uma bússola em miniatura.

Um gato de Cheshire. É como se ele tivesse estado no meu quarto todas as vezes em que falei com o Nick imaginário. Nossa conexão é assustadora, mas eu não posso falar nada. Nick não pode saber que falo com ele mesmo quando estamos longe. Não posso lhe dar esse gostinho.

Ele finge que não é importante.

— Eu sei que você nunca usa essas coisas. Não precisa usar. Eu só achei bonito.

— Eu amei — digo.

— Jura?

— Sim. Você não tem ideia de como é perfeito.

Nick me encara com uma expressão intrigada.

Coloco o colar na mão dele e viro o pescoço. Nick posiciona o pingente à frente do meu pescoço e seus dedos roçam de leve minha pele quando ele aperta o fecho. É um toque breve, mas parece durar uma eternidade.

Seguimos em silêncio pelo restante do trajeto e brinco com o pingente entre os dedos enquanto observo as luzes da rua se transformarem em um borrão do outro lado da janela. Carly faz a curva em uma rua estreita de terra que serpenteia até uma colina. Consigo ver um brilho azul no topo, como um farol etéreo. Conforme subimos, o lugar começa a surgir no horizonte, imponente e surreal como uma miragem no deserto do Saara.

O Narval.

Fiona

O Narval surge em meio a um mar de sequoias grandiosas, como um segredo entre as árvores.

Saímos do carro e Carly vai embora, nos deixando em uma nuvem de poeira.

— Parece que chegamos — anuncia Nick.

Algumas caminhonetes estão enfileiradas no estacionamento quase vazio. As luzes de Natal ainda estão penduradas em volta da fachada desgastada e o contorno de um narval torto pisca em neon azul acima da entrada. A parte do chifre não se acende. Diferente da foto no Google, este narval tem braços que se movem, apontando para a entrada a cada flash de luz. Deve ser novo.

Pego meu celular e tiro uma foto.

— É meio sinistro, não é?

Nick olha em volta. O vento sopra por entre as árvores e carrega o som tênue das risadas vindas lá de dentro.

— Nãoooo — responde ele, mas depois abre um sorriso. — Achei muito maneiro, isso sim. É como se tivéssemos entrado em um sonho.

— Tipo um daqueles salões antigos em que alguém entra e todos os cowboys sacam as armas?

— É. Ou tipo quando alguém entra no lugar no meio de uma negociação de drogas e aí todo mundo saca um revólver.

Olho para ele.

— Muito contemporâneo da sua parte.

— Parece que a gente foi abduzido e largado aqui. Também dá para criar uma história futurista. — Ele dá um passo adiante e, quando não me movo, estende a mão para me conduzir até a entrada. — Vamos comprar uma bebida e depois podemos ir.

— Não vão aceitar servir a gente.

Nick inclina a cabeça para o lado.

— Tenho 99% de certeza de que ninguém vai ligar.

Ele segura minha mão quando entramos, tamborilando no dorso com o polegar. Parece tão nervoso quanto eu.

Há um grupo de meia dúzia de gatos pingados sentado perto do bar enquanto as mesas com sofá estão claramente ocupadas por turistas.

Quando a garçonete percebe a nossa presença, interrompe a conversa animada em uma das mesas próximas e se aproxima. Ela tem cabelos loiros desgrenhados e usa uma blusa xadrez amarrada na cintura.

— Boa noite. Como vão? — cumprimenta ela com um sotaque sulista. — Querem jantar?

— Talvez? — Nick se vira para mim e eu nego sutilmente com a cabeça. — Na verdade, vamos só beber alguma coisa.

— Sem problemas. Se mudarem de ideia é só chamar. Podem se sentar ali e já atendo vocês. — Ela aponta para uma mesa com poltronas na lateral do bar.

Uma grande TV suspensa acima do bar está transmitindo o jogo de beisebol a que meu pai deve estar assistindo em casa. Tem um cara sentado em uma banqueta com metade da bunda à mostra, segurando uma caneca de cerveja cheia de espuma. Ao que parece, o Narval não é nem mesmo pitoresco. Não passa de um verdadeiro buraco. Eu imaginava que fosse um oásis cheio de segredos da mamãe, mas a realidade é decepcionante.

Nós nos sentamos.

— Que espelunca — digo, me inclinando por cima da mesa.

Nick também se inclina.

— A pior espelunca que eu já vi.

A moça retorna para pegar nossos pedidos.

— Eu quero uma margarita frozen, por favor.

Ela nos encara por um longo minuto, provavelmente ponderando se vai nos dar um sermão ou não, mas no fim não diz nada.

Nick vira o cardápio laminado.

— Ah, quer saber, pode trazer duas.

Quando a garçonete se retira, cutuco a perna dele por baixo da mesa.

— Você odeia tequila.

Ele olha em volta.

— Se existe um lugar perfeito para tomar tequila ruim, só pode ser esse.

— E aí? O que você acha que isso significa? O álbum dela está cheio de fotos desse lugar.

— Talvez ela estivesse chapada?

A garçonete traz nossos drinques e tomo um gole generoso, com uma careta. A bebida é tão doce que chega a ser enjoativa.

— Ei, ei, ei, vamos com calma — adverte Nick.

— Com licença — digo, chamando a garçonete. Quando ela se aproxima da mesa, sorrio, nervosa. — Por acaso você sabe se os proprietários estão por aqui?

Ela olha para mim, desconfiada.

— Está falando com ela.

— Ah. Oi. — Olho para Nick e ele faz um gesto encorajador com a cabeça. — Minha mãe esteve aqui vinte anos atrás e fotografou o seu bar. Eu sei que é uma coisa maluca para se perguntar, mas por acaso você se lembra de algo assim?

O olhar dela se suaviza.

— Estou deduzindo que não pode perguntar para ela.

Faço que não com a cabeça e, de alguma forma, ela entende.

— Muita gente vem aqui e tira fotos. Temos um estilo kitsch que atrai esse tipo de coisa. Queria poder ajudar, mas...

Eu me afundo na poltrona de vinil. O que eu tinha na cabeça quando decidi vir aqui?

— Obrigada mesmo assim.

Outro cliente a chama e ela se afasta.

Brinco com o canudo do meu drinque.

— Que perda de tempo.

— Fi...

— Por que acha que foi tão importante para ela?

— Não sei. Talvez ela estivesse com alguém. — Nick passa o dedo pela grossa camada de sal na beirada do copo dele. — O lugar é meio legal, no fim das contas. Tem personalidade. E o chão... — Ele aponta para o piso de madeira. — Só pode ser madeira original.

Aponto para o cara na banqueta com a cabeça.

— Encontre o final feliz dele.

— De quem? Do Bunda de Fora?

— É.

Nick enche a boca com a margarita, depois engole e aponta para o copo.

— Esse negócio faz eu me sentir como se estivesse de férias. — Depois de uma olhada para o Bunda de Fora, ele se concentra. — É aniversário dele. Ele acha que a esposa o odeia, então não quer ir para casa, mas ela passou o dia inteiro preparando um bolo. Ela já serviu a mesa e está esperando com velinhas acesas e tudo para dizer o quanto o ama.

Fico satisfeita.

— Que bonitinho. Você fez o Bunda de Fora parecer encantador.

— Meh. Já pensei em coisas melhores.

Então eu tenho uma ideia brilhante. Ele pode inventar o final feliz da minha mãe. É perfeito.

— E um final para quem já teve um final?

— Como assim? — Nick tira o canudinho da boca e sorri, olhando para mim sem entender.

Então ele se recosta na cadeira e, aos poucos, a seriedade toma conta de seu rosto. Ele sabe o que eu quero.

— Não.

— Por favor — insisto.

— Não. Nem pensar.

— Você faz isso o tempo todo!

— Não! Fazer com estranhos é outra coisa.

— Você não vai trazer ela de volta dos mortos. — Ele balança a cabeça e toma mais um gole da margarita, mas dá para ver que está ponderando a ideia. Está prestes a ceder. — Por favoooor. Você tem que fazer isso por mim. Não pode me deixar ir embora com a decepção que é esse lugar.

— Tá booooom. Tá bom.

Sinto vontade de abraçá-lo. Ele desvia o olhar do meu rosto sorridente.

— Não fica olhando pra mim.

— Tá. Combinado.

Nick tira o sal do canto da boca com o polegar e o lambe. Tamborilando sobre a mesa, ele começa a se concentrar e seu olhar assume uma expressão vazia. Estou prestando atenção em tudo, embora seja exatamente isso que ele tenha me pedido para não fazer. Por fim, ele levanta o rosto e olha para mim.

— Tem certeza de que quer que eu faça isso?

— Sim!

Ele pousa as duas mãos sobre a mesa e respira fundo.

— Estava chovendo. Chovia tanto que ela não conseguia enxergar nada. Ela teve que parar o carro e encontrar um lugar para passar a noite. Acabou encontrando um hotel vazio, sem nada para fazer. Ela viu luzes do outro lado da rua, um narval piscando. Pareceu um sinal. E era. Então pegou câmera, correu para lá e, ao chegar, a chuva parou como se ela tivesse entrado em outra dimensão. No interior do bar, dois recém-casados estavam comemorando com estranhos. Ela quis fotografá-los, mas eles não deixaram. Tinham fugido para se casar e ninguém poderia saber, foi o que disseram. Então ela fez um acordo com os dois. Ela tiraria fotos de tudo em volta. As luzes que iluminavam a dança, as fotos na parede que protegia os dois, os bancos em que tinham sentado quando seus braços estavam entrelaçados para um brinde. Na manhã seguinte, ela não conseguiu encontrar o número do telefone deles, então voltou correndo para cá, mas o lugar estava vazio, como se nada daquilo tivesse acontecido. Então ela guardou as fotos para nunca se esquecer do que é viver e amar...

Meus olhos se enchem de lágrimas e olho para cima, tentando contê-las.

Nick percebe e para de falar.

— Fi. Me desculpe. Eu vou calar a boca.

Eu só consigo encará-lo. Não tenho palavras para descrever o que acabou de fazer por mim.

Eu me levanto.

— Preciso ir ao banheiro.

Ele assente com a cabeça, os olhos transbordando de arrependimento.

Tudo se transforma em um borrão enquanto atravesso o bar às pressas. Não sei se é por causa de Nick ou da tequila.

Eu me encosto na porta do banheiro assim que ela se fecha. Fecho os olhos. Pensei que ele fosse dizer algo simples e fofo, não esperava que fosse mexer comigo dessa maneira. Sinto o rosto quente, então vou até a pia, molho as mãos na torneira e passo os dedos gelados no rosto. *Respire, Fiona.*

Quando volto para a mesa, Nick está mexendo no celular e o copo está vazio diante dele. O que sobrou no meu já não passa de um líquido verde radioativo agora que o gelo derreteu.

Tudo ali tem cheiro de detergente e comida gordurosa de bar. Artificial. Há fotos da dona em um trailer metálico cobrindo todas as paredes, todas com pessoas felizes, algumas retratando refeições em grupo. Sigo uma sequência delas até os fundos, onde me deparo com uma jukebox ligada no canto. Eu me aproximo para dar uma olhada nas músicas e sinto um aroma cálido de sândalo: o sabonete do hotel. Nick está atrás de mim. Meus nervos estão à flor da pele. Não quero me mexer e estragar aquela proximidade, então me inclino sutilmente para trás até que meus ombros encostem no peito dele. Nick não se afasta.

— Acha que ela usou isso? — pergunto.

— Claro que usou. Quem não usaria? — responde ele suavemente.

Os títulos da jukebox são um misto de clássicos e sucessos dos anos noventa e eu me pergunto o que minha mãe teria escolhido para tocar.

Nick se inclina, esbarrando no meu corpo, e aperta dois botões. As batidas familiares de "Stand By Me" começam a tocar.

— Acha que ela escolheu essa? — Olho para ele por cima do ombro.

— Não. Mas essa lembrança agora é sua também.

Todo mundo está olhando para nós dois. Os caras no bar resmungam porque a música está atrapalhando o jogo.

— Eles que se danem — diz Nick, me posicionando de costas para eles.

— Vamos embora. — A pressão no meu peito aumenta.

"Stand By Me" definitivamente não está jogando no meu time hoje.

Ele segura minha mão quando tento ir embora e me puxa de volta.

— Dança comigo.

— O quê? Você está bêbado?

— Nem perto disso. Dança comigo.

— Aqui?

— Aqui.

Estamos cercados de mesas vazias e o lugar não é exatamente adequado para dançar. Mesmo assim, Nick se aproxima e passa a mão pela minha cintura, pegando minha mão. Eu me sinto envergonhada com a exposição, mas então percebo que esse não é o sentimento predominante no meu peito. E sim a proximidade, o contato. Minha outra mão desliza pelo braço dele até o ombro, e Nick me puxa para mais perto. Apoio minha cabeça em seu peito e ele repousa o queixo no meu cabelo. Nós dançamos colados, balançando ao som da música.

— Acho que as pessoas não dançam mais assim hoje em dia.

— É, acho que eu não saberia dizer.

Nick acaricia minha lombar com o polegar.

— Vão procurar um quarto, que pouca vergonha! — grita o Bunda de Fora.

— A gente já tem um, obrigada! — grita Nick em resposta, se afastando de mim.

Ele me lança um sorriso. Seus olhos são azuis como o oceano.

— Vamos?

— Sim.

Ele volta até a mesa para pagar a conta.

— Fi — chama ele com um aceno. — Venha ver isso.

Ele dá um passo para o lado e noto uma foto emoldurada na parede, logo acima da mesa atrás de nós. Não a vimos antes porque havia pessoas sentadas ali. Chego mais perto. Está desfocada, mas acho que são eles, minha mãe e meu pai.

Olho para Nick.

— Será que...

— É bem capaz.

Nick olha em volta, arranca a foto da parede e a coloca na minha bolsa. Ele segura minha mão e saímos apressados em direção à saída. Imagino que alguém vá nos impedir, mas nada acontece.

As batidas leves de "Stand by Me" nos acompanham até o lado de fora. Ficamos ali, lado a lado no topo da colina, envoltos em uma névoa azulada. Minha mente flutua em um mar de estrelas, perdida em algum lugar entre o passado e o presente, a realidade e a ficção. Estou tão imersa em meus pensamentos que nem percebo quando o Uber chega.

Só sei que o carro está aqui porque Nick aperta minha mão.
Então olho para baixo.
Ele nunca a soltou.

Fiona

Quando chegamos ao quarto, Nick se joga de bruços na cama.

— Quer usar o banheiro primeiro? — pergunto, deixando a bolsa na cadeira.

— Não — murmura ele com o rosto enfiado no colchão.

Pego meu pijama da bolsa e entro para me trocar. Eu me sinto no paraíso tirando as roupas de sair e voltando ao conforto. Lavo o rosto e apago a luz.

— Nick? — sussurro, andando a passos suaves.

Ele não responde. Está apagado, ainda de tênis. Deixo minhas roupas sobre a escrivaninha e pego a foto na bolsa.

O quarto está escuro e não quero acordá-lo, então acendo a lanterna do meu celular. É uma foto tremida, mas sem dúvida são eles. Mamãe está rindo e meu pai está... bem, o mesmo de sempre: meio inexpressivo. Ele tem uma flor atrás da orelha, mas não sei dizer de que tipo. Deixo a foto sobre a mesa e esfrego os olhos. Que foto é essa? Eu poderia perguntar para o meu pai, mas não quero mandar uma mensagem para ele. Quero ver a reação dele pessoalmente.

Os pés de Nick estão pendurados para fora da cama. Com cuidado, tiro os tênis e ele encolhe as pernas junto ao peito. Eu coloco o cobertor da poltrona sobre ele, depois me enfio debaixo dos lençóis e tento dormir.

Sou acordada pela batida barulhenta de uma porta em algum quarto ao lado na manhã seguinte. O relógio na mesinha de cabeceira informa que são seis e meia. Nick abraça Minou e veste uma camiseta branca e calça de pijama cinza. Deve ter acordado ontem à noite. Quando ele está dormindo, não tenho que me preocupar em policiar meu rosto, então aproveito esse momento precioso para observá-lo — seus lábios volumosos, as sardas espalhadas por suas bochechas como estrelas distantes na Via Láctea, a maneira como seu cabelo cor de areia cai suavemente sobre os olhos. Está ficando comprido, por sinal. Não consigo me conter: toco uma mecha em sua testa e a afasto com cuidado, apenas para vê-la escorregando outra vez. Nick resmunga alguma coisa e abraça Minou com mais força.

Ele não se mexe quando saio da cama. Coloco uma camiseta branca limpa e um short, e passo um lenço demaquilante no rosto.

Há um bloco de notas na escrivaninha, então escrevo "Fui à praia" e desenho um coração ao lado, o que me faz hesitar por um instante. Depois da mensagem de "amo você", um coração pode ter um impacto diferente. Mas não importa, eu sempre fiz isso. Desenhar corações em bilhetes é um comportamento normal para a Fiona, então arranco o papel, dobro-o com cuidado e deixo na cama ao lado dele, depois pego minha bolsa e saio do quarto.

Vou caminhando até a rodovia e é tão cedo que não vejo ninguém. A praia fica do outro lado da rua. O vento está forte e sopra areia no meu rosto, mas a maré está baixa. Ao longo da praia, vejo duas mulheres catando conchas e em um intervalo de cinco minutos avisto cinco golfinhos. É lindo.

Nós íamos à praia perto de casa o tempo todo. Mamãe e eu passávamos horas catando conchas enquanto meu pai relaxava na areia. Eu sempre procurava pelos búzios, o tipo favorito dela, e ela pegava as conchas de vieiras, minhas favoritas. Quando enchíamos as mãos, nós as mostrávamos uma para a outra como um tesouro e escolhíamos uma favorita para levar para casa. Ela dizia que o barulho das ondas era como terapia grátis e até tinha três ondas tatuadas no tornozelo. Meu pai ria e dizia que achava que ele era a terapia gratuita. Nunca mais fomos à praia desde que ela morreu. Tiro uma foto e mando para o meu pai.

À minha esquerda, a praia termina em uma barreira em tons de vermelho e branco. Além dela, há um penhasco rochoso que penso que daria uma ótima foto. Fico ansiosa quando mais pessoas começam a chegar, então sigo até a barreira para ter mais privacidade. As ondas se quebram contra as rochas e, quando piscinas de espuma branca se formam ao redor dos meus tornozelos, percebo que a água está mais morna do que o ar.

Quando me aproximo do penhasco, vejo que a área está repleta de placas de aviso: "Pedras escorregadias", "Corrente perigosa" e "Não avance a partir daqui". Tudo me adverte a dar meia-volta, mas insisto em continuar como um robô quebrado que não consegue ir a lugar algum a não ser para a frente. Mamãe adoraria essa vista, intocada e inexplorada.

Então eu pulo a barreira.

Nick

Quando acordo, a cama está vazia. Eu me sento e chamo por Fi, mas não há resposta. Então vejo o bilhete sobre as cobertas, escrito no papel do hotel e cuidadosamente dobrado ao meio — é tão a cara da Fiona dobrá-lo como se estivéssemos em um filme dos anos 1940 e as palavras precisassem de proteção.

Fui à praia. Um coração ao lado.

Deixo o papel no colchão e me acomodo nos travesseiros. Parece um sinal para que eu volte a dormir, mas minha mente está a mil por hora. A noite de ontem foi muito intensa e começo a lembrar de tudo aos pouquinhos. Os olhos cor de avelã da Fiona, marejados. Minha mão na cintura dela. Aquela música. Fecho os olhos revivendo tudo, mas volto a abri-los com a mesma rapidez.

Beleza. Preciso sair um pouco, espairecer a cabeça, voltar à realidade. O que deu em mim? Este fim de semana é para ela. Não tem nada a ver comigo, não tem nada a ver com nós dois. Espero não ter piorado tudo.

Eu me visto e pego meus óculos de sol. As coisas da Fiona estão espalhadas por todos os cantos e claramente não cabem no cofre de cinco polegadas do hotel, então deixo tudo como está e dou o fora.

Não sei ao certo para onde ir ou o que fazer. Estou acostumado a mandar mensagens para Fiona o tempo todo, então faço exatamente isso.

Tudo bem?

Olho para a tela por um segundo. Se ela estiver na praia, não vai ouvir o celular por causa das ondas. Ela provavelmente quer ficar sozinha, então decido ir até o saguão. As portas giratórias já estão em movimento quando chego. Lá encontro uma pequena mesa de café de cortesia, então me sirvo de uma xícara. Só tem adoçante e creme em pó, então passo longe. Coloco uma tampa no copo de lodo preto que eles chamam de café e tomo um gole fingindo estar delicioso.

O saguão está dez graus mais gelado do que seria confortável. Além de mim, vejo apenas o cara da recepção. Ele não parece ser muito mais velho do que eu, veste dois suéteres e está mexendo no celular. O hotel foi recém-reformado e as paredes foram pintadas em tons de azul-piscina, com detalhes em madeira clara, mas nada é capaz de disfarçar a idade do lugar. Tem cheiro de coisa velha. De coisa velha restaurada.

A luz do sol entra pelas portas de vidro do outro lado do saguão. Uma placa na parede diz "Piscina" em letras pretas, com uma seta apontando para fora. Eu a sigo.

A reforma da piscina não foi tão boa quanto a do restante do prédio. É um retângulo de concreto com um velho trampolim azul, cercado por uma grade branca com pequenas luzes. Seria relaxante se não fosse pelo barulho dos carros. De pé em cima do trampolim é quase possível ver o mar.

Há um garoto sozinho na água. Ele parece ter uns dez anos, um pouco mais velho que Max, e está boiando de costas com óculos de natação.

Subo a barra da minha calça jeans e me sento na borda, mergulhando as pernas na água. O barulho interrompe o momento dele, que me observa por um segundo e depois nada até o outro lado para pegar alguns bastões de plástico. Ele joga os brinquedos na água e depois salta atrás deles.

— Você vai nadar? — questiona ele quando volta à superfície.

Não tem mais ninguém aqui. Ele está falando comigo.

— Não.

— Por quê?

— Porque está frio.

— Mas depois você se acostuma com a água — argumenta ele, pulando para cima e para baixo na parte rasa.

Eu sorrio.

— Você não tem pai e mãe?

— Tenho.

— E cadê eles?

— Por que está perguntando? Você quer me sequestrar?

Tiro meus óculos de sol do bolso da camiseta e os coloco no rosto.

— Tenho cara de sequestrador?

— Não sei dizer — responde ele. — Mas, enfim, eles estão se arrumando.

Não pergunto o motivo.

Ele se afasta da borda e volta a boiar de costas, observando o céu com tanta atenção que me faz olhar para cima para ver o que tem lá de tão interessante.

O sol brilha com vontade.

E a situação me parece tão familiar. Eu tinha dez anos quando Alex deu à luz a Max. Ela tinha dezessete. Quando Max tinha seis meses, minha mãe levou a gente à Flórida para passarmos uma semana com a vovó em Boca. Acho que vovó deu a ideia por minha causa. Ela sabia que meus pais estavam brigando por causa da Alex, então ela nos chamou e disse para a minha mãe não levar meu pai. Não que ele fosse topar de qualquer forma. Passar uma semana em um apartamento de um quarto com todos nós? É, acho que não.

Então éramos só nós três. Bom, nós quatro, acho. O apartamento ficava em um condomínio que tinha mais idosos do que eu já tinha visto a vida inteira. Era como se uma convenção de avós estivesse acontecendo.

Minha mãe estava atenta à Alex e ao bebê, mas, quando eles estavam no quarto, tínhamos um tempo só para nós dois. Nós apostávamos corrida na piscina porque ela não gostava muito do mar e todas as tardes íamos à marina para ver os barcos, onde ela apontava animada toda vez que via um peixe nadando entre os cascos.

No restante do tempo, eu me distraía sozinho. Max chorava muito e Alex e minha mãe geralmente brigavam também, mas eu não me importava. Eu construía castelos de areia com fossos elaborados que chegavam até a água. Uma vez vi uma cobra e até fui ferroado por uma água-viva. Ainda bem que tenho essa cicatriz. É como se o universo não quisesse que eu esquecesse o que tive, não o que perdi. Não foi perfeito, mas, para mim, foram as melhores férias da minha vida.

Os pais do garoto aparecem, vindo do saguão. Estão bem-vestidos embora seja o meio da manhã.

— Adrian! — grita a mãe. — Eu disse dez minutos!

Ele para de boiar e se endireita na água, virando-se para ela.

— Mas quanto tempo já passou?

— Não sei! — responde ela, exasperada. — Muito mais do que isso!

— Ah. Tá bom.

— Vamos! Venha logo!

O pai de Adrian está digitando no celular e nem olha para cima. O telefone da mãe toca e ela atende, voltando para o saguão seguida pelo marido. É tudo tão frio que é ainda pior do que se estivessem brigando.

Adrian dá um último mergulho, depois volta para a superfície com os bastões de plástico nas cores do arco-íris. Ele nada até onde estou e os deixa na beira da piscina, formando uma poça.

— Pode usar se você quiser — diz ele, ofegante de tanto nadar, como se estivesse me entregando um grande tesouro.

— Legal. Valeu.

Ele sai da água e deixa uma trilha de pegadas molhadas em seu caminho até a entrada do hotel, colocando os óculos de natação na cabeça e afastando o cabelo encharcado do rosto.

— Ei! — grito para ele, que se vira para me olhar. — Está tendo uma viagem legal?

Ele abre um sorriso largo.

— Sim! A melhor do mundo!

Então desaparece saguão adentro como se fosse uma miragem.

Pego um bastão azul da pilha molhada ao meu lado, depois jogo os outros de volta na piscina. Adrian vai vir buscá-los mais tarde. Tenho certeza de que ninguém mais é louco o suficiente para entrar nessa piscina. Eu me levanto, coloco os sapatos mesmo com os pés molhados e sigo para o portão que leva à praia.

Fiona está lá e não me importa se ela quer ficar sozinha. Eu não quero mais. O bastão azul parece mágico em minha mão. Eu o guardo no bolso.

Um é suficiente.

É como se alguém finalmente tivesse me passado o bastão.

Fiona

Pular a barreira não parece muito perigoso. O céu está cheio de nuvens e as ondas são gentis. Eu tiro meus chinelos, deixando-os na areia, e puxo minha bolsa comigo.

A extensão de terra se estreita a poucos passos e, à frente, rochas gigantes se projetam do mar.

Dou um passo adiante com cuidado. A pedra está quente sob meus pés, apesar dos respingos da água do mar. Com cuidado, passo de uma pedra para a outra até que a superfície sólida se estreita e estou mais me equilibrando do que caminhando. Mas sou boa nisso.

Sei me equilibrar. Olho para trás. A barreira mal está visível, então paro.

A vista é linda. Há pequenos veleiros no horizonte e uma gaivota solitária paira ao sabor da brisa. À minha esquerda, há um penhasco enorme e tudo neste lugar me faz sentir pequena, minha presença é um grãozinho nessa paisagem.

Pego a câmera da mamãe de dentro da bolsa.

Quando a imagino segurando-a, ela está com o joelho dobrado, uma mecha de cabelo castanho para trás da orelha e o rosto franzido como sempre fazia quando olhava pelo visor. Essa é a única foto que importa.

O que quer que esteja naquele cartão de memória é apenas uma lembrança da morte dela, não de tudo o que viveu com a gente.

Uma onda se quebra contra as rochas. A água salpica minhas pernas e eu vacilo. O oceano leva apenas um segundo para mudar de ideia e as ondas estão agitadas agora.

— Fiona! — Ouço meu nome ao longe.

Olho para trás e vejo Nick correndo pela praia.

Outra onda se quebra e molha as rochas. Meus shorts já estão molhados e sinto o sal da água na boca.

— FIONA!

Não se mexa.

Nick pula a barreira e corre até o fim da faixa de areia. Seus olhos acompanham a trilha de pedras e ele faz as contas mentalmente: garoto alto e desengonçado mais pedras escorregadias é igual a morte na certa. Ele parece ofegante e estende uma mão inalcançável para mim. Então vê a câmera na minha mão.

— Tire a foto! — grita ele.

Eu olho para o oceano. A maré está subindo. As ondas se multiplicam à distância, cada uma maior do que a anterior, e há tanta água acumulada aos meus pés que dou uma escorregadinha. Antes que eu recupere o equilíbrio por completo, outra onda me atinge e preciso me virar para me proteger do impacto.

Uma pontada de pânico começa a dar as caras.

— Tire logo! — grita Nick, com mais urgência dessa vez.

O sol desponta através das nuvens, brilhando tão forte que preciso proteger meus olhos com a mão. A água se acalma por um instante e admiro a imensidão de azul cerúleo. Os raios dourados brilham na superfície, fazendo a água cintilar como um diamante.

É perfeito.

Com um arremesso amplo, eu me despeço da câmera.

Ela rasga o ar e desaparece nas ondas, nem mesmo um pontinho no radar do universo. A câmera desaparece em um piscar de olhos, assim como ela. Sinto uma onda de esperança tomar conta de mim. Não sei ao certo por quê.

— Fiona. — Nick parece nervoso.

Mas não tem problema. É fácil girar o corpo para olhar para ele. Eu passo de uma pedra para a outra sem perder o ritmo.

Viu? Eu consigo, é o que quero dizer.

Essa seria a parte mais tranquila do meu dia, mas uma onda inesperada se choca contra o meu corpo e meu pé escorrega. A rocha corta minha panturrilha, mas eu não caio, porque Nick me pega pelo braço.

Ele me segura.

Ele me ajuda a voltar para a trilha e me puxa para perto. Passo os braços em torno da cintura dele e ele encosta a cabeça na minha. Ficamos assim pelo que parece uma eternidade enquanto as ondas batem e borrifam água à nossa volta.

Quando se afasta, Nick se agacha e limpa o sangue em minha perna.

— Temos que fazer um curativo — diz ele, me olhando com olhos semicerrados por causa do sol.

— Não está doendo.

Ele fica de pé e respira fundo, esfregando as mãos na calça jeans.

— Então vamos chamar uma ambulância para mim porque acho que estou tendo um ataque cardíaco. — Ele recua alguns passos com a mão no peito.

— Desculpe — digo, com uma careta.

Ainda bem que ele não foi até lá.

Ele me segura pelo ombro e olha nos meus olhos.

— Você está bem?

— Estou.

— Há algo que eu possa fazer?

Toco a mão dele que repousa no meu ombro.

— Já está fazendo. E talvez também possa me arranjar uns nachos.

Ele passa o braço pelo meu ombro e seguimos o caminho de volta pela praia.

— Posso providenciar.

***

Enfaixo a perna e passamos o restante do dia na praia. Um leão-marinho se aproxima e rola na areia não muito longe de onde estamos, e Nick me pede para tirar uma foto dos dois juntos. Depois que tiro pelo menos umas seis com meu celular, um casal passa por nós e pergunta se queremos que tirem uma foto nossa.

É muito mais constrangedor do que deveria ser. Nick entrega o celular, corre de volta e passa o braço em volta da minha cintura. Ele faz o sinal da paz com a mão e o leão-marinho bate a nadadeira na areia, a cena nos faz gargalhar.

Ele me envia as fotos. São duas. A segunda ficou boa. Estamos sorrindo, o sol está se pondo no horizonte, nossos rostos estão vermelhos e a barbatana do leão-marinho está erguida, como se ele estivesse posando também.

A moça do casal achou melhor tirar uma segunda foto porque na primeira eu saí de boca aberta em meio a uma gargalhada. Achei que estávamos prestes a ser atacados. Nick nem percebe, porque está olhando para mim com um sorriso espontâneo no rosto. Está um pouco tremida, mas é a minha favorita.

Não demora muito para que o brilho prateado da lua substitua o sol. Nick está deitado na areia morna de olhos fechados e estou sentada ao lado dele. Seria muito fácil dormir ali, ouvindo as ondas deslizando suavemente até a praia.

Um estrondo ecoa do oceano e uma baleia rompe a superfície da água bem na nossa frente.

— Nick! — ofego, tocando-o na barriga por reflexo.

Ele cobre minha mão com a dele e se senta na areia.

— Mentira! — exclama ele.

Nós trocamos um olhar atordoado e olhamos em volta, mas a praia está vazia. Foi só para nós dois.

Ele olha para mim, ainda sem acreditar.

— Isso aconteceu mesmo?

A pergunta resume como eu me sinto em relação a esse verão.

— Sim. Acho que significa que tiramos a sorte grande em Monterey.

Ele ri. Nesse momento, o celular dele vibra. O nome "Alex" aparece na tela, mas Nick ignora a chamada.

— Está tarde. É melhor voltarmos — digo. — E eu estou com fome.

Nick bate as mãos para tirar a areia.

— Tem uns quiosques pela praia. Ou você quer comer em outro lugar?

Eu me levanto e faço uma careta.

— Pode comprar algo e levar para o hotel? Uma pizza ou algo assim?

— Me ajude a levantar — pede ele, soltando um grunhido exagerado quando seguro sua mão e o ajudo a ficar de pé. — De muçarela?

— Siiiiim. Está com a chave do quarto?

Ele tira a chave do bolso e a balança no ar.

Com nossos sapatos nas mãos, deixamos a praia para trás.

Quando ele volta com algumas fatias de pizza, já estou fazendo as malas. A TV está ligada e Nick se senta de pernas cruzadas na cama, com o aplicativo de mapa aberto, analisando a rota para casa entre uma mordida e outra. Está tentando descobrir se levaria muito tempo para voltar pela estrada da costa para que consiga ver todos os pontos turísticos que descobriu no Google.

Alex continua mandando mensagens pedindo para que ele ligue para conversarem sobre o processo, mas Nick as ignora.

Como já arrumei todas as minhas coisas, começo a arrumar as dele também. Ele me vê dobrar uma de suas camisetas e colocá-la na mochila.

— Obrigado — agradece, com um sorriso carinhoso.

O lado bom da minha vida.

Sinto meus olhos ficarem marejados e dou as costas para ele depressa, piscando forte para segurar as lágrimas.

Uma foto nossa.

Tudo passa rápido demais.

Fiona

Na manhã seguinte, Nick cuida do nosso check-out enquanto deixo minha mochila no carro e espero por ele no estacionamento. Do outro lado da rua, as luzes vermelhas da placa de um estúdio de tatuagem chamado "Tatomb" piscam acima da entrada. Tenho pensado a respeito desde que chegamos.

Nick aparece com o recibo de pagamento na mão.

— Pronta para ir? — pergunta ele, dobrando o papel e guardando-o no bolso da calça.

— Quase.

Ele segue meu olhar até o outro lado da rua.

— Então vamos nessa?

— Espere um minuto.

Deixo Nick para trás e atravesso.

— Aonde vai? Já estamos saindo tarde e não quero dirigir à noite — grita ele.

Ele fecha o porta-malas do meu carro e corre atrás de mim, tirando o cabelo do rosto. Ele acordou mal-humorado e eu entendo. Muito sol, muita areia, e ele ainda tem que trabalhar amanhã.

— Só quero dar uma olhada.

Mas não é verdade. Passei o fim de semana inteiro tentando me convencer a fazer isso e é agora ou nunca.

A porta faz barulho quando eu a abro. O estúdio está vazio e tem cheiro de desinfetante e incenso. No fundo da sala, há uma cadeira cercada por uma cortina de miçangas que a separa da área de espera e uma infinidade de desenhos colados nas paredes. Corações, pássaros, bandeiras, todos os desenhos mais procurados estão à mostra.

Uma mulher miúda aparece, usando jeans rasgados e uma camiseta.

— Documentos? — pergunta ela, olhando nós dois da cabeça aos pés.

Nick olha de canto para ela.

— Precisamos mostrar os documentos só para entrar aqui?

Mas já estou colocando minha carteira de motorista sobre o balcão. Ela dá uma olhada.

— Veio conhecer ou fazer uma tatuagem?

— Fazer uma tatuagem.

Nick fica em choque.

— Espera... É sério? Você vai fazer mesmo?

A forma como ele faz a pergunta me faz repensar, mas eu sempre desisto de tudo, então respondo, em parte por teimosia:

— Vou.

A mulher abre o Instagram e me entrega o celular.

— Essas são as artes disponíveis.

Nick olha por cima do meu ombro enquanto navego pelos posts na conta dela, de username MikiArt. É um pouco intimidador. Todas as tatuagens são gigantes.

— São todos autorais?

— Aprendi com os melhores — diz ela, sorrindo. — Já sabe o que quer?

Começo a entrar em pânico porque não faço ideia. Pensei em algo pequeno, mas não quero copiar minha mãe. Então me lembro do dia anterior. A praia.

— Acho que sim.

— Já sei — diz Nick. — Meu nome em um coração bem na bunda.

Miki ri. Ninguém resiste ao charme dele.

— Pelo menos é essa que eu vou fazer — continua ele, sorrindo para ela.

Ela me conduz até a cadeira e vejo Nick dando uma olhada nos desenhos que estão na parede.

— Então acho que vou ter que fazer uma também, né? — pergunta ele, falando alto para que eu o escute. — Senão vou ser considerado um pamonha. O que eu faço? O nome de uma banda no ombro? Uma âncora? Essa é legal. — Ele aponta para o desenho de uma âncora cercada de folhagem.

— Você não tem que fazer uma tatuagem também.

Ele ofega.

— Meu Deus, você não vai tatuar a palavra "respire", vai?

— Você é que é o criativo aqui. O que quer que decida vai ser bem melhor do que a minha.

— Ah, sim, obrigado pela pressão.

São os trinta minutos mais dolorosos da minha vida e eu nem escolhi nada complexo. Optei por uma pequena concha de vieira, só o contorno. Algo para me lembrar dos nossos dias na praia. Quando termino, sinto uma onda de euforia e então me lembro de que é permanente. Onde eu estava com a cabeça?

Miki confere o trabalho e diz que a vermelhidão vai sumir em um dia. Coloco minha bolsa no ombro e saio de trás da cortina.

— E aí? — diz ela para Nick.

— Minha vez — responde ele, sorridente.

Ele me expulsa do estúdio e me faz esperar na lanchonete vizinha para que eu não espie.

Nick sai do estúdio vestindo o moletom.

— Oi! — grito do estacionamento, balançando um saquinho de papel no alto.

Ele acena e atravessa a rua depressa, depois entramos no carro e saímos para a estrada.

— E aí? O que escolheu? — pergunta ele, olhando dentro do saco de papel e se referindo à tatuagem.

— Wrap de hummus.

Ele sorri com minha resposta, mas dá corda, abrindo o wrap e dando uma mordida.

— Muito bom.

Nick estende o wrap para que eu pegue um pedaço e eu aceito, derrubando hummus pelo painel do carro e limpando com o dedo logo depois.

— Caramba. Muito gostoso.

— Muito!

— Eu voltaria aqui só para comer isso.

O wrap é devorado antes mesmo de entrarmos na via expressa. Vejo Monterey diminuir cada vez mais no retrovisor e um silêncio paira entre nós. Tudo está diferente, e agora estamos voltando para um lugar onde tudo é igual. É como rebobinar uma fita.

— Você encontrou o que estava buscando? — pergunta Nick.

Não sei ao certo.

— Acho que sim.

Ele coloca uma música e iniciamos nossa tradição de cantar até não aguentarmos mais.

Saímos tarde demais para pegar a rota turística, então paramos em uma Starbucks nos arredores de São Francisco. Estaciono e passo as chaves para Nick para revezarmos e, depois de pegarmos nossas bebidas, nos apoiamos no capô, Nick com um expresso gelado e eu com um chá gelado.

— E aí? — diz ele, olhando para mim com um sorriso sugestivo. — Você vai me matar de curiosidade. Fala logo qual é a tatuagem.

— O que você fez? — pergunto, puxando-o pela barra da camiseta.

— Nem pensar. — Ele recua. — Você primeiro.

— Adivinhe.

— O que é isso? Um jogo para ver quem conhece o outro melhor?

— Eu obviamente conheço você muito mais. E presto mais atenção nas coisas.

— Tá bom. Então adivinhe primeiro.

O lance com o Nick é que, por mais que eu o conheça bem, ele pode ser imprevisível. Não tenho ideia do que ele decidiria tatuar.

— "Fiona".

— Uau. Na mosca.

Ele está brincando, mas eu finjo ficar emocionada.

— Jura?

— Não! — responde ele, fingindo ultrage.

— "Mãe"?

Ele ri.

— Não.

— "Pico". Ou "Neblina". Não sei.

É a montanha que ele pensa em visitar, próxima ao local do acidente de avião.

Nick inclina a cabeça.

— Você se lembra. Muito impressionante. Pensei nisso, mas decidi não fazer.

— Boa decisão. "Porra nenhuma"?

— Não é uma tatuagem de cadeia!

Estreito os olhos, tentando me concentrar.

— "Ursinho". — Era como a mãe dele o chamava.

— Ai! Essa foi direto no peito. — Ele leva a mão ao coração e cambaleia para trás teatralmente. — Não. Mas talvez você de fato saiba muita coisa sobre mim.

O semblante dele fica triste e eu me arrependo de ter mencionado aquilo.

Eu coloco o cabelo atrás da orelha.

— Se eu continuar tentando adivinhar, vai ser mais triste ainda.

— Bom argumento.

Ele se vira e me dá as costas.

— Cadê?

— Ombro esquerdo.

Pulo em cima dele, puxando-o pela gola, mas Nick se contorce como se estivesse sendo estrangulado. Então levanto a camisa dele pela parte de trás e minhas mãos sobem por sua pele até que eu a vejo. A palavra *eco* em letra preta e minúscula.

Nick sempre gostou do conceito de eco como um todo. Uma vez me contou que ele, Alex e a mãe gostavam de gritar para o vazio na cachoeira. Não sei como não adivinhei.

Ele se vira para ver minha reação.

— Gostou?

— É perfeita. Muito comovente e impactante.

Ele ergue os dois braços como se estivesse comemorando uma vitória.

— Era exatamente o que eu queria.

— Gosto da forma como a linha continua depois do "o", como se estivesse indo para algum lugar.

— Eu também. — Ele estala os dedos. — Ande logo. Sua vez.

— Você não adivinhou.

Ele olha para o céu, pensativo, depois de volta para mim.

— Um narval.

Eu sabia que ele ia dizer isso.

— Há! Não.

— Uma câmera?

Balanço a cabeça.

— Uma data? Um rolo de filmes? Uma trave de ginástica? — Ele tamborila os dedos no copo de papel. — Um frasco de vidro? Posso ver?

— Quadril esquerdo — digo, apontando com os indicadores das duas mãos.

Ele apoia o copo no carro e se aproxima, mas de repente me sinto insegura e recuo. Não deveria ser assim, depois de tudo o que passamos juntos, mas a tatuagem parece íntima demais, como se fosse só para mim.

— Deixa para lá. Você não precisa ver.

— Ah, não! — protesta ele, se aproximando mais com um olhar curioso. — Não é justo. Eu mostrei a minha.

— Está fazendo chantagem emocional para ver o meu corpo?

— Sim. Sim, estou. Agora mostre logo!

Meu nervosismo aumenta. Ergo um pouco a blusa e ele chega mais perto depois de olhar em volta no estacionamento, como se estivéssemos fazendo algo ilegal. Em um gesto delicado, ele desce ligeiramente o cós do meu short.

— Fi. — A voz dele é suave.

Ele inclina a cabeça para ver melhor e eu me afasto, esperando.

— Ficou linda — diz Nick. Ele fica pensativo por um instante, depois pergunta: — Você fez pelo significado?

Significado? Que ótimo. Descobrir que tatuei o símbolo de uma seita era tudo o que eu queria.

— Como assim? — pergunto.

— Esse tipo de concha está associado à Venus, renascimento... Essas coisas...

— Como *você* sabe dessas coisas?

Nick esfrega o rosto.

— Não me julgue. Fiquei meio vidrado no assunto uma vez.

— Vidrado por conchas?

— Foi para um trabalho de artes sobre o Botticelli! Você não aprendeu essas coisas na escola?

— Sim, mas já faz tempo. Deve ter sido, tipo, no ensino fundamental.

Nós rimos.

— Agora meio que eu quero dizer que, sim, fiz uma extensa pesquisa sobre conchas, mas não é verdade. É só porque sempre gostei delas.

— Interessante — diz ele, parecendo montar um quebra-cabeça mental. O indício de um sorriso aparece em seu rosto. — Que bom saber disso. Você fez com cor? Posso ver de novo?

Eu faço que sim com a cabeça. Fiz um leve contorno em cor-de-rosa nas extremidades da concha.

— Três segundos e nada mais — respondo.

Levanto a blusa de novo e ele abaixa o tecido do meu short. Depois de analisar a concha, Nick olha para mim. Estamos perto demais um do outro.

— Você transformou a lembrança em algo seu — diz ele, baixinho, e passa o polegar na minha pele.

Sinto um arrepio. Para o meu desespero, meu corpo me trai sem a permissão do meu cérebro. Dou um passo para trás depressa, mas ele percebe e tudo o que quero é me enfiar em um buraco.

No mesmo momento, um carro para na vaga ao nosso lado.

Nick esfrega as palmas das mãos na calça jeans. Parece tão surpreso quanto eu.

— Desculpe.

— Tátudobem — respondo, atropelando as palavras enquanto dou a volta até a porta do passageiro.

— Bob Banana vai matar você — comenta ele quando já estamos no carro, como se nada tivesse acontecido. — E a mim também, provavelmente.

— Não. Nós vamos levar este segredo para o túmulo.

— Combinado.

Estamos agindo como se tudo estivesse normal, mas não é verdade. O Nick imaginário diz:

— Por que você ficou arrepiada quando a toquei?

Mas o Nick real não diz nada. O Nick real escolhe uma música que eu inevitavelmente vou considerar uma indireta. O Nick real coloca alguma coisa do Frank Ocean. Não consigo interpretar o que a letra quer dizer. Ele tamborila os dedos no volante. Ele simplesmente virou uma chave e desligou os próprios sentimentos.

Queria que fosse simples assim para mim.

Nick

Quando chegamos à minha casa, há um Lincoln preto parado na entrada da garagem. Acho que é de conhecimento geral que nada de bom vem de um carro desconhecido parado em frente à sua casa à noite. Fiona desliga o motor.

— Você está esperando alg...

— Não.

Abro a porta e vou até lá. Uma música soa de dentro do carro. Bato no vidro que se abre alguns centímetros, revelando um homem mais velho de cabelos brancos amassados como se estivesse dormindo.

— Posso ajudar? — pergunto.

— Desculpe pela música — balbucia ele, abaixando o volume.

Há papéis espalhados por todo o carro, e ele passa a mão sobre eles, tentando se orientar. Ele pega uma nota adesiva do painel, que tenho certeza de que tem meu nome escrito. Por cima dos óculos, ele dá uma olhada em mim.

— Nicholas Bennet?

Nos filmes, alguém sempre responde com: "Quem quer saber?". Penso em fazer isso, mas estou com um mau pressentimento e não quero arrastar essa conversa.

— Isso.

Ele pega uma pasta no assoalho do lado do passageiro e abre a porta. Fiona está vindo em nossa direção com minha mochila pendurada no ombro.

O homem sai do carro e aperta minha mão.

— Clyde Owens. Sou advogado. Temos alguns assuntos a discutir, sr. Bennet.

Seu terno marrom está amassado e frouxo como se tivesse sido tirado da lixeira. Sinto um nó na garganta porque meu primeiro pensamento é que perceberam que foi um grande erro devolver minha carteira de motorista e agora querem me colocar na cadeia.

— Que assuntos?

Clyde olha para Fiona.

— É um assunto particular. Em relação ao processo.

O processo da Alex. Eu quase prefiro a ideia de ir para o xilindró.

— Foi mal, Clyde, mas está falando com o Bennet errado. Eu não abri nenhum processo. — Ele me segue até a porta. — Não está um pouco tarde para você estar aqui?

— Bem, sim, mas eu vim de Portland e não queria ter que viajar de novo amanhã.

Clyde não parece ser um grande advogado. Aposto que ele mora naquele Lincoln. Isso é típico da Alex. Ela provavelmente encontrou um anúncio dele colado em algum poste na rua.

— Podemos conversar em particular? — pede ele.

Fiona se aproxima quando destranco a porta.

— Vou deixar sua bolsa lá dentro e vou para casa.

Até parece.

— O quê? Não. — Pego o braço dela e me volto para o Clyde. — O que quer que você tenha para me dizer, pode dizer na frente dela. Sente-se na cozinha. Nós já vamos.

Clyde espia a casa como se estivesse esperando um cão assassino aparecer do nada. Então ouvimos um longo e demorado rangido das pernas da cadeira contra o chão da cozinha. Que otário.

Fiona se desvencilha da minha mão.

— Está tudo bem, de verdade. Eu tenho mesmo que ir.

Ela vai em direção à porta, mas parece errado ela ir embora desse jeito depois do nosso fim de semana.

— Eu quero que você fique.

Ela hesita, olhando para Clyde.

— Mas isso é particular.

— Está brincando? Fica, por favor. — Não sei o que esse cara vai dizer, mas não quero ouvir sozinho. Fiona parece pensar no assunto, alternando o peso entre as pernas e lançando um olhar para o carro, indecisa. — Eu vou te contar tudo por mensagem, mesmo.

Ela finalmente cede.

— Tá. Tudo bem.

Vamos para a cozinha e a mesa está coberta de papéis. Clyde observa Fiona passar por trás de mim.

— Ela vai ficar.

Ele acena com a cabeça, ajeitando os óculos de aro perto.

— Por favor, sente-se, Nicholas.

Fiona se senta na outra ponta da mesa. Distante, porém presente.

— Antes de mais nada, sr. Bennet, meus sentimentos pela sua perda.

Não sei por que fico tão nervoso de repente. É como se eu estivesse por um fio. Não queria ter que ouvir nada disso.

— Valeu.

— Você está ciente de que sua irmã, Alexandra, abriu um processo civil contra a Sul-Americana...

— Se isso é sobre o depoimento, eu não fiz e não vou fazer, pode dizer à Alex que não vai rolar.

— A companhia aérea quer oferecer um acordo, sr. Bennet.

Os sons externos parecem abafados e meu coração, a ponto de sair pela boca.

— Não estou entendendo.

Ele desliza uma pilha de papéis em minha direção com marcações em campos de assinatura.

— Já falei com sua irmã e ela está de acordo, mas você também precisa assinar.

As palavras à minha frente parecem um borrão de tinta preta. No papel, consigo pescar "Acordo Elizabeth Bennet". Um dois seguido de muitos zeros. Eu pergunto:

— Mas... como? Pensei que esse tipo de coisa demorasse anos.

— Companhias aéreas não gostam de processos judiciais. Como expliquei à Alexandra, se quiserem esperar pelo julgamento, acredito que vão conseguir muito mais, mas ela parecia disposta a fazer um acordo agora. O valor será dividido igualmente entre vocês dois.

A caneta parece ser um animal peçonhento. Eu a empurro junto dos papéis.

— Não quero.

— Sr. Bennet...

— Não quero. Mande de volta. Doe. Eu não ligo.

— São dois milhões de dólares — diz ele, devagar, como se suas palavras enunciadas fossem me fazer entender a magnitude daquilo.

É ridículo. Não sei se é uma quantia risível ou se é um mar de dinheiro. E não posso ficar ali nem mais um segundo, então vou em direção à porta. Atrás de mim, Fiona diz:

— Pode dar um dia para ele pensar? Você tem um cartão?

Alguns minutos depois, a porta da varanda se abre e Clyde para ao meu lado na escada. Imagino que vá insistir no assunto, mas ele apenas pousa a mão em meu ombro e depois vai embora.

Dentro da casa, ouço Fiona juntando os papéis. Ela sai com um pacote de biscoitos de chocolate e se senta ao meu lado, vestindo meu moletom preto de Seattle. Ela morde um biscoito e ficamos em completo silêncio, a não ser pelo som do biscoito sendo mastigado. O suspense está me matando. Eu desisto, o que ela provavelmente sabia que aconteceria.

— Será que dá para dizer alguma coisa?

Ela olha para mim e limpa uma migalha de biscoito do queixo, depois lambe os dedos.

— O que você faria se alguém aparecesse do nada e dissesse: "Toma esse dinheiro"? — pergunto.

— Não sei. Todas as minhas alunas particulares me dispensaram e ando meio dura.

— Você não aceitaria. Você jogou a câmera dela no mar. Talvez houvesse uma foto que valia um milhão de dólares lá.

Ela arregala os olhos.

— Que merda. Não pensei nisso.

— Você não ia querer.

— Não é a mesma coisa.

— Claro que é.

Fiona fica pensativa.

— A câmera foi o que restou do acidente, algo que deveria ter desaparecido com ela. Seria a mesma coisa se você pensasse em queimar a lista de desejos, por exemplo.

No entanto, a meu ver, é infinitamente mais fácil recusar um milhão de dólares do que queimar a lista de desejos. Eu não consigo.

— Como vou superar o que aconteceu se me lembrar disso toda vez que for comprar a porra de um sanduíche?

— É, mas... — Ela pega uma farpa de grama que foi parar no biscoito. — É muito dinheiro.

Olho para ela como quem diz: "Viu só?".

No céu diante de nós, a lua crescente brilha avidamente. Fiona olha para cima, então para mim.

— Parece inconcebível, mas acho que é só uma questão de perspectiva, não? Como o que você faz com os finais felizes.

— Os finais felizes são uma mentira que conto para mim mesmo. Uma estratégia inútil para lidar com a situação.

— As pessoas mentem para si mesmas o tempo todo — comenta Fiona.

— Você acha que eu deveria aceitar.

— Acho que você deveria encarar isso como uma oportunidade, não como uma âncora. Você vai ganhar tempo. Vai poder dar o fora daqui. Viajar. Vai poder terminar a lista de desejos dela.

— Eu já vi E.T., O Extraterrestre.

— Se não quiser lidar com isso agora, coloque o dinheiro em uma conta que você não usa. Mas não deixe que o luto tome a decisão por você.

Encosto minha cabeça na grade da varanda.

— Não acredito que você esperou esse tempo todo para dizer isso.

— Paciência é uma virtude?

Eu dou risada.

— Será?

Meu telefone toca e a foto da Alex aparece na tela. Já recusei uma centena de ligações, então atendo.

Ela começa a tagarelar do outro lado da linha. Fiona se aproxima e toca meu joelho.

— Estou indo — sussurra ela.

— Peraí, Alex — digo, cobrindo o celular com a mão. Eu me levanto e sigo Fi até o carro. — Fica aqui. Está muito tarde.

Ela olha para mim.

— É sempre alguma coisa... — diz ela com um sorriso suave.

Demoro um minuto para entender. Os argumentos que uso para fazê-la ficar são infinitos. Está tarde, está chovendo, o pai dela não está em casa, eu preciso dela. Sempre arranjo um motivo. E não faço ideia do que dizer a respeito disso.

Tudo em que consigo pensar é no contrato em cima da mesa. Nas palavras girando no meu cérebro em preto e branco. Naquela conclusão inesperada. Na pressão para responder. E sinto que estou sufocando, me afogando em burocracia e deveres.

Alex grita meu nome no alto-falante.

— Estou indo — repete Fiona.

E, pela primeira vez, ela vai.

Fiona

Quando chego em casa, está tudo escuro, mas ouço o chuveiro ligado no andar de cima. Sem perder tempo, pego a foto na bolsa e procuro na cozinha um lugar para deixá-la em pé. Eu a posiciono bem ao lado da caneca do meu pai.

Depois me sento no sofá no escuro, como um espião à espreita, e espero. Meu pai não me vê quando desce. Ele vai até a cozinha, abre a geladeira, fecha, vai até a pia.

Silêncio.

Ouço a moldura da foto sendo arrastada pelo balcão.

Ele aparece na porta da cozinha com a foto na mão.

— Quando você chegou?

Minha postura de braços cruzados no sofá não parece incomodá-lo, então eu me levanto.

— Essa é a pergunta que você vai me fazer?

Ele volta para a cozinha.

— Pai! O que é isso? — pergunto, seguindo-o.

— Uma foto minha e da sua mãe — responde ele, colocando-a de volta no balcão. — Onde você a encontrou?

— Na parede do lugar que você disse ser um projeto universitário!

— Mas era mesmo um projeto da sua mãe. — Ele abre a torneira e enche a cafeteira com água. — Eles realmente colocaram isso na parede, então?

— Por que você não me disse?

Ele aperta o botão da cafeteira e me olha, hesitante, como se estivesse pensando se deve me contar ou não.

— Pai!

— Fiona, eu te amo, mas nem tudo se resume a você. Algumas lembranças são minhas e essa noite foi uma delas. Tenho certeza de que tem lembranças que quer guardar só para você. — Seu olhar pousa no colar que Nick me deu e eu resisto à vontade de tocá-lo. — Mas estou feliz por você ter encontrado a foto. Acho que sua mãe gostaria de saber que você a encontrou.

— Então você queria que eu fosse até lá?

— Não. — Ele suspira, pegando sua caneca térmica da máquina de lavar louça. — Mas estou feliz por você ter tomado essa decisão por conta própria. Me pegou de surpresa. — Meu pai segura a foto e o rosto dele se ilumina. — O que você achou de lá?

Eu me encosto na parede, sem saber expressar em palavras como foi nossa noite no bar.

— Muito ruim. Mas também muito bom.

Ele sorri.

— Então continua exatamente como eu me lembro.

Faz apenas uma semana desde que viajamos, mas parece uma vida inteira. Nick não me mandou nenhuma mensagem desde a visita do advogado. Às vezes sinto que me envolvo demais nos assuntos dele. A perda da mãe veio acompanhada de todo esse aspecto jurídico e, por mais que eu queira apoiá-lo, não quero influenciá-lo. E se eu for péssima em dar conselhos? Fala sério. Quem sou para dizer alguma coisa? Sou a última pessoa que deveria aconselhar alguém. Pensei em dar um pouco de espaço para ele, alguns dias para resolver as coisas, talvez com Alex, mas não imaginei que fosse demorar tanto.

Desço correndo as escadas e vejo meu pai preparando tofu ao molho de alguma coisa.

— O cheiro está bom — comento, colocando minha bolsa de ginástica no ombro.

— Sabe, estou fazendo isso há duas horas e agora posso dizer com tranquilidade que não vale a pena.

Não jantamos direito desde que mamãe morreu, parecia não valer a pena só para nós dois. Mas meu pai está de folga pela primeira vez em muito tempo, e está se esforçando ao máximo. É meio triste vê-lo quebrando a cabeça, mas me deixa feliz saber que está tentando.

— Não exagerou nas batatas?

O escorredor ao lado dele está transbordando.

— Não existe exagero quando o assunto é batata. Quer em purê ou cozida?

— Metade de cada? — sugiro, calçando os sapatos.

Ele olha para mim, exasperado.

— Ou não? Gosto das duas opções — acrescento, tentando amenizar.

— Não, tudo bem. Boa ideia.

Não há o mínimo espaço livre na cozinha e todo o conteúdo da geladeira parece estar espalhado pelo balcão.

— Vai trabalhar?

— Turno de última hora.

Ele me olha por cima dos óculos.

— Mas você volta para o jantar, né?

— Não perderia o jantar por nada! Até mais tarde!

Eu saio e mando uma mensagem para Nick no caminho até o carro.

Como foi com a Alex?

Quando ele não dá sinal de que pretende responder, sigo para o trabalho.

***

Jaden mudou as aulas para domingo porque o ginásio estava reservado para uma festa na sexta-feira. Quando entro no estacionamento, vejo o carro de May e estaciono o mais longe possível. Meu estômago embrulha só de pensar em entrar. Não quero lidar com os olhares de julgamento dos pais ou, pior, ter que lidar com May, depois de tanto tempo a evitando. Nem sei por que estou aqui. Praticamente desisti da ginástica infantil, mas, quando Jaden perguntou se eu ia voltar depois da "infecção de garganta", não tive coragem de negar. Então aqui estou.

May me vê assim que entro. Ela está cercada de crianças e tudo o que pode fazer é acenar do outro lado do ginásio. Eu aceno de volta e a interação parece tão normal que me pergunto se o drama entre nós existiu mesmo ou se era coisa da minha cabeça.

Estou como apoio hoje, então não vou dar aula para grupos. Minha tarefa é guardar os equipamentos, o que faz com que eu me sinta particularmente inútil.

Sarah corre até mim e abraça minha cintura.

— Fiona! Podemos fazer estrelinhas agora?

Ela está me olhando com aqueles olhos de cachorrinho pidão, pulando sem parar.

— Não posso. Estou ocupada.

— Você não parece ocupada.

Dou uma olhada em volta. A mãe dela está mexendo no celular na sala de pais. Eu prometi à Sarah que faria isso semanas atrás. Como posso dizer não?

— Tá bom. Por que não? Vamos lá.

Ela tenta fazer uma estrela e cai de costas no colchonete.

— Não consigo!

— Tente de novo.

Da segunda vez, eu a sustento, ajudando-a a pegar impulso.

— Parabéns! — digo, animada, erguendo o braço para um *high five*.

— Mas sem a sua ajuda eu caio. Como você faz para não perder o equilíbrio?

Ela está se referindo à estrela, mas soa muito mais profundo.

— Está perguntando para a pessoa errada.

— Mas você consegue.

— Você também consegue! É só praticar. Não é um truque de mágica. E querer aprender tanto quanto eu sei que você quer é a parte mais importante.

Sarah tenta de novo. Apesar de ser difícil, ela consegue erguer o corpo. Fico tão feliz que solto um grito de alegria e vejo a mãe dela olhando para mim com uma careta.

— Consegui! — grita ela, correndo pelo ginásio.

É a melhor sensação de todas — fazer uma pequena diferença na vida de alguém. A mãe de Sarah não pode tirar isso de mim. O ginásio foi uma parte muito importante da minha vida, mas acho que estou pronta para deixar essa fase para trás. É difícil crescer em um lugar que não cresce com você.

Vou até Jaden, que está usando uma pistola de brinquedo para soltar bolhas de sabão em meio a um grupo de crianças.

— Oi.

— Oi, Fiona. — Ele mal presta atenção em mim.

— Vim pedir demissão — anuncio.

Ele finalmente me encara, franzindo a testa.

— Quero pedir demissão — repito, murchando um pouco porque ele não argumenta, talvez estivesse até esperando por isso. — E, só para constar, é uma merda que você não tenha tentado me defender. Fazer terapia não é crime.

Uma expressão confusa surge em seu rosto.

— O quê? Quem disse isso?

— May disse que foi por isso que perdi minhas alunas.

O rosto de Jaden se suaviza. Ele solta a pistola de bolhas.

— Não foi pela terapia, Fi. Foi pelas companhias.

Eu não entendo.

— Seu amigo, Nick. Aparentemente o histórico dele não é muito bom. Achei que você soubesse. Perguntei à May qual seria a melhor maneira de contar para você e ela me disse que cuidaria disso.

É claro que ele confiaria em May. Ele ainda está apaixonado por ela.

— Então ela mentiu para mim?

— Eu não sabia...

— Mas isso é... — Balanço a cabeça, ainda sem entender. — É uma burrice tão grande. Qualquer que seja o histórico dele, ficou no passado.

— Os pais não pensam assim.

Nick é a razão pela qual meus alunos sumiram como se eu tivesse uma doença contagiosa. Nick é a razão pela qual estou completamente sem grana. Sinto pena e raiva dele ao mesmo tempo. Todo esse tempo, achei que estavam me julgando pela terapia, mas é muito pior. Eles estão me julgando pelo meu discernimento.

— Sinto muito. — Jaden toca meu ombro e se abaixa para ficar na altura do meu rosto, porque estou encarando o tapete do ginásio com o olhar vazio. — Fiona?

— Oi. — Eu desperto dos meus próprios pensamentos e dou um passo para trás. Jaden parece arrependido. — Obrigada por me contar. Boa sorte com tudo, Jaden.

Ele tenta me seguir, mas as crianças o cercam, pulando para pedir mais bolhas. Deixo o ginásio na velocidade da luz. As portas se abrem e eu saio aos tropeços, sentindo que elas me vomitaram para a rua, em vez de me deixar ir embora com uma gota sequer de dignidade.

Olho para o ginásio uma última vez. Eu me imagino enchendo-o de gatos e os deixando lá. Pelo menos, posso começar do zero em Nova York e deixar tudo isso no passado.

Meu celular toca e é o número da casa do Nick. É estranho, porque ele nunca me liga, principalmente de um telefone fixo. Atendo enquanto atravesso a calçada.

— Você não vai acreditar no que acabou de acontecer.

— Fiona?

A voz do outro lado é tão melodiosa quanto a dele, porém mais madura.

— Sr. Bennet. Desculpe, pensei que fosse o Nick.

Silêncio.

— Então ele não está com você?

Meu coração para. Eu paro. Algo está errado.

— Não...

— Você tem falado com ele? — pergunta o sr. Bennet, muito sério.

E por que ele está falando tão devagar? Minha mente imagina os piores cenários possíveis.

— O que aconteceu?

— Houve um... incidente.

Nesse momento, May aparece do nada com as mãos nos quadris.

— Você pediu demissão?! — grita ela.

Cubro o alto-falante do celular com a mão e olho para ela.

— Pedi. — Levanto um dedo para que ela espere e volto para a ligação. — Que incidente?

Ouço um suspiro profundo do outro lado da linha.

— Ele roubou minha picape.

Ele disse *roubou*? Fico aliviada. Isso é algo que dá para resolver.

— Ele sumiu há cerca de uma hora. Não quero envolver a polícia.

— Melhor não, mesmo.

— Imaginei que ele estaria com você.

Cubro o alto-falante de novo e pergunto para May:

— Você sabe do Nick?

Ela faz que não com a cabeça.

— Pode me dar uma hora? Eu ligo de volta — digo ao pai dele.

— Uma hora. Tudo bem.

— Tenho certeza de que é apenas um mal-entendido, porq...

Ele desliga antes que eu consiga terminar.

May está do outro lado da calçada, mas poderia muito bem ser o outro lado do oceano.

Ela termina de digitar algo no celular e olha para mim.

— Fi? Está tudo bem entre a gente?

Uma risada frustrada borbulha dentro de mim. O que diabos quer dizer "estar bem" a essa altura do campeonato?

— Por que você me disse que foi por causa da terapia?

Ela deixa os braços caírem na lateral do corpo.

— Estava tentando proteger você.

— Fazendo eu me sentir maluca?

— Eu sabia que Nick era importante para você!

— Então por que pediu o número dele?! — devolvo, exaltada.

May dá um passo à frente e para no meio-fio.

— Você disse que ele era tipo um padrinho do AA e eu não queria prejudicar esse vínculo. Não sabia que havia algo mais entre vocês.

Enterro meu rosto nas mãos. May morde o lábio e parece tão sem jeito. Sinto uma fagulha de reconciliação no peito.

— Nós estamos bem? — pergunta ela outra vez.

Por mais brava que eu tenha ficado, também estou com saudade dela. Nós somos tipo aqueles colares da amizade que, mesmo quebrados, ainda se encaixam. Vamos consertar isso.

Então simplesmente aceno com a cabeça.

— Vamos ficar.

Ela ergue o celular.

— Eu mandei uma mensagem para ele. Te aviso se ficar sabendo de alguma coisa.

— Obrigada.

— Fi... Queria que você tivesse me contado. Eu nunca teria...

Minha cabeça está girando. Nem sei por onde começar.

— Tenho que ir — interrompo

— Me manda uma mensagem mais tarde.

Entro no carro e mando uma mensagem para Nick.

Oi

Cadê você?

Seu pai está pirando

Acho que subestimei o quanto a visita do advogado mexeu com Nick. Ele estava mesmo muito chateado. Minha mente considera todos os piores cenários e, em seguida, volta ao comentário de May. "Eu nunca teria...". Nunca teria o quê? Tenho certeza de que nada aconteceu entre eles, mas "nunca teria" o quê? E se ele responder à mensagem dela primeiro? Fico com raiva de novo. Dez minutos atrás, eu estava me sentindo muito confiante. Agora estou no meu carro, ansiosa, pensando na May enquanto o pai do Nick está prestes a digitar o número da polícia no telefone para mandá-lo direto para a cadeia.

Onde ele está? Pego meu celular e abro o aplicativo de localização. Nunca uso, mas adicionamos um ao outro meses antes. O nome dele aparece na tela e torço para que apareça no mapa. Dou zoom na última localização: Parque Estadual de Silver Falls. Como não pensei nisso? A cachoeira dos passeios em família com Alex e a mãe. Mas por que ele não me ligou antes se fizemos uma promessa?

Naquela noite, no quarto, ele me fez jurar de dedinho. *Você tem que prometer, aqui e agora, que não vai dar uma de Roger nem sair pulando de segundos andares por aí sem me mandar uma mensagem primeiro.*

Achei que era brincadeira, mas para ele era sério. Eu prometi. *Eu* prometi. Só não me lembrava de que... ele nunca prometeu de volta.

Fiona

Levo trinta minutos para chegar ao parque e o prazo de uma hora do pai dele está perigosamente perto de acabar. Quando paro no estacionamento, avisto a picape, que está superdetonada. Há um amassado enorme em cima da roda traseira direita e vários arranhões na lataria. O que foi que Nick fez? Estaciono logo ao lado e ligo para o pai dele. A chamada cai na caixa postal.

— Oi, sr. Bennet, é a Fiona. Encontrei o Nick! Ele está bem, não precisa chamar a polícia. Vamos conversar um pouco e ele liga para você mais tarde. Até já.

Isso vai me ajudar a ganhar tempo, mas meu pânico persiste porque ainda não sei o que vou encontrar aqui.

É fim de agosto e está mais quente do que nunca. A temperatura bate os mil graus, o ar está pegajoso e não há nenhum sinal de brisa.

Pego um mapa da trilha com uma garrafa de água em mãos e tento descobrir a rota mais rápida para as cachoeiras. O problema é que não há apenas *uma* cachoeira neste parque, e sim dez, pelas minhas contas. *Dez!* Além disso, o mapa é muito traiçoeiro. Há várias rotas traçadas no quadro que se desdobram em cores vivas fazendo parecer que é um trajeto divertido, quando a trilha real está mais para um pesadelo: as árvores são sinistras e o caminho é escuro, cheio de pernilongos e sabe-se lá o que mais. O lado bom é que não sou a May, então as chances de ter que correr de calcinha e sutiã para salvar minha vida são quase nulas.

Nick ainda não me respondeu. Ele pode estar em qualquer lugar. Vou ter que percorrer essa porcaria de trilha inteira.

São três quilômetros até a primeira cachoeira, se é que se pode chamá-la assim, já que tem mais ou menos a minha altura e um fluxo de água bem fraco. É claro que todo mundo parece saber disso, porque não há ninguém aqui. Gostaria de poder dizer que estou experimentando alguma conexão profunda com a natureza, mas na verdade estou apenas fugindo dos insetos que voam no meu rosto a cada dois segundos. Queria que a sra. Bennet tivesse sido fã do oceano, como a minha mãe.

Sigo até a cachoeira seguinte onde há várias famílias assando salsichas e marshmallows em uma fogueira, mas nem sinal de Nick.

O acesso à terceira está impedido e também não o encontro nas duas cachoeiras que visito depois, mas tudo em volta é muito bonito. O rugido da água anestesia temporariamente minha ansiedade. Eu me imagino enchendo barquinhos com meus gatos e vendo-os descer correnteza abaixo, desaparecendo na névoa da cachoeira.

Continuo andando e logo vejo que meus tênis brancos estão completamente sujos graças à trilha lamacenta. Em um mirante, vejo um casal abraçado. Ainda não há sinal do Nick e meu nervosismo aumenta cada vez mais. Eu deveria ligar para o pai dele. Também deveria ligar para o meu pai.

Então eu o vejo.

Nick está do outro lado da fenda, sentado perto da borda com uma garrafa entre as pernas. Ele amarrou a camiseta em volta da cabeça, como uma bandana, e está encharcado pelos respingos de água. Ele parece tão vulnerável, tão sozinho. Vê-lo dessa forma é quase uma invasão de privacidade.

Ele ergue a cabeça e me vê.

— Fioooonnaaaaaa!!! — É como um grito de guerra. Bêbado, Nick ergue a garrafa no ar. — Fenha beber!

Ele se levanta aos tropeços, perigosamente perto da beirada, mas consegue recuperar o equilíbrio. Depois sorri, satisfeito, como se não cair fosse uma grande conquista.

Eu me afasto do mirante, pensando em uma maneira de chegar ao outro lado. Ele espelha meu movimento, tropeçando nas rochas a cada passo.

— Não se mexa! — grito para ele. — Eu estou indo. Fique sentado aí.

Já estou apelando para comandos usados em adestramento de cães.

— Vou servir uma dose para você. — Ele serve um pouco do que quer que seja aquilo e imediatamente bebe tudo sozinho. — Bom, vou servir outra dose para você!

Que pesadelo. Procuro um caminho que leve ao topo da cachoeira e só encontro uma trilha com três dedos de largura que mais parece uma floresta tropical. Galhos arranham minhas pernas e meus braços quando passo, empurrando arbustos para fora do meu caminho. Há um milhão de teias de aranha — *será possível que elas se regenerem um segundo depois de serem destruídas?* E poças de lama tão extensas que podem muito bem ser entrada para o multiverso.

Mais à frente, avisto um arremedo de ponte que nada mais é do que uma sequência de tábuas estreitas com grandes vãos entre uma e outra, todas unidas por uma corda e com outras duas, grossas, servindo de corrimão. Uma ponte de conceito aberto, por assim dizer. Alguns chamariam de rústica, eu chamo de insana. Eu hesito. Me equilibrar em uma rocha ancorada no oceano não é nada comparado a atravessar uma base instável e oscilante pairando sobre corredeiras.

O Nick imaginário diz:

— Qual foi, Fi? É uma ponte! Não dá para ficar mais estável do que isso. Tem lugar para segurar e tudo. O que você fez na praia é que foi loucura.

Para provar seu argumento, o Nick imaginário vai até a ponte e até mesmo dá uns pulinhos em cima dela.

Tomo coragem e começo a atravessar. A ponte oscila. *Não olhe para baixo.* Mas tenho que olhar, pode haver tábuas quebradas. É nauseante ver a água lá embaixo em uma fúria vertiginosa. Com passos leves e ágeis, atravesso depressa, minhas mãos roçando nas cordas. Mas o orgulho que sinto por ter chegado ao outro lado se transforma em irritação imediatamente. *Nick.*

Um caminho gramado leva até a cachoeira. O solo é mais íngreme e a grama fica escorregadia, então desço com cuidado.

— Fiona! — grita ele, ainda parecendo surpreso.

Mesmo bêbado, ele vê que estou tendo dificuldade com a inclinação da trilha e estende a mão coberta de lama para me ajudar. Percebendo que a mão está suja, Nick a limpa no jeans molhado. Ele está alguns metros abaixo de mim, então tenho que me sentar em uma pedra e pular para alcançá-lo. Ao aterrissar, caio em cima dele.

— Cuidado, cuidado. — Ele me segura pela cintura. — Tem um caminho mais fácil bem ali.

Ele gesticula vagamente para algum lugar atrás de mim.

— Claro que tem — digo, claramente longe de me divertir tanto quanto ele.

Agora meu short está completamente molhado e Nick está fedendo a álcool. Dou uma olhada em volta e vejo o acampamento improvisado que ele montou. Ele trouxe um saco de batatas chips e seus melhores fones de ouvido, que estão encharcados e definitivamente já eram.

— O que veio fazer aqui? — pergunta ele, exageradamente feliz.

— Buscar você.

— Perfeito! — Ele cambaleia para trás e pega a garrafa no chão. — Bem-vinda à Residência Nick. Aceita um drinque?

Puxo a mochila dele e me sento sobre ela.

— Não. Obrigada.

— Nem um pouquinhozinho?

Ele balança a garrafa diante do meu rosto e eu a seguro, virando-a contra meus lábios fechados. Ele está bêbado demais para perceber.

— Eu te mandei várias mensagens.

Ele tateia os bolsos e depois olha para o penhasco.

— Não sei onde está meu celular. Porra, cadê minhas coisas?

Ele passa as mãos pelo cabelo, entortando a camisa amarrada na cabeça.

— Estou sentada na sua mochila! Está literalmente embaixo da minha bunda.

Ele olha para a bolsa como se quisesse se certificar de que é dele mesmo e finalmente se acomoda ao meu lado. As quedas d'água rugem à nossa frente.

— A gente estava preocupado com você.

— A gente, quem?

— Seu pai me ligou.

Ele ri jogando a cabeça para trás, depois olha para mim de novo.

— Engraçadinha. Essa foi boa.

Um pequeno grupo do outro lado da cachoeira está nos observando.

— Não é lindo aqui? — comenta ele, alheio a todo o resto.

— É, sim.

— Tem um cheiro tão fresco, não tem? — Ele respira fundo, enchendo os pulmões de ar. — Queria poder sentir esse cheiro o tempo todo. — Então ele se dá conta de uma coisa. — Espera aí. Você odeia isso. Você odeia a natureza.

Eu aceno com a cabeça.

— Pois é.

— Você fez uma trilha por mim? — Ele bate a mão na altura do coração com tanta força que até oscila.

— É.

Nick pega a garrafa e sinto um calafrio quando ele toma outro gole. Já está um quarto vazia. Eu tenho muitas perguntas, mas ele está arrasado, definitivamente não é o momento certo para fazê-las, então decido ficar quieta.

Ele me passa a garrafa e tento distraí-lo.

— Vim por um caminho muito bonito.

Ele olha para a direção em que estou apontando e derramo o resto da bebida no chão ao meu lado. Quando volta a se virar para mim, estou pressionando a garrafa vazia contra meus lábios.

— Você bebeu tudo? — pergunta ele, perplexo.

— Ops.

Ele pega a garrafa e a rola para longe.

— Não, está tudo bem. Acho que tenho mais.

Puxo Nick pela calça.

— Por que você não toma um pouco disso? — Tiro minha garrafa de água da bolsa. — Água fresquinha!

Ele não se convence e empurra minha mão. Tentar ser paciente não está dando certo, então começo a falar sério.

— Nick, chega. Só um gole. Você precisa beber água.

Ele obedece e toma tudo. Em um momento de lucidez, pergunta:

— Como sabia que eu estava aqui?

— Eu rastreei você.

— Alex também consegue me rastrear, sabia? — Ele passa a mão pelo cabelo molhado. — Eu assinei os papéis. Ela conseguiu o que queria. Ela poderia estar aqui. Ela deveria estar, não deveria? — Ele apoia os cotovelos sobre os joelhos dobrados. — Meu pai. Meu pai deveria estar aqui. Aposto que ele só está preocupado com o carro dele. Nenhum deles está aqui. Mas você está, sabe?

Ele pisca para afastar as lágrimas que se acumulam em seus olhos.

— E não deveria. Você perdeu seu emprego por minha causa.

— Como você sabe?

May deve ter contado para ele. Nick esfrega o nariz na manga molhada. Nossos olhos se encontram, mas ele não diz nada.

— Na verdade, não foi você. Quem perde são eles.

— Foi por minha causa, sim — insiste ele, a voz embargada. — Sinto muito. Eu não devia ter arrastado você para o caos que é minha vida. Você deveria ir embora.

— Ei, não vou deixar você aqui sozinho — digo, dando um empurrãozinho no ombro dele com o meu. — Principalmente porque não sei como voltar.

Nick solta uma risada cheia de catarro e a dor dele parte meu coração. Eu quero consertar as coisas, quero poupá-lo disso, mas não cabe a mim. Então entrelaço nossos dedos e seguro a mão dele.

— Por que eles não estão aqui? — Nick se vira para mim com os olhos marejados.

— Eu não sei.

Ele olha para a cachoeira e seus ombros tremem em meio aos soluços.

— Sinto muito. Eu sinto muito.

Ele não está mais falando comigo. Puxo seu rosto para meu ombro, em parte porque ele precisa de um abraço, mas principalmente porque não quero que veja que também estou chorando.

— Que merda. QUE MERDA — grita ele para as cachoeiras.

As palavras ecoam contra os penhascos. Quero dizer que ele vai ficar bem, que a mãe o amava e que o restante da família também o ama. Mas eu odiava quando me diziam essas coisas, então apenas seguro a mão dele. Tudo o que posso fazer é estar presente.

Ele descansa a cabeça em meu ombro e ficamos ali, observando a água caindo e as pessoas indo e vindo nas trilhas até o sol começar a se pôr e feixes alaranjados de luz começarem a tingir o céu. Do outro lado, alguém grita que está ficando tarde e que a gente devia ir embora, e imediatamente penso nas mil e uma mortes diferentes que podemos encontrar nessa floresta.

Antes de nos levantarmos, vejo algo preto e brilhante entre as pedras. Pode ser um pedaço de obsidiana, então o coloco em minha bolsa para guardar de lembrança.

A caminhada de volta leva o dobro do tempo e é dez vezes pior. Nick vomita como um cachorro que faz xixi para marcar as árvores e os insetos sobrevoam o caminho em massa. Estou penando para interpretar o mapa enquanto seguro um cara bêbado para evitar que ele caia. É como passear com uma criança pequena, uma muito pesada e muito distraída.

Quando chegamos ao estacionamento, estou cheia de picadas de pernilongo e não sei o que fazer com Nick. Ele tenta me dar as chaves da picape, sem assimilar que não consigo dirigir dois carros ao mesmo tempo. Vamos ter que voltar para buscá-la depois.

São sete horas e recebi uma tonelada de mensagens do meu pai. *O grande jantar está pronto* e *cadê você*? Eu respondo:

Desculpe

Chego em 30 min

Passar na Starbucks pareceu uma boa ideia, mas Nick não consegue nem olhar para o café ou para as garrafas de água. O cheiro da bebida misturado ao cheiro da lama úmida em suas roupas é tão forte que ele atira o café pela janela, depois abre a porta em um sinal vermelho e vomita de novo.

— Você precisa ir ao hospital — digo.

Seus olhos estão fechados e o rosto coberto de sujeira.

— Estou bem — murmura ele. — Só tenho que dormir.

Então ele deita a cabeça na janela e apaga.

Não sei o que fazer. Penso em parar em um estacionamento e esperar que ele melhore, mas preciso de uma solução que dure a noite toda. Não tenho escolha; preciso levá-lo para casa.

Assim que entro, sinto o aroma das batatas assadas. A nostalgia é instantânea. Meu pai está na cozinha, cuidando de várias panelas ao mesmo tempo, ouvindo rock dos anos 1990 com uma taça de vinho tinto sobre o balcão. Ele se esforçou tanto para fazer esse jantar e eu estou prestes a estragar tudo.

Eu me encosto no batente da porta da cozinha.

— O cheiro está bom.

Ele leva um susto e abaixa o volume da música.

— Não ouvi você chegar.

— Desculpe, eu me atrasei.

— Na verdade, você chegou bem na hora.

Ainda estou segurando minhas chaves, pensando em como contar a ele que Nick está desmaiado no meu carro.

Meu pai percebe que há algo errado. Ele tira o pano de prato do ombro e limpa as mãos.

— O que está acontecendo, Fi?

— Você vai me matar.

Ele se aproxima.

— Por quê? O que aconteceu?

— Um probleminha. Com o Nick.

— Ele foi preso?

— Não! — Meu pai fica visivelmente aliviado. — Mas ele está no carro. Apagado.

Meu pai vai até a janela e vê um Nick em coma no banco do passageiro.

— Deixei a porta aberta para entrar ar.

Meu pai suspira e sai pela porta, ainda usando o avental de *Breaking Bad*. Eu vou logo atrás. Nick está esparramado pelo banco.

— Talvez ele tenha bebido um pouco...

Ele vira-se para mim.

— Será?

— Só um pouco. Ele é fraco para bebida. — Encolho os ombros, sem jeito. — Eu não sabia o que fazer com ele.

Nossa vizinha, uma senhora fofoqueira, está nos observando da cadeira de balanço na varanda, e meu pai acena para ela.

— Você fez a coisa certa.

Ele tira Nick do carro, coloca-o sobre o ombro e o carrega para dentro.

— Cubra o sofá — pede ele, apontando para um cobertor xadrez sobre a poltrona reclinável.

O cobertor está meio acabado e áspero, mas acho que não é uma boa hora para mencionar isso, então me apresso e faço o que meu pai pediu segundos antes de ele soltar Nick. Mesmo assim, ele não acorda.

— Pegue um balde.

— A picape do pai dele ficou no parque — digo, voltando com um balde de plástico. — Preciso ligar para ele.

— Por que não me deixa cuidar disso? — oferece meu pai, o que aceito com o maior prazer. — Mas, primeiro, gostaria de jantar antes que eu fique ainda mais irritado.

Coloco o balde no chão, próximo ao rosto de Nick. Ele parece sereno apesar de estar em um estado deplorável. Quero tocá-lo, mas meu pai está olhando. Seria esquisito.

— É só isso, então? — pergunto.

— Só.

Meu pai volta para a cozinha e pega os pratos no armário. Fico no meio do caminho entre a sala e a cozinha, vigiando Nick desmaiado no sofá enquanto meu pai cantarola uma música. A casa parece um vídeo de ambiente aconchegante do YouTube, só que na vida real. Não faz sentido que Nick se encaixe nessa cena, mas ele se encaixa.

Meu pai coloca os pratos na mesa.

— Vou pegar os talheres — digo.

Entramos em uma sintonia agradável enquanto a música toca ao fundo. Ele até faz uma dancinha, deslizando no chão em minha direção. Mamãe chamava isso de "dança do urso". É um lampejo de luz e de vida que me pega tão desprevenida que tenho que conter as lágrimas.

Meu pai toma um gole do vinho e, de repente, seu rosto fica sério.

— Espere. Você não estava... — Ele olha para a taça e depois para mim.

— Com o Nick? Hoje? Não! Eu jamais beberia antes de dirigir. — Faço uma careta. — Não sou idiota.

Ele olha para Nick no sofá e faço o mesmo. Quero acreditar que ele também não faria isso, mas não sei.

É impossível saber.

Nick

Algumas pessoas dormem muito bem em sofás, mas eu não sou uma delas. Confuso e de ressaca, rolo e caio no chão. Bato o rosto na borda de um balde de plástico que foi gentilmente colocado ao meu lado. Por sorte, está vazio. Eu me debruço sobre ele por um segundo só por precaução. Sinto cheiro de café fresco no ar, mas poderia muito bem ser lixo. Preciso fazer um esforço hercúleo para não vomitar. Então me dou conta: este piso não é meu, é da casa da Fi. E não faço ideia de como cheguei aqui.

Procuro meu telefone e minhas chaves nos bolsos, mas não os encontro. O que foi que eu fiz? Quando me levanto do chão, vejo-os sobre a mesa perto da porta. A cada passo que dou, pedaços de lama seca se soltam do meu jeans.

Tem uns dez bilhões de mensagens do meu pai no meu celular. Que ótimo.

Algo estala na cozinha. Bob Banana está preparando uma omelete e juro que só pode estar fazendo isso para me torturar.

Ele olha de soslaio para mim, atento à sujeira que estou deixando pela casa.

— Bom dia.

— Bom dia, senhor.

— Café da manhã? — oferece ele, como se dar de cara com um monstro do pântano na cozinha não fosse nem um pouco estranho.

— Hum. — Estendo as mãos e viro o rosto para longe dos ovos. — Não, obrigado, senhor. Mas estou com um pouco de dor de cabeça...

Ele me lança um olhar engraçado antes de apontar para um armário ao lado da pia.

— O Tylenol fica na segunda prateleira.

— Obrigado. Fi está acordada?

— O que acha?

Encho um copo com água e tomo dois comprimidos.

— Tudo bem se eu subir?

Ele dá uma olhada para o desastre ambulante que eu sou.

— Sim, acho que sim.

A caminho da escada, percebo que me sinto culpado como se o tivesse decepcionado, o que me surpreende porque nunca me senti assim com meu pai. Ou, para a minha surpresa, talvez eu sempre tenha me sentido assim com ele.

— Nick.

Eu paro.

— Falei com seu pai ontem à noite — continua Bob.

Preciso me segurar para não responder com sarcasmo.

— É? Como foi?

— Ele estava bravo. Não foi uma conversa longa, mas eu informei o paradeiro da picape e pedi para ele te dar uma colher de chá.

Meu pai deve ter adorado isso. Foi legal da parte do Bob tentar, mas aposto que ainda estou ferrado quando chegar em casa.

— Obrigado, senhor. — Eu aceno com a cabeça. — Por... tudo. Espero que ele saiba que estou falando sério.

— E Nick?

Ergo o olhar.

— Pode me chamar de Bob.

A palavra soa estranha, como um idioma alienígena ou algo do tipo, mas significa muito para mim de qualquer forma.

— Obrigado... Senhor.

Ele se volta para o fogão, balançando a cabeça, e coloca a omelete em um prato.

A porta da Fiona está entreaberta, então bato uma vez e a abro. Ela está apagada.

É meio como caminhar em um globo de neve: branco e ofuscante. O quarto é feminino, mas não "de menininha", embora as fronhas dos travesseiros tenham babados. Fiona, Fiona. Ela age como se não soubesse o que quer, mas sempre soube. É o tipo de quarto que implora por um nascer do sol na Califórnia e por uma foto que vai direto para o Instagram.

Uma pequena foto quadrada está na parede ao lado da cama. É nossa foto juntos com o leão-marinho em Monterey, com um coração vermelho gigante em volta. Aquele dia foi legal. Tento não tirar conclusões sobre o coração porque a Fi desenha corações em tudo.

— Você está vivo.

Eu me viro ao som de sua voz sonolenta. Passo meu celular com as mensagens do meu pai para que ela possa ler de que jeitos ele pretende me matar.

— Não por muito tempo. Seu pai ficou muito bravo?

Ela esfrega os olhos.

— Bem, você sabe que ele adora um projeto.

— É.

Depois de alguns segundos xeretando a escrivaninha, percebo que entregar meu celular foi um grande erro. As mensagens de May estão um pouco abaixo e, quando volto, Fiona já está lendo nossa conversa e se recusa a soltar o celular quando tento puxá-lo.

Não tenho nada a esconder, então não me incomodo muito que ela veja, mas todas as mensagens de May para mim são cheias de emojis sugestivos. Cada frase é pontuada com corações, piscadinhas e várias frutas. Acho que a Fi não vai ver coisa onde não tem. Ela conhece May há mais tempo do que eu e sabe que é só o jeito dela.

— Será que posso tomar um banho? Talvez ajude se eu não chegar em casa parecendo que saí de *The Walking Dead.*

— Sim. As toalhas estão no armário.

Ela não diz nada sobre as mensagens e não sei se May chegou a lhe contar o que aconteceu entre nós, mas ela merece ouvir de mim.

— Fi. — Ela olha para mim. — Você sabe que não aconteceu nada, não sabe? Tipo, nadinha de nada.

Seus olhos estão arregalados como se ela estivesse surpresa por eu ter tocado no assunto. Eu gesticulo com a cabeça e sigo para o banheiro.

— Nick.

Seguro na maçaneta, mas me viro para o interior do quarto. Ela se apoia nos cotovelos sobre a cama. Meu Deus, como ela é linda. Fiona está usando uma regata branca levemente transparente e é impossível não olhar. Nesse momento, um pedaço de lama seca se desprende da minha roupa e eu me lembro de como devo estar charmoso.

— Você está bem?

Não sei como responder a isso, então dou de ombros.

— Ah... Sabe como é.

— Sei. — Ela hesita e pergunta: — O que aconteceu com a picape?

A pergunta vem acompanhada de um tom de julgamento que me pega de surpresa.

— Me fecharam no trânsito.

— Você bebeu?

— Na cachoeira.

— Só lá?

Dói ouvir a dúvida na voz dela, mesmo que seja culpa minha.

— Só — respondo da forma mais transparente que consigo. — Estou falando sério.

— Ok. — Ela acena com a cabeça. — Talvez você deva falar com seu pai. Sabe... sobre as cachoeiras.

Levo apenas dois segundos para pensar no assunto.

Aposto que ela acha que assim ele vai pegar leve comigo, mas meu pai não merece saber. As cachoeiras são sagradas para mim. Ele não merece ficar sabendo de lembranças das quais escolheu não fazer parte. Não vou contar porra nenhuma.

A ducha não lavou minha culpa, mas pelo menos fico limpo. O desodorante de Fiona é orgânico e em aerossol e parece estranho borrifar minhas axilas com essência de neroli, mas pelo menos tem o cheiro dela.

A escova de dentes dela está sobre o balcão. Fiona vai me matar se perceber, então abro a torneira para abafar o som. Aí me lembro de que tenho um problema com minhas roupas: minha calça jeans cheia de lama está amontoada no chão do banheiro.

Volto para o quarto de Fiona com a toalha enrolada na cintura. Ela ainda está na cama, concentrada em algo no celular. Ela toca o colar que dei de presente e leva o pingente à boca. Depois me encara, me encara mesmo, no fundo dos olhos, com o pingente ainda entre os lábios. Fico esperando por algum tipo de piadinha, mas não acontece. É difícil dizer se ela está pensando em mim ou em ontem.

Engulo em seco.

— Tem alguma roupa minha aqui? — Não é uma possibilidade tão absurda.

— Talvez. Dê uma olhada no guarda-roupas.

Fi não tem uma infinidade de roupas e eu adoro isso nela. Há uma pilha de livros escolares no canto, alguns pares de tênis, mas nada meu.

— Vou colocar a mesma calça.

— Não. Aquilo tem que ir direto para o lixo!

Ela sai da cama, passa por mim e começa a vasculhar o armário. Espio o celular dela na cama e vejo seu feed do Instagram. Não são fotos de um cara qualquer como eu esperava, mas posts com fotos da paisagem urbana de Nova York. *Nosso plano*. Fico aliviado. Ela ainda quer ir.

Uma calça de corrida preta da Adidas voa do armário e cai aos meus pés. Eu a pego.

— Não são minhas.

— Só vão ficar meio curtas. Ou posso pedir algo do meu pai.

— Não, tudo bem — digo, esticando o elástico da cintura. — Você tem alguma camiseta? De preferência de uma boy band? Assim podemos concretizar minha humilhação por toda a eternidade.

Fi aparece de dentro do closet e me observa como se estivesse tentando tomar uma decisão. Então ela sai do quarto por um minuto e volta com um presente embrulhado com esmero. O papel é preto com pontos dourados brilhantes e tem até um laço. Não um daqueles de plástico, mas um laço de verdade, feito de tule ou chiffon ou qualquer que seja o tecido fofo que se usa para vestidos de princesa.

— Feliz aniversário! — cantarola ela com a maior naturalidade do mundo.

Fico sem entender.

— Meu aniversário é em novembro.

E ainda assim ela está me dando um presente perfeitamente embrulhado em agosto.

— Abra — encoraja ela.

Eu tiro o laço e rasgo o papel. É uma camiseta azul-marinho com os dizeres "Porra nenhuma" em letra branca pequena no canto superior esquerdo.

É perfeita.

— Eu amei.

Ela coloca uma mecha de cabelo atrás da orelha.

— Jura?

Fiona encara o chão e eu só quero que ela me olhe para ver o quanto eu gostei.

— É o presente mais legal que eu já ganhei.

Ela me dá um empurrãozinho sutil no ombro.

— É só uma camiseta.

— Não é. Agora olhe para o outro lado — digo, com falsa timidez.

Sou presenteado com uma gargalhada.

— Sério?

— Ande logo!

Ela se vira para a parede e visto minha camiseta nova. Por que vestir roupa nova é sempre tão gostoso? O tecido é muito macio, como se tivesse sido fiado com magia. A calça, por outro lado, faz parecer que estou usando roupa de criança.

— Pronto.

Ela se vira.

— Olha só! — exclama, ajeitando a camiseta nos meus ombros e analisando minha roupa. — Bom... Pelo menos você está vestido — comenta ela ao ver a calça.

— Obrigado.

— Tá bom, tá bom.

Fiona sempre fica estranha quando as pessoas a agradecem por alguma coisa. Ela só faz as coisas de coração e nunca espera nada em troca. Ela pega um roupão de banho atrás da porta.

— Me dá quinze minutos e eu te levo para casa. Você comeu?

— Não.

— Pegue um waffle lá embaixo ou sei lá.

— Vai embrulhar meu estômago.

— Uma torrada, então — diz ela, já no corredor. — Você precisa comer.

A porta do banheiro se fecha.

Eu espero.

— Nick! — grita ela. — Você usou minha escova de dentes?

— Não! — grito de volta.

— Está sendo sincero?

E eu não consigo mentir para ela, então não digo nada. Fico esperando Fiona abrir a porta, mas isso não acontece, então eu me jogo na cama e me aconchego nos lençóis, sentindo o cheiro dela. Se meu quarto fosse assim, eu também não iria querer sair de casa nunca.

Fiona está no cômodo ao lado e já estou com saudade. Quando estou com ela tudo parece tão natural e eu sei que quero isso. Quero Fiona. Mas como posso contar isso depois de ela ter assistido de camarote como sou um grande fracassado?

Fiona

Nós vemos a picape do pai dele assim que chegamos. O amassado do tamanho de uma cratera chama a atenção, parecendo ainda mais feio à luz do dia. É engraçado como até os acidentes do Nick contam uma história.

Desligo o carro, mas Nick não se mexe.

— Vamos? — pergunto.

Seus olhos estão fixos em um ponto à frente. Não sei bem o que fazer, mas deixá-lo aqui não parece uma boa ideia, então saio do carro.

Ele se vira para mim.

— O que está fazendo?

Enfio a cabeça pela janela aberta.

— Te dando apoio?

— Fi, esse caos é minha responsabilidade. É melhor você ir para casa.

É a primeira vez que ele não me pede para ficar, mas não acho que esteja falando sério.

— Ele não pode te matar se houver uma testemunha.

Nick sai do carro também, minha calça deixando sua aparência um pouco ridícula.

— A menos que ele mate nós dois, o que é uma possibilidade.

— Eu vou ficar.

A caminhada até a casa é silenciosa, mas principalmente porque Nick está sofrendo. Ele não comeu os waffles e está fraco. Não poderia haver um momento pior para uma briga. De ombros caídos e expressão resignada, parece que ele já viveu a conversa que está por vir dentro da própria cabeça um milhão de vezes.

Ele abre a porta telada, que solta um rangido estridente e anuncia nossa chegada.

Ouvimos os passos do pai dele lá em cima, no quarto, e também ouvimos quando ele para de andar ao ouvir a porta. Nick fica tenso. Ele solta a mochila no chão e eu o sigo até a cozinha, onde ele pega duas Coca-Colas da geladeira.

O pai dele desce as escadas.

— Fiona — cumprimenta ele com um aceno breve de cabeça, sem demonstrar surpresa em me ver. Então ele se vira para Nick. — Você acha que vai escapar da nossa conversa porque ela está aqui?

Nick abre a lata e toma um gole.

— Que conversa?

— Que diabos aconteceu com meu carro?

— Me fecharam no trânsito.

— Quem te fechou? Um poste? Tive que pagar oitenta dólares pela corrida de Uber até lá, sem falar nos reparos. Espero que saiba que isso vai sair do seu bolso.

Nick morde o lábio e encara o chão.

— Sim, eu imaginei.

— Soube que você andou bebendo.

Nick olha para mim como se eu é que estivesse falando com ele.

— Não quando estava dirigindo.

— E você espera que eu acredite nisso? — O pai dele passa por nós e entra na cozinha, depois começa a mexer em uma pasta sobre o balcão.

— Sim, pai. Espero.

— Muito conveniente, não acha? Se esconder na casa da sua namorada e pedir para o pai dela lidar com seus problemas.

Quando ele envolve meu pai na conversa, não consigo ficar calada.

— Ele está falando a verdade.

O sr. Bennet solta uma risada irônica.

— E como você saberia? Ontem, no telefone, você disse que não sabia onde ele estava.

— Porque eu confio nele. E descobri para onde ele tinha ido, o que era, tipo, sua única responsabilidade.

Nick vira a cabeça na minha direção. O sr. Bennet lança um sorriso de desdém para mim, mas não me importo. Estou de saco cheio da maneira como ele me trata e não consigo imaginar como Nick se sente tendo que morar com ele.

— Ela tem razão — diz Nick, dando de ombros.

— Confiança é algo que tem que ser merecido. — O sr. Bennet pega o blazer no encosto da cadeira. — Até quando você vai viver assim, Nick? — Um resquício de humanidade surge em sua voz. — O que mais eu posso fazer? Você acha que obriguei ela a ficar? Eu não a amarrei no porão!

— Não mesmo. Você teria que ter estado em casa para fazer isso.

— Ela não queria que eu estivesse em casa! Ela me queria bem longe!

— Porque você é um babaca!

Ele suspira.

— Por que o babaca sou eu? Porque eu quis seguir com a vida? Porque não estou chorando pelos cantos, destruindo o carro dos outros?

— Pai, você traiu minha mãe por anos!

— Ela sabia!

— Por que vocês não se divorciaram?

— Porque ela não queria isso também.

— Você comprou as passagens! — vocifera Nick.

A cozinha mergulha no silêncio. Se houvesse um buraco por perto, eu com certeza me enfiaria nele. O sr. Bennett enrijece o corpo como se aquelas fossem as palavras que estava esperando ouvir.

— Então eu a matei? É isso? Você precisa que eu assuma esse papel? Eu não obriguei sua mãe a fazer aquela viagem.

— Mas você comprou a passagem — repete Nick, quase em um sussurro.

Ele olha para nós dois.

— Vocês se acham muito espertinhos, não é? Vamos ver daqui um tempo. Um dia, vocês é que vão ser chamados de babacas. As pessoas fazem o que bem entendem. Ninguém matou sua mãe. Ela não era a Madre Teresa e sabia o que estava fazendo. — Ele começa a falar mais alto. — E já estou de saco cheio! É hora de você tomar jeito. Siga em frente, ajeite a sua vida. Não vou continuar deixando você viver assim... Quer saber? Você está demitido.

— Você vai me demitir? — Nick arregala os olhos, sem acreditar.

— Isso mesmo. Eu achei que a terapia estava ajudando. Pensei que você estivesse melhor.

Nick não diz nada, atônito. A terapia não funciona como mágica. Não existe "estar melhor", só melhor do que no dia anterior, mas o pai dele não entende.

Ele pega a carteira em cima da mesa.

— Bom, este babaca aqui tem um compromisso. Terminamos essa conversa mais tarde.

— Mande um oi para a Brooklyn!

O pai dele sai e bate a porta telada. Pouco depois, ouvimos a picape dando partida.

Nick esconde o rosto nas mãos.

— O Dia de Ação de Graças vai ser muito divertido.

Olho para ele.

— Não brinque com isso. Não é engraçado.

— Eu sei!

— Ele tem um pouco de razão.

Nick endireita a coluna e me encara, estreitando os olhos.

— O quê?

— Você sequer pensou por um segundo sobre como estava sendo irresponsável?

— Não! E você, quando se meteu naquela rocha no meio do oceano?

— Não, não pensei, mas é diferente.

— Diferente como? Ah, claro — diz ele, estalando os dedos. — Seu pai não descobriu, então você continuou sendo a "Fiona perfeita".

— Eu não infringi nenhuma lei.

Ele inclina a cabeça.

— Na verdade, tenho quase certeza de que você infringiu, sim. Mas eu não!

— Você estava bêbado!

— Mas não enquanto eu estava dirigindo — rebate ele, apontando o dedo para mim. — E você está sendo tão hipócrita. Eu fiquei do seu lado o fim de semana inteiro quando foi a sua vez.

Ele fala como se tivesse ido comigo sob ameaça de morte. Como se fosse outra obrigação a ser cumprida.

— Nossa. Me desculpe por ter te submetido a esse sofrimento.

Ele tenta se aproximar, mas para quando eu recuo.

— Por que você tem o direito de ter suas experiências, mas, quando eu preciso de um pouco de apoio, você me julga?

Finjo checar as horas em um relógio imaginário.

— Olha só. Parece que só foi preciso dois minutos para a profecia do seu pai se concretizar.

Ele demora um segundo para entender, então começa a bater palmas de forma lenta e teatral.

— Que legal. Parabéns. Mas tenho quase certeza de que ele chamou nós dois de babacas. No plural.

Reviro os olhos.

— E meu fim de semana teve a ver com superação.

— Ah, entendi. Então seu momento de luto foi melhor do que o meu?

— O seu foi só destruição e caos.

Ele estreita os olhos para mim.

— Por que eu estava bêbado?

— Bêbado é pouco.

— E isso desmerece o meu processo? Você só está irritada porque teve que andar por oito quilômetros!

— Quinze! — grito. — Mais de quinze quilômetros!

— Eu passei dez horas em um carro com você. Indo para Monterey.

— Grande coisa! Dez horas em um carro. Eu fiz uma trilha por você. Em uma floresta cheia de assassinos em série!

Ele revira os olhos como se fosse a coisa mais idiota do mundo.

— Não tem assassinos em série lá, Fiona!

— Tem sim. Eles ficam na floresta. E pensei que você queria ir para Monterey!

Minha cabeça está girando. Essa situação virou uma bola de neve e preciso ir embora. Saio correndo pela porta da frente e em direção ao carro.

Nick vem atrás de mim, aos gritos.

— Eu queria ir por você. Para estar com você. — Ele segura meu braço e se coloca na minha frente. — Por que diabos a gente está brigando?

— O que aconteceu com o carro? Não parece que alguém te fechou.

Ele recua um passo.

— Eu fui até o ginásio, tá bom? Eu sabia que você estava trabalhando e queria falar com você, mas não tive coragem. Não queria aparecer lá e piorar as coisas para o seu lado, então fiquei andando de um lado para o outro, sozinho. E, quando fui embora, bati sem querer em uma daquelas barreiras de metal. Foi isso que aconteceu com o carro.

Fecho os olhos. Sei que ele está falando a verdade.

— E por que você não me contou?

— Porque eu me senti patético! E uma má influência. E... — Ele se interrompe. — E um babaca, acho.

— O que teria acontecido... — Eu mal consigo formular a frase. Meus olhos ficam marejados e começam a arder, porque pelo visto eu sou a única pessoa no mundo que produz lágrimas que ardem. — O que teria acontecido se eu não tivesse encontrado você?

Nick parece murchar. Ele esfrega os olhos.

— Quando vi a picape, não sabia o que esperar. — Minha voz falha. — E não conseguia encontrar você. Eu não sabia o que fazer. — Eu pensei que tinha perdido Nick para sempre. — Dez cachoeiras! Dez!

As lágrimas acabam vencendo e, quando me dou conta, estou soluçando.

Nick me puxa contra o peito.

— Me desculpa.

Ele me envolve em um abraço, me segurando até a camiseta dele ficar molhada com as minhas lágrimas. Quando paro de chorar, continuamos ali, abraçados. Então ergo o rosto para olhar para ele.

E então ele me beija.

Sua boca é delicada e o beijo é macio e quente, mas rapidamente se transforma em uma torrente de desejo. A realidade se torna uma lembrança distante, e tudo o que importa é aquele sentimento. Mas, de repente, alguma parte do meu subconsciente entra em ação e eu o empurro para longe. Minha mente está a mil por hora. Estou muito confusa. Tudo em que consigo pensar é não. *Nãonãonãonão*.

Nós. Nós dois. Não podemos ser um "nós". Eu enxugo os olhos e a Fiona sensata reaparece e toma o controle.

— É o luto falando.

Ele fecha os olhos.

— Não é o luto.

— Isso não é real.

— Porra nenhuma — retruca ele.

— Você acha que gosta de mim, mas não gosta. Eu sei como é. Eu vi vários vídeos sobre isso no TikTok.

Eu não sou capaz de preencher o buraco que existe em Nick. E nem quero.

— Você realmente pensa assim? E quanto a Monterey? Está me dizendo que não sentiu nada?

Não era para ser assim. Nick de ressaca, nós dois brigando na frente da casa dele.

Olho para o chão.

— Foi a tequila.

Ele se afasta.

— Então esse é o único jeito de querer estar comigo?

— Não foi o que eu disse! Você é um cara incrível!

— Meu Deus. Por favor, pare. — Ele passa a mão pelo cabelo. — Então isso explica a noite aqui em casa também? E o que aconteceu na Starbucks, quando toquei em você? Foi só por causa do excesso de açúcar?

É claro que ele percebeu.

Nick me olha nos olhos como se pudesse extrair algum tipo de emoção de dentro de mim, mas, quanto mais ele tenta, mais as paredes da minha fortaleza se solidificam. Posso ser amiga dele. Sou capaz de amá-lo como amiga, mas essa situação é demais para mim, então me fecho.

— É uma merda, não acha? — comenta ele. — Não sei o que isso se tornou, mas é uma merda. Virou uma coisa completamente diferente e *eu sei* que você também sabe disso. Você sabe. O que estamos fazendo, Fi?

— Você só se sente obrigado a estar aqui...

Ele começa a andar de um lado para o outro.

— Eu sei como eu me sinto.

Então minha ficha cai. A razão pela qual ele se importa tanto.

— Talvez você só queira me proteger...

— Não. — Ele balança a cabeça como se o que estou dizendo não fizesse sentido.

— Porque não conseguiu proteger ela.

Nick enrijece a postura e abaixa a cabeça como se uma chave tivesse virado. Ele esfrega as mãos no rosto.

— Meu Deus. Que porra é essa?

Ele pode negar o quanto quiser, mas a ideia se enraíza e ganha força em minha mente. Consigo ver nos olhos dele. Isso me diz que estou certa, o que é uma droga, porque eu não queria estar.

— É isso.

Pela primeira vez, tenho a palavra final, dou o xeque-mate. Talvez agora ele entenda que esses sentimentos são nossos, mas também têm a ver com a nossa bagagem emocional.

Ele se encosta no meu carro, cruza os braços e olha para a árvore no quintal, de onde soa o canto de um pássaro. Depois olha para mim.

— Fi, eu nunca quis salvar você. Eu queria apoiar você. Queira que apoiássemos um ao outro. Isso não é um conto de fadas. — Nick para de falar e olha na direção da rua. Quando volta a se virar para mim, seu semblante está calmo. — Todas essas outras idiotices... Parece que é no que você quer acreditar. Sim, eu tenho alguns arrependimentos, mas isso... — Ele gesticula com a mão no espaço entre nós. — Sempre fomos você e eu. Não tem nada a ver com a minha mãe, com a sua ou com qualquer outra pessoa, e isso está bem claro para mim. Não sinto nenhuma obrigação, eu simplesmente me importo com você. Eu... — Ele fecha os olhos e se cala antes de dizer as palavras que eu sei que viriam em seguida.

Mas Nick não pode me amar. Dentro de mim há apenas vazio.

— Não estou projetando nada. Mas é melhor pararmos por aqui. Não consigo mais fazer isso. — Ele se afasta do meu carro. — Acho que deveríamos parar de nos vermos, pelo menos por um tempo.

— Acho que sim — concordo, reforçando ainda mais essa decisão horrível.

Já estou com saudade dele e ele está bem na minha frente. Preciso ir embora.

Nos filmes, a garota entra no carro, vai embora e volta um minuto depois para se declarar. Mas não é o que eu faço.

Entro no carro e vou embora. Nem sequer me despeço.

No entanto, pelo menos consigo me manter firme em uma decisão.

Fiona

A rua é um borrão graças às minhas lágrimas ou à chuva. Tudo é cinza. Sombrio. Vai ser assim para sempre, não vai? Quero me trancar no meu quarto e nunca mais sair. Há um milhão de gatos neste carro e o líder deles está pendurado em meu pescoço. O colar.

É como se aquilo fosse uma âncora me prendendo a um sonho impossível. Puxo-o com tanta força que ele se abre e o atiro no outro lado do carro. Então choro ainda mais, porque já quero pegá-lo e colocá-lo de novo.

Na minha cabeça, peço desculpas centenas de vezes, mas não sei o que vem depois de "me desculpe".

As palavras de May ecoam outra vez: *Por que é tão difícil para você ser feliz?*

Quando chego em casa, fico no carro com o limpador de para-brisa ligado. Os vidros ficam embaçados e o barulho intermitente dos limpadores me deixa em um estado de torpor. Encaro o vazio como se estivesse esperando uma resposta, mas, quando ela não vem, minha raiva se intensifica e eu me lanço contra o volante, mas não é o suficiente. Desligo o carro e atravesso a chuva em direção à minha casa mal-assombrada.

A casa nunca esteve tão vazia. Meu pai está no trabalho. Nick e eu não temos mais nada. Não tenho emprego nem amigos. Estou terrivelmente sozinha. A parede de fotos da mamãe parece rir de mim. Nenhuma delas deveria estar aqui quando ela não está. Por que ela não conseguiu encontrar material suficiente para fotografar nos Estados Unidos? Se ela estava procurando por tragédias, não há o bastante perto de casa? Estou criando um momento fotográfico digno de prêmios bem aqui e ela nem sequer está presente para capturá-lo.

Meu pai sempre disse que isso aconteceria com Nick, mas estava completamente enganado. Então faço o que eu estava destinada a fazer.

Eu explodo em minha casa vazia.

Vou até os retratos. Primeiro, o velho com rosto enrugado cercado de pássaros no Central Park. Eu o arranco da parede e jogo no chão. O som do vidro se estilhaçando me dá forças para continuar. Depois, tiro a cantora de jazz de Nova Orleans, cujos olhos brilham como as pérolas prateadas em seu vestido. A foto se espatifa no chão. Paro diante da última, porque sou eu com cinco anos de idade. Meu cabelo comprido em uma trança, meus olhos vivos e brilhantes. Eu me lembro do dia em que ela tirou a foto em Portland. Era uma sessão de fotos para outra pessoa, mas eu ficava correndo para a frente da câmera dizendo: "Mamãe, quero uma foto". Então ela me fotografou.

Sou um fantasma tanto quanto os outros.

Eu a arranco com força e deixo que se estilhace no chão.

A sensação é incrível. Pego algumas caixas vazias na garagem e descarto todos os livros e fotos dela. Depois, vasculho as gavetas e os armários até eliminar todos os vestígios da mamãe desta casa. Jogo as caixas na garagem e me sinto tão culpada por tentar apagar a maior parte de mim que caio de joelhos em uma enxurrada de lágrimas.

O concreto frio se infiltra em meus ossos e um vazio toma conta de mim. Quando me levanto, vejo uma caixa atrás da que acabei de trazer, então a puxo para a frente e reviro as coisas que estão lá: uma prancha de isopor, chinelos de praia, uma bola, uma luva e uma máscara de plástico para mergulho. Coisas pequenas e baratas que levávamos para a praia, tudo cheio de areia. No fundo, vejo algo de plástico rígido. Puxo com certa dificuldade e me deparo com uma câmera descartável à prova d'água. Deixo escapar um riso embargado. Parece que nunca vou me livrar dessas câmeras.

Limpo a areia e vejo que todas as fotos já foram tiradas. Não consigo me lembrar do que eram, mas eram nossas. Então estas eu decido guardar.

Levo a câmera de volta para casa.

O piso de madeira está cheio de cacos de vidro e, como sou responsável, passo o aspirador de pó. Meu poço de tristeza se reabastece lentamente até transbordar, então me sento ao lado do aspirador e choro.

Fico assim a noite toda.

Quando amanhece, a porta se abre e meu pai entra. Ele deixa as chaves e a bolsa na mesa perto da porta e leva um minuto para assimilar a mudança na decoração. Ele olha da parede vazia para o aspirador de pó e então para mim.

— Noite agitada? — adivinha ele.

— É.

Ele se senta no chão ao meu lado e nós nos encostamos no sofá.

— Está tudo bem? — pergunta ele.

Não sei se ele está pronto para a resposta. Ele está exausto e com certeza a última coisa que quer é ter essa conversa.

— Não, acho que não. — Uma nova leva de lágrimas se acumula nos meus olhos. — Eu pedi demissão do ginásio. Perdi todas as minhas alunas particulares. Os pais me odeiam.

Meu pai balança a cabeça.

— Eles são uns idiotas.

— Ah, é?

— Fiona, você é o ser humano mais incrível que eu conheço.

— Mas eu pedi demissão — insisto com um soluço. — E nem sei se quero mesmo ir para Nova York para estudar.

— Esses problemas podem ser resolvidos.

Repouso a cabeça no ombro dele e esfrego meu rosto com a mão. Meu pai e seus conselhos. Eu poderia parar por ali, já disse o suficiente, mas, dessa vez, continuo.

— Por que você sempre trabalha à noite?

Por um momento, ficamos em silencio. Não sei se ele vai se abrir comigo um dia, então eu mesma falo.

— Acho que sei a resposta. É porque você não quer dormir na cama sem ela, e eu entendo. Juro que entendo. Mas isso significa que fico aqui sozinha com as coisas dela, que estão por todos os lados. Aí eu me tranco no quarto e finjo que não estou nesta casa, que estou em outro lugar, para conseguir dormir. — Minha voz treme e eu aperto minha própria mão, tentando segurar o choro. — Ou fico na casa do Nick porque não quero ficar sozinha, já que você trabalha a noite toda e depois dorme durante o dia. E você não quer falar sobre isso. — Meu pai olha para mim. — E também não sei se quero falar sobre isso. Acho que deveria estar lidando com isso sozinha, mas não está dando muito certo. Estou tentando ficar bem, de verdade, mas não consegui.

É como se um peso deixasse meus ombros agora que disse isso.

Ele passa o braço pelos meus ombros e me puxa para um abraço.

— Você não está sozinha. Nunca. Eu sinto saudade dela também. De uma forma avassaladora. Todas as vezes que fecho os olhos ela está lá. E aí... — Ele seca os olhos também. — Me desculpe.

— E se eu estiver quebrada por dentro?

— Olhe para mim. — Ele levanta meu rosto. — Você não está quebrada. Acho que imaginei que se eu agisse como se estivesse bem, você ficaria bem. Você sempre pareceu estar no piloto automático. Suas notas nem sequer oscilaram. — Meu pai suspira. — Eu não fazia ideia, Fi, mas isso não é desculpa. Então talvez nós dois estejamos quebrados por dentro. Mas sabe o que fazemos com algo que está quebrado? Nós consertamos.

Fiona

A poeira baixa. Depois de duas semanas e de incontáveis potes de sorvete, finalmente saio do casulo. No fim das contas, parece que jogar tudo fora não funciona, porque não se pode jogar fora a tristeza. A tristeza fica.

O verão está chegando ao fim e é uma tarde de sexta-feira em que não tem nada interessante acontecendo. O som dos grilos preenche o ar, minha parte favorita de setembro. Significa que posso começar a tirar as decorações de Halloween do armário. A gente sempre faz algo legal no Halloween, mas praticamente ignoramos a data no ano anterior. Algumas abóboras de metal já estão espalhadas pelo chão da sala e meu castiçal de maçã envenenada está em cima da mesinha de centro. Começar a decorar tão cedo pode parecer estranho para alguns, mas é um estranho normal para nós, e esse fragmento de normalidade me deixa feliz.

Hoje é oficialmente o último turno da noite do meu pai. Quero que seu último dia dormindo pela manhã seja bom, então estou indo dar uma volta na Universidade Estadual de Portland. Por mais que eu não vá estudar lá, quero conhecer o campus pela minha mãe.

O sol ilumina os edifícios de arquitetura gótica fazendo a universidade inteira reluzir como se fosse uma cidade perdida. Eu consigo imaginá-la junto do meu pai, os dois sentados à sombra da árvore em frente à biblioteca. Parte de mim quer mudar de ideia e vir estudar aqui, onde eu posso respirar a história deles e ainda estar a poucas horas de distância do meu pai.

Eu passeio pelo campus. Alguns calouros circulam por ali, explorando o lugar, enquanto veteranos passam por nós apressados.

Um pouco mais adiante, fica o Centro Karl Miller, o lugar onde minha mãe me fotografou treze anos atrás. Era a foto que a gente queria refazer quando viemos visitar, mas não tivemos a chance porque ela teve que ir embora antes do previsto.

Não há ninguém por perto, então me posiciono a uma boa distância da entrada e estico meu braço para tirar uma selfie de frente para as janelas. Vai ter que servir.

Começo a chorar quando vejo a foto a caminho do estacionamento. O reflexo da luz do sol no vidro parece uma infinidade de feixes de luz e um gato de Cheshire exibe um sorriso travesso no meu pescoço. Eu consertei o colar, é claro. Uma parte de mim estava faltando sem ele. Minha mãe iria gostar.

— Fiona?

Olho para cima. É Alex, bem na minha frente.

— Oi! — cumprimento, secando os olhos depressa.

Ela olha em volta.

— Nick está com você?

— Não, eu vim sozinha.

— Ah. — E depois pergunta, embora meio hesitante: — Está tudo bem?

— Está, sim. — É o que as pessoas dizem mesmo quando estão com o rosto inchado de chorar.

— Eu estava indo embora. Moro logo aqui ao lado. — Ela faz uma pausa e parece pensar por um instante. — Quer conhecer a casa? Se você tiver tempo, claro. Sem pressão.

— Não, imagina. Não quero incomodar.

— Não incomoda! Eu adoraria. Ainda não tive a chance de mostrar a ninguém.

Como eu poderia recusar? Às vezes é mais fácil dizer sim.

— Tudo bem, então.

Caminhamos juntas e Alex aponta para o edifício mais antigo coberto por vegetação, na parte mais afastada do pátio.

— Eu e Casey nos conhecemos ali. Eu não acreditava em amor à primeira vista nem em nada disso, e ainda não sei se acredito, mas algo em mim imediatamente soube. — Ela sorri.

Alex é diferente aqui. Menos irmã antagonista, mais ser humano. Ela ajeita a mochila no ombro.

— Você tem que voltar a tempo da terapia?

— Não. Eu parei de ir. Acho que cansei de toda a experiência em grupo.

— Eu não sabia. O Nick não me conta nada.

Nós esperamos o sinal fechar na calçada e uma multidão de estudantes se aglomera ao nosso redor.

— Você se acostuma — comenta ela.

Ao virar a esquina e descer dois quarteirões, chegamos a uma rua residencial muito bonita. O barulho da universidade fica para trás e da calçada erguem-se árvores antigas e cercas com canteiros floridos.

— Chegamos — anuncia ela, animada, parando diante de uma casa de porta azul-bebê. Há uma coroa de hortênsias logo em cima, como na casa do Nick.

Ao entrarmos, Alex explica:

— Ainda é um projeto em andamento, então não repare na bagunça. Pintamos tudo semana passada.

As paredes também são azuis. Na cozinha, há pequenos tijolinhos brancos e a sala de jantar está cheia de móveis antigos.

— A mesa é da Casey — diz Alex. — Era da avó dela.

Nós subimos para o andar de cima. O quarto delas é amplo e arejado, e ainda há algumas caixas pelo chão. Depois ela me leva até o quarto de Max, explicando que as duas decidiram terminar o quarto dele primeiro.

É perfeito. Ela usou alguns móveis da mãe: um tapete azul e uma luminária de papel. Acima da cama dele, há uma estrutura de cabana cheia de estrelas que brilham no escuro. Alguns bonecos antigos ocupam as estantes: Batman, Star Wars, Super-homem. Olho para Alex e levo a mão ao peito.

— É bonitinho, né? Os bonecos eram do Nick. Ele podia vir ver a casa, mas nunca vem. — Ela ajeita alguns gizes de cera na mesa de Max. — Como ele está?

Agora vou ter que jogar limpo. Parte de mim tem medo de que ela não vá mais querer falar comigo se souber a verdade.

— Não sei, na verdade. Estamos dando um tempo.

— Um tempo? De quê?

Essa conversa parece uma poça de areia movediça.

— Um do outro...

— Ah. — Ela percebe que não quero falar sobre o assunto. — Que pena. Vocês pareciam combinar.

— É. Mas as coisas ficaram intensas demais. Parte de mim acredita que só estávamos juntos porque passamos por coisas parecidas, e acho que esse não é um bom motivo. — Não faço ideia do porquê estou contando tudo isso a ela.

Alex pega o pijama do Max do chão e o coloca sobre a cama.

— Não sei se concordo. Casey passou por muita coisa com os pais assim como eu, então ela sabe como é. E é bom estar com alguém que entende. Não que você precise disso — acrescenta ela, estendendo as duas mãos. — Não sei como as coisas eram entre vocês, mas, se serve de alguma coisa, de fora não parecia que essa era a única razão pela qual vocês estavam juntos.

Alguém abre a porta lá embaixo e me salva dessa conversa.

— Amor, pode me dar uma ajudinha aqui?

— Estou indo! — Ela toca meu ombro. — Já volto.

Alex sai do quarto e me deixa lá, sozinha.

— Adivinha? Temos visita — diz ela, descendo as escadas.

O quarto de Max é cheio de detalhes. A estante dele tem vários exemplares de histórias em quadrinhos e sobre a escrivaninha vermelha há um bloco de notas ao lado de uma caneta, igualzinho à mesa de Nick. Eu tenho que me segurar para não enviar uma foto para ele. É muito fofo; um quarto cheio de potencial e de sonhos para um garoto cheio de alegria e luz.

Coloco minha bolsa na cama de Max e vasculho o bolso com zíper. Meus dedos tocam as bordas irregulares da obsidiana preta que peguei na cachoeira. Eu a coloco na estante dele, ao lado de um microscópio e de um livro sobre o espaço sideral. Ela se encaixa ali, aquele pequeno pedaço de nós.

Ouço Alex subindo as escadas, então me afasto da estante e pego minha bolsa.

— Fiona, essa é Casey.

Casey passa por Alex e me oferece um abraço.

— Que bom te conhecer! Max fala muito de você e do Nick. Cadê ele? Ele veio?

Ela olha em volta, animada, e Alex acena com a mão para interromper aquela conversa. Casey finalmente entende.

— Ah! Entendi! — E, virando-se para Alex, ela acrescenta com um olhar incisivo: — Você poderia ter me dito isso lá embaixo.

Alex dá de ombros.

Casey ajeita o cabelo loiro atrás da orelha — mas, considerando o corte pixie, não há muito a se ajeitar. Ela usa óculos de armação preta e é mais baixa do que Alex. Elas não poderiam ser mais diferentes. Alex tem uma vibe nômade enquanto Casey parece a âncora da relação. Talvez todos nós precisemos de alguém oposto. Sempre senti que Nick e eu estávamos no meio da correnteza, mas não permiti que a gente tivesse tempo para descobrir quem éramos de verdade quando finalmente chegamos à margem.

— Você não mostrou nosso quarto, né? — pergunta Casey.

— Mostrei.

— Poxa, amor, está um caos! — resmunga ela. — Venha, vamos tomar uma limonada.

— Pode ser outro dia? Acho que já está na minha hora.

— Está vendo? Ninguém quer socializar com a gente — diz Alex para Casey.

— Ninguém quer socializar, ponto — argumenta Casey. — Nem nós!

Eu adoro as duas.

Nós descemos juntas e Alex diz, apoiada sobre ombro de Casey:

— Volte outro dia para a limonada. Você é sempre bem-vinda quando estiver por aqui. Com ou sem o Nick.

— Obrigada, Alex.

— Ah, fiquei sabendo que vocês foram para Monterey!

— Sim! Tenho uma foto aqui.

Demoro um pouco, mas encontro a foto que imprimi de nós dois com o leão-marinho. É a impressão de Nick. Eu ia entregá-la a ele, mas nunca o fiz. Entrego a fotografia para Alex, e ela e Casey sorriem ao vê-la.

— Posso ficar com essa foto? — pede Alex.

— Pode. Claro.

— É estranho da minha parte pedir isso? — pergunta ela, voltando-se para Casey, que balança a cabeça. — É que... eu não tenho nenhuma foto recente dele. E ele parece tão feliz.

Ela leva a foto para dentro e a posiciona na prateleira acima da lareira.

Nós dois parecemos felizes na imagem. Meus olhos ardem com as lágrimas que estão se formando e pisco depressa para disfarçá-las.

— Será que a gente pode dar o fora daqui? — pede o Nick imaginário.

Imagino que ele está ao meu lado, irritadíssimo com Alex. Os olhos dele encontram os meus e me sinto tão em paz que parece que estamos os dois em um universo só nosso.

— Estou tentando — sussurro baixinho para mim mesma.

Alex e Casey olham para mim, confusas.

— Estou tentando... não pegar trânsito — complemento, dessa vez em voz alta. — É melhor eu ir.

Elas me dão um abraço de despedida. Do lado de fora, respiro fundo e encosto a cabeça na porta de entrada da casa. Pequenas pétalas azuis caem em meu ombro. Estranho, porque as hortênsias são falsas. Mas, quando me viro e toco o arranjo, vejo que a coroa está permeada por uma infinidade de flores não-me-esqueças azuis.

Elas transformaram aquilo em algo real.

Nick

Eu aceito a proposta de Grace e decido escrever para a revista de psicologia. Vou escrever sobre amor e família e, se alguém perguntar, vou dizer que ela escolheu o tema. Eu li em algum lugar que o melhor é escrever sobre coisas que se tende a evitar, as coisas que mais doem. Então aqui estamos. Já escrevi duas páginas e provavelmente vou cortar grande parte do texto.

Dou uma olhada para o canto da cama em que Fiona costumava deitar, tentando identificar as partes do texto que ela apontaria como enrolação da minha parte e ajustando tudo de acordo.

Ainda não sei o que aconteceu com a gente. Antes, eu poderia simplesmente mandar uma mensagem e perguntar, mas isso parece um passado distante.

Só me falta um parágrafo, e é um importante. Preciso amarrar meus pensamentos para a conclusão, mas estou travado. O cursor pisca na tela. Eu digito:

E o amor?

Encaro as palavras.

Brooklyn se mudou para cá depois de três meses de relacionamento. Meu pai me comunicou como sempre faz quando tenta estabelecer uma conexão comigo: batendo na porta e se encostando no batente. Ele tentou ser legal e inventou todo um discurso sobre segundas chances e aprender com os próprios erros, mas, para ser sincero, não prestei atenção em nada.

Eu vou sentir saudade da minha mãe para sempre e a coisa toda dói demais o tempo todo.

Brooklyn está redecorando a casa. Ela mexeu nas flores lá fora e colou algumas amostras de tinta na parede, provavelmente tentando se sentir mais em casa. Não posso culpá-la. Quem iria querer viver à sombra de outra pessoa? A gente não conversa muito. Acho que, de certa forma, ela se sente um pouco mal com isso também.

Algumas vezes ela bate à porta e pergunta se quero um lanche, como se eu tivesse dez anos. Não demorou para que os lanches se transformassem em capuccinos, que eu também recusava. Acho que chegamos perto de um progresso real quando ela deixou um pacote de Doritos na minha cama. Foi um gesto bacana, mas queria poder lhe dizer que não precisa se sentir mal, que nunca vamos ser próximos porque ela não é minha família e tudo bem. Eu estou bem. Essa casa não parece mais ser minha há muito tempo. É toda deles agora e tenho certeza de que os dois estão contando os dias para que eu me mude.

Ainda acho que meu pai fez escolhas de merda, mas as escolhas são dele. Grace me ajudou a perceber isso. Nós trocamos e-mails, embora eu tenha parado de ir ao grupo. Tenho uma vida inteira de escolhas pela frente e, até agora, meu histórico também não é lá dos melhores. Além disso, quem sou eu para decidir o que é a felicidade para outra pessoa? Todos temos nossas próprias mágoas. Eu só não quero morar aqui. A tristeza é tipo uma droga, pode acabar com você se não prestar atenção.

O brinquedo do Max me observa do canto da escrivaninha.

— Por que você está sempre me julgando, cara? — Eu o pego e fecho meu computador. — É hora de você ir para casa.

Quando entro na cozinha, meu pai está pintando uma amostra de tinta amarela na parede.

— Bom dia — diz ele, embora seja meio-dia.

— Bom dia.

Mais uma caixa de mudança apareceu no chão com a palavra "cozinha" escrita em caneta preta. Não sei de onde as coisas da Brooklyn surgem, mas é como se elas se multiplicassem em um passe de mágica. Eu espio o conteúdo e esta consiste em vários livros de culinária.

— Será que posso pegar seu carro emprestado?

Meu pai ri como se eu estivesse brincando, depois baixa o pincel quando percebe que é sério.

— Pensei em visitar Alex em Portland. Eu poderia levar o resto das coisas da mamãe e abrir mais espaço para vocês.

— Ah. — Ele pousa o pincel. — Talvez eu possa ir com você.

Deixo escapar uma risada nervosa. É um jeito interessante de dizer que ele ainda não confia em mim, mas a ideia me dá calafrios.

— Acho que prefiro ir sozinho, sabe. Se você estiver confortável com isso.

— Tá. Tudo bem. Acho que Brooklyn vai se sentir mais confortável sem algumas dessas coisas aqui, então...

É inacreditável a forma como começamos a usar a palavra "confortável" por aqui. Nem toda a tinta do mundo vai deixar esta casa mais confortável para Brooklyn, mas não vou dizer isso a ele.

Meu pai pega as chaves na bancada e as joga para mim.

— Pelo menos posso te ajudar a colocar as coisas no carro.

— Beleza.

Então é o que a gente faz: colocamos o restante das coisas da mamãe na picape. Digito o endereço da Alex no GPS e sigo caminho para Portland. É domingo, então tenho quase certeza de que elas vão estar em casa.

Eu dirijo, dirijo e dirijo.

Quanto mais perto chego da casa, mais nervoso fico. A gente não se fala desde que assinei a papelada e ainda não sei o que vou dizer a ela.

Não é difícil encontrar o endereço. Fica em uma rua residencial e eu avisto a casa no mesmo instante, porque a coroa de hortênsias da minha mãe está pendurada sobre a porta. Desligo o motor e fico dentro do carro por alguns minutos. De repente, a porta da frente se abre e Alex aparece descalça. Max sai correndo e grita "tio Nick!" tão alto que ouço mesmo com a janela fechada.

Assim que saio da picape, ele se joga nos meus braços.

— E aí, carinha! Estava com saudade de você.

— Eu também.

— Olha o que eu achei — digo, tirando o bonequinho do bolso.

— O Batman!!!

— É. Ele foi legal e ficou me fazendo companhia.

— Você sabia que esse Batman é muito raro porque tem máscara azul e não preta? Mas, tio Nick, já tem outro Batman, um com olhos que brilham no escuro — conta Max, com os olhos brilhando de empolgação.

— Eu sei. Talvez eu tenha trazido ele para você.

— Verdade? — grita Max enquanto Alex se aproxima.

— Verdade. Está em algum lugar no meio dessa merda toda. — Minha irmã me dá um soco no braço. — No meio de todas essas coisas, quero dizer. Então vamos descarregar a picape e eu pego para você, está bem?

Max volta correndo para dentro de casa.

— Casey, achei o Batman!

— Oi — digo à Alex.

— Oi.

— Eu sei que deveria ter avisado antes, mas...

Ela me abraça.

— Você nunca precisa avisar.

Eu a abraço de volta e não consigo conter o choro. Acho que ela sabe que estou chorando, porque ficamos parados lá, em frente ao carro, em um abraço eterno. Quando nos afastamos, Alex segura meu rosto com as duas mãos.

— Estou tão feliz por você ter vindo.

— Para de querer me fazer chorar — respondo, esfregando os olhos.

Casey vem andando até nós devagar, parecendo em dúvida se deve ou não interromper. Alex percebe e vira-se para trás.

— Precisam de uma mãozinha? — oferece ela gentilmente.

Minha irmã me segura pela mão para nos apresentar.

— Casey, Nick. Nick, Casey.

— Oi — cumprimento.

De repente ela está me abraçando também. Lanço um olhar para Alex. Acho que Casey é uma dessas pessoas que distribui abraços tranquilamente.

— Ele é muito mais alto do que nas fotos! — diz ela para minha irmã como se eu não estivesse bem ali. — Como foi a viagem?

Sinceramente, foi longa. Desconfortável. Estressante. Libertadora. Solitária. Vi a paisagem ganhar um milhão de cores diferentes sob a luz do sol. Tudo isso para chegar a um lugar cuja porta, assim que se abriu, revelou mais um lar do que a casa onde moro. Um sentimento que me encontrou sem o menor esforço.

Então, sim.

A viagem foi boa. Afinal, cheguei ao meu destino.

— Tudo tranquilo — respondo, baixando a porta traseira.

Cada um de nós pega uma coisa e nós entramos.

Elas me mostram a casa falando ao mesmo tempo enquanto Max pula sem parar à nossa volta. É difícil participar da conversa, então deixo a maré me levar. A casa é aberta e arejada, embora pareça muito menor vista de fora. Fico feliz ao ver Alex usando algumas das coisas da nossa mãe. Reconheço porta-retratos e vasos que não combinam com o restante da decoração, mas fica bonito mesmo assim. São itens que fazem a casa parecer especial. Há algumas fotos nossas na estante e uma que tirei com Fiona e o leão-marinho repousa sobre a lareira. Vê-la ali me pega de surpresa. Será que mandei para Alex? Antes que eu possa perguntar, Max me puxa pelo braço, me convidando para ir lá em cima. Ele reclama que Alex e Casey estão falando demais. As duas ficam na cozinha pensando no jantar e eu subo com Max.

Ele fecha as cortinas e me faz entrar na cabana com ele, onde nós fazemos pedidos para as estrelas que brilham no escuro. Ele tem alguns dos meus brinquedos antigos expostos na prateleira, mas aqui eles são tesouros, não velhos e esquecidos. Meu coração se enche de alegria ao me dar conta de que ele vai crescer rodeado de tanto amor.

Max fala tanto que fica rouco e desce para beber alguma coisa.

Há um caderninho em sua mesa e ele está desenhando uma história em quadrinhos muito legal. A primeira página diz "Ursópolis" em lápis de cor azul. Na parede há fotos dele com a mamãe, Alex e ele na Disney, e uma de nós dois brincando na piscina. Todos parecemos muito felizes. Dou uma olhada na estante e vejo uma pedra preta brilhante ao lado de um microscópio.

Parece uma ponta de flecha. Parece a beirada de uma cachoeira.

Alex aparece na porta e me vê examinando a pedra.

— Ah, que legal — comenta ela. — Ele deve ter arranjado isso na escola.

Eu a coloco de volta na estante. Eu sei exatamente de onde aquilo veio. Olho para Alex e não sei ao certo o que dizer.

— Venha. Vamos descer.

Já no corredor, eu digo:

— Fiona disse que adorou a casa.

Alex solta um suspiro aliviado enquanto desce as escadas.

— Vocês voltaram a se falar! Que ótimo! Eu sabia que essa história de "dar um tempo" não ia durar muito. Não sabia se ela tinha te contado que esteve aqui. — Então ela para e se vira para mim. Ainda estou no topo da escada, imóvel. Alex fecha os olhos. — Você não sabia.

Balanço a cabeça.

Ela termina de descer os degraus.

— Nick! Por que você é assim? Por que não podia simplesmente ter perguntado se Fiona esteve aqui?

— Por que não me contou?

Casey está fazendo algo parecido com paninis enquanto Max vê *Os Jovens Titãs* na TV, segurando um copo de suco de uva.

— Como você soube?

— A pedra. A foto na lareira. O que está rolando? Vocês são amigas agora?

Casey fecha a geladeira e dá uma olhada na nossa direção.

— Vocês querem que eu... Será que é melhor eu... — Ela aponta lá para fora, querendo fugir.

— Não! Até parece. — Alex volta-se para mim outra vez. — Eu não contei porque não queria chatear você.

— Não me deixou chateado. — Ela me olha com cara de "até parece". — Só me chateia que você não tenha me contado.

— Achei que não era nada de mais. Eu encontrei Fiona na universidade algumas semanas atrás, e a convidei para vir conhecer a casa. Ela ficou por menos de vinte minutos.

Não quero saber. Mas, ao mesmo tempo, quero, sim.

— O que ela estava fazendo lá? Será que mudou de ideia sobre onde estudar no ano que vem?

— Não sei. Perguntei sobre você, obviamente, e ela comentou que vocês estavam dando um tempo.

Fecho os olhos.

— Argh.

— É claro que eu *não fazia ideia*, porque você não me conta nada. E é por isso que eu não te disse. Mas, já que estamos no assunto, acho que podemos falar sobre isso.

— Não. Não podemos, não.

Eu me sento à mesa e Alex puxa a cadeira ao meu lado.

— Você sabe que pode conversar com a gente, não sabe?

— Conversar "com vocês"? Eu a conheço faz cinco minutos. Sem querer ofender — digo, voltando-me para Casey.

— Sem problemas — responde ela com um aceno despreocupado.

— Você pode conversar comigo.

As intenções da minha irmã são boas, mas relacionamentos não são como interruptores. Não dá para ligar ou desligar com tanta facilidade. São mais como aquelas lanternas manuais que você tem que acionar por um século para conseguir um minuto de luz. Não sei se Alex entende isso.

— Mas a gente nunca foi assim.

— Mas eu quero que a gente seja. Eu amo você.

— Eu também amo você.

— Eu sei que eu deixei de ser sua irmã mais velha quando tive Max, mas eu estava passando por maus bocados, Nick. Eu estava tentando não ser uma mãe horrível, então acabei sendo uma péssima irmã. Mas quero estar do seu lado agora. — Ela fica em silêncio por um instante, o que é sempre um mau sinal. — Eu sei que você me culpa pela morte da nossa mãe.

As palavras caem como uma bomba.

— Eu não culpo você.

— Não precisa dizer isso. Eu sei que culpa.

Pela primeira vez, realmente presto atenção em Alex. Talvez eu tenha sessenta por cento da atenção dela neste momento. Ela fica olhando de relance para a sala de estar, onde está Max, e para Casey, perto da pia. Eu posso encontrá-la no meio do caminho e oferecer os outros quarenta.

— Acho que culpo todo mundo. Você, nosso pai, nossa mãe, o inventor do avião.

Ela não parece convencida. Alex segura minha mão sobre a mesa.

— Está sendo sincero?

Olho para ela.

— Lembra de como a gente falava isso quando éramos pequenos? — Ela está atenta à forma como vou reagir à lembrança.

Mas não havia lembrança alguma para mim. Fi e eu falamos isso um para o outro desde sempre, mas parece que foi Alex quem teve a ideia original.

— Sempre — respondo em um sussurro. Ela continua me observando, esperando que eu continue. — É, acho que eu culpei você. Depois que você ficou grávida, eles começaram a brigar e nunca mais pararam. Você teve a melhor fase dos dois.

— A melhor fase? — repete ela, pegando um chocolate de uma tigela em cima da mesa e colocando na boca. — Eu tinha dezessete anos...

— Eu sei, mas pelo menos você teve os dois. Eu estava sozinho. Estou sozinho há muito tempo. — Alex assente com a cabeça. — Mas, depois que você foi embora, nada mudou, então eu culpei nosso pai. Depois eu culpei a mim mesmo por ser "difícil". Só agora estou entendendo que o lance da culpa não ajuda em nada. Ela também teve uma parcela de responsabilidade, não teve? Todos nós fazemos escolhas. E aí tem o nosso pai. De quem é a culpa por ele ser assim? Talvez eu seja igual.

— Você não tem nada a ver com ele, Nick. Eu *sei* quem você é. De verdade.

Olho para ela, sem reação.

— Tá. Nunca mais repita isso — digo. Alex seca uma lágrima. — Olha só para esse lugar. Vocês parecem tão felizes.

— Nós somos — contribui Casey, lançando uma piscadela para Alex. — Max, venha comer! — chama ela.

Max corre para a cozinha e Casey coloca um panini no meu prato antes de voltar para a sanduicheira para pegar outro.

— Isso significa que você talvez comece a se abrir comigo? — pergunta Alex, olhando para mim com expectativa.

— Vamos com calma — digo, mordendo o sanduíche transbordando de queijo. — Está muito gostoso.

Casey vai até a cadeira de Alex e a abraça por trás. Elas me observam comer como se eu fosse um animal no zoológico.

Max está tentando pegar o prato no balcão com uma das mãos e o copo plástico cheio de suco de uva com a outra.

— Mãeeeee — chama ele, pedindo ajuda, mas antes que elas possam ajudá-lo o suco despenca e escorre pelo chão.

Ele está à beira das lágrimas.

— Não esquenta, Max, é só um pouco de suco. — Casey pega uma toalha de papel e a joga sobre a poça roxa enquanto Alex enche o copo dele outra vez e o leva para a mesa.

Elas combinam muito e esse tipo de conexão é algo raro neste mundo.

Max senta-se ao meu lado e dá uma mordida gigantesca no sanduíche quente, depois cospe tudo no prato, exclamando:

— Quente, quente, quente.

Eu assimilo tudo, refletindo sobre meu artigo para a revista.

E o amor?

Talvez a gente realmente viva em uma porta giratória de sentimentos. A tristeza pode não ser permanente, mas o amor é.

Este é o meu final feliz com Alex. Não é cheio de pedidos de desculpas nem de grandes reconciliações, e não há perdão incondicional porque precisamos ralar muito para chegar lá. É simplesmente uma tarde de sanduíches e desenho animado na TV.

E nem é um final. Não exatamente.

É um começo.

Fiona

Meu pai mergulha a batata frita em uma poça de ketchup sobre um guardanapo do McDonald's. É sexta-feira, dia do nosso almoço semanal. Há um mês, pareceu uma ótima ideia, uma oportunidade para conversar em outro lugar que não fosse em casa, mas eles seguiram uma trajetória estranha, passando de um jantar em um restaurante caro para o Applebee's até acabarmos no McDonald's. O lado bom é que vinte minutos é o tempo ideal para esses almoços.

Ele dá uma mordida no Egg McMuffin e limpa a boca com um guardanapo, reclamando das últimas notícias do mundo dos esportes. Quando percebe que estou distraída, ele para de falar.

— Sabe que ainda podemos ir ao restaurante caro se você quiser, não sabe?

Arregalo os olhos. Foram duas horas de pura tortura. Ninguém quer repetir aquilo.

— Eu sei.

— Como vão as coisas no quesito estudos? Ainda está animada com a ideia de Nova York?

Meu plano era começar em janeiro, mas estou enrolando. Ter passado tanto tempo com meu pai me deixa triste com a ideia de ir embora.

— Sim, mas também posso me matricular em algum lugar aqui perto.

Ele olha para mim.

— Por que você faria isso?

— Para passarmos mais tempo juntos. Para conversarmos sobre qualquer que seja o esporte que você gosta.

Ele sorri.

— Eu gosto de todos.

— Viu só? — continuo. — Podemos ir a pubs. Posso sair com a sua galera.

Estou brincando, mas não sobre a parte de ficar por perto.

— Queria falar com você sobre uma coisa. — Ele limpa algumas migalhas da camisa. — Deveríamos ter ido a um restaurante de verdade. Agora a comida já está quase acabando e ainda temos que ter essa conversa.

Dou um tapinha na mesa.

— Pai. Concentre-se. O que foi?

— Estou pensando em... vender a casa — diz ele lentamente, como se ainda estivesse calculando as palavras.

— O quê? — Eu me engasgo com o chá gelado e começo a tossir.

— Não estou com pressa, não entre em pânico. Eu ia esperar até você se mudar.

É muita coisa para assimilar. Não sei ao certo o que dizer.

— Você acha que é uma má ideia? — pergunta ele.

A pior parte é que não, não acho. Mas também queria poder guardar nossa casa em um potinho e cuidar dela para sempre.

— Não, é uma boa ideia — respondo no tom agudo que reservo para mentiras.

Meu pai estreita os olhos.

— Vai morar em Nova York comigo? — pergunto.

Ele ri.

— Você sempre foi tão engraçadinha assim?

— É uma descoberta recente.

— Que bom. Fico feliz.

— Então. Por que vender agora?

— Um amigo me indicou para uma vaga em San Diego. Pedi transferência e deu certo, posso ir quando eu quiser.

Aceno com a cabeça, absorvendo todas aquelas informações. Por que eu sinto que essa não é a primeira vez que a vida de alguém é virada de cabeça para baixo em um McDonald's?

— Não quero continuar morando lá quando você se mudar, e não quero que seja um motivo para você ficar. E acho que vai ser bom tomar um pouco de sol — diz ele, roubando minha última batata e colocando-a na boca.

É como no truque de mágica em que se arranca a toalha da mesa sem mover nenhum dos pratos. Foi o que ele fez, mudou tudo e nada ao mesmo tempo, sem mais nem menos.

— Você pode vir também, é claro. Você sempre vai ter seu quarto. Só acho que estamos em uma situação um pouco complicada. Estamos estagnados. Talvez eu não consiga sair disso, mas preciso me mexer.

Eu me ajeito na cadeira.

— Pai, é uma ideia incrível.

E realmente acho que é. Pensei que ele morreria naquela casa, que, quando eu fosse embora, ele se afundaria em um labirinto de lembranças da mamãe.

Ele aponta para o moletom que estou usando. É do Nick.

— Como ele está?

Acho que eu dei abertura para essa pergunta ao escolher essa roupa.

— Não sei.

— Como não?

— Estamos dando um tempo. Eu te disse.

— Tempo longo, esse.

Exatamente quatro semanas e cinco dias.

— Acho que estávamos passando tempo demais juntos.

— Pensei que vocês gostassem de ficar juntos.

— A gente gostava, mesmo.

Ele ergue uma sobrancelha.

— O que ele fez?

Meu instinto grita: *fuja*! Mude o assunto para esportes, para qualquer outra coisa, minta se for preciso. Mas meu pai está tentando se aproximar. Eu também posso fazer isso.

— Ele me beijou e eu entrei em parafuso.

— Ah. — Ele arregala os olhos diante da minha honestidade inesperada, depois amassa o guardanapo, pensativo. — Mas você gosta dele?

Acho que nós dois sabemos que é mais do que isso.

— Não é tão simples assim.

— Por que não?

— Porque não. E se tentarmos ficar juntos e ele perceber que não me suporta? E se ele quiser ser amigo de pessoas que eu não gosto em Nova York? E se eu não quiser ficar com ele? E se a gente nunca mais se falar?

Meu pai se inclina sobre a mesa.

— Não é isso que está acontecendo agora?

Apoio minha cabeça na almofada da poltrona.

— Era tão fácil antes. Não exatamente fácil, mas...

— Não pense assim, Fi. As coisas são difíceis, mesmo, mas quando a vida passa a bola para você, você tem que chutar para o gol. — Ele sorri, satisfeito com o próprio conselho.

— Uau. Parabéns pelas metáforas esportivas.

Mas eu sei que ele tem razão. Vou sentir saudade disso, de conselhos cafonas e trechos de filmes. Dos nossos vinte minutos. Em breve vamos estar longe e não tivemos momentos assim o suficiente. Volto a pensar em Nick.

— Acho que eu também queria saber se ficaria bem sem ele.

— E você está bem?

— Sim, estou. — Solto um suspiro e coloco meu copo vazio na bandeja. — Você se lembra daquela manhã antes da viagem para Monterey? — Meu pai acena com a cabeça. — O que você disse para Nick perto do carro? Eu vi vocês da janela.

Ele olha no fundo dos meus olhos.

— Eu disse que era melhor ele cuidar bem de você porque você é a luz mais brilhante da minha vida.

Meus olhos ficam marejados e pisco para afastar as lágrimas.

— Pai... — digo, segurando a mão dele. — Eu amo você.

— Eu também amo você.

Talvez lanchonetes estejam predestinadas a se tornar os lugares mais importantes da minha vida. Deve ser genético. Colocamos os papéis dos sanduíches na bandeja e saímos da mesa.

— E ele respondeu: "Da minha também. Eu ficaria cego sem ela".

Meu pai diz isso distraidamente enquanto joga as embalagens no lixo.

Fico sem ar como se tivesse levado uma pancada no estômago. Eu me viro de costas para que ele não possa ver meu rosto. Como é possível que as palavras de Nick me atinjam dessa forma mesmo que nem tenham vindo dele?

— Pronta? — pergunta meu pai.

— Sim. Vamos — respondo com um sorriso alegre.

Mas, quando ele se vira para sair, o sorriso desaparece do meu rosto. Toco o colar sob o moletom do Nick.

No carro, estamos ouvindo as notícias no rádio. Há árvores secas espalhadas pela calçada e suas folhas rodopiam pela rua como se estivessem indo a algum lugar. Não há nem sinal de cor no céu de outubro ou em qualquer outro lugar. O mundo inteiro está imerso em tons sombrios de cinza.

Mas dentro do carro do meu pai eu me sinto segura e contente, como uma criança passeando no banco do passageiro. O carro tem o cheiro dele, de cedro e café.

Paramos no semáforo embora ainda desse tempo de ter passado na luz amarela. Eu encosto a cabeça na janela e vejo uma farmácia logo ao lado. O prédio se mistura com um imenso estacionamento de concreto e tem um cara encostado na parede de tijolos próxima à entrada.

Meu coração para, porque o cara em questão é o Nick. Eu me endireito no assento. *Nick*. Agora eu sou o mágico segurando a toalha da mesa. Nesse momento, posso mudar tudo. Ou nada.

O tique-taque da seta parece ensurdecedor. O semáforo da direção oposta fica amarelo e minha mão está pairando sobre a maçaneta da porta. A qualquer momento, o semáforo vai ficar verde e meu pai vai acelerar.

Não consigo me decidir.

Não consigo me decidir.

Então a luz fica verde e nós seguimos em frente, virando a esquina.

Aperto a maçaneta com mais força.

— Pai, pare o carro.

Ele olha para mim sem entender.

— Pare o carro!

Ele estaciona no meio-fio e abro a porta.

— Vejo você em casa.

— O que aconteceu? — Ele acompanha meu olhar. — Ah, é o Nick. Tente chutar para o gol.

Ele finge que está chutando uma bola, mas não dá muito certo. Então sorri e aumenta o volume da música que começou a tocar no rádio.

— Me ligue se precisar de uma carona.

— Obrigada.

Bato a porta com coragem renovada, mas dura apenas dez segundos enquanto caminho até a farmácia. Eu quase desisto, mas é tarde demais.

Nick me vê. A ponta do nariz dele está vermelha por causa do frio e ele se endireita, tirando o pé que estava apoiado na parede e enfiando as mãos nos bolsos do moletom.

Paro diante dele.

— Oi — diz ele.

— Oi.

Ele puxa o cordão do meu moletom. Do moletom dele.

— Eu estava procurando por isso.

— É. Desculpe, eu ia devolver. Pode pegar.

— Não, está frio. Fique com ele.

Acenamos com a cabeça em um silêncio constrangedor. Ele cortou o cabelo e o tom dos fios está um pouco mais escuro sem o sol do verão para iluminá-lo. Uma mecha cai sobre a testa dele e Nick a afasta quando percebe que estou olhando. Tudo nele está um pouco mais límpido, um pouco mais vibrante.

— Como estão as coisas? — pergunto.

— Tudo certo. E com você?

— Também.

Mais silêncio.

— Como está o Bob Banana?

— Bem. Ele vai vender a casa.

Nick arregala os olhos.

— O quê?!

— Vai se mudar para San Diego, aparentemente.

— Uau!

— Pois é.

Ele balança a cabeça como se não conseguisse acreditar.

— Caramba. Os tempos de Banana ficaram para trás. E você?

— Eu... — Olho para ele, meio sem graça porque as mudanças que aconteceram comigo não foram tão épicas assim. — Pedi demissão do ginásio. Estou trabalhando em uma loja no centro agora.

— Fiquei sabendo.

Ficou sabendo. May me disse que manda mensagens para ele de vez em quando, da Califórnia. Eu não me importo. Mas foi ele que perguntou sobre mim ou foi ela quem contou?

— Você está diferente — diz ele.

— Estou horrível? — Faço um gesto exagerado para o moletom.

— Não — diz ele em tom sereno. — Então você vai ficar aqui? Para estudar?

— Vou para Nova York, na verdade. — Chuto as pedrinhas da calçada. — Queria conhecer um lugar novo.

Ele acena com a cabeça, mas não diz nada.

— Você ainda vai para lá?

— Sim. Em janeiro. Vou estudar literatura.

Eu sorrio. Estou muito feliz por ele.

— O quê?

Ele me olha desconfiado, como se eu fosse rir dele como naquela vez, na varanda. Mas Nick vai se dar muito bem em Nova York. Posso imaginá-lo liderando jornais ou escrevendo em blogs, entrevistando políticos ou publicando um best-seller. Consigo ver todo o futuro dele. E é brilhante.

— O que foi? — insiste ele.

Quero dizer isso a ele, mas não agora.

— Nada. Desculpe. Estou feliz por você, só isso.

Ele passa a mão no cabelo.

— Claro. O mundo realmente precisa de outra pessoa com um diploma em literatura.

— O mundo precisa de você.

Então vem o chefão dos silêncios constrangedores. Ele olha fixamente para mim, mas desvio o olhar. Vejo um Mustang vermelho clássico meio enferrujado um pouco atrás dele. A lista de desejos.

— O décimo idem da lista da sua mãe.

Ele olha para trás e depois volta a olhar para mim, radiante.

— Era o único que eu toparia realizar. Quer ver?

— Quero! — Respondo com o máximo de entusiasmo que consigo, mas meu coração está em pedaços.

Toda essa distância.

Ele abre a porta do lado do motorista e boto a cabeça lá dentro.

— Viu o acabamento? É todo original. A única modificação que fiz foi a saída USB.

— Que legal.

Vejo uma bolsa florida no chão do lado do passageiro e hesito. Finjo que não vi nada, mas Nick percebeu. Claro que ele percebeu. Ele não deixa passar nada, ao contrário de mim, que muito ingenuamente deduzi que ele estava parado aqui sozinho. Fala sério. Ele estava parado em um estacionamento. Esperando. Esperando por alguém. Como não percebi?

— Estou indo para Monterey no fim de semana — diz ele, como se não fosse nada, como se fosse um lugar qualquer e não *nosso* lugar.

— Ah, é?

— Sim. Comprei uma casa.

— Em Monterey?

Ele sorri, orgulhoso.

— Não é para mim. Vou alugá-la.

Sinto um aperto no peito. Ele está andando por aí em um conversível e comprando casas e eu me sinto tão madura quanto uma criança de doze anos depois de comer um McLanche Feliz.

— Quer dizer que agora você é proprietário de imóveis?

— Sim. A Alex me deu um sermão sobre investir no mercado imobiliário então fiz isso para ela sair do meu pé. A casa é legal. Pequena, mas tem vista para o mar. Para um pedacinho dele, mas mesmo assim. — Ele está ligeiramente inquieto, deixando transparecer uma ponta de nervosismo.

— Deve ser melhor do que ter vista para um estacionamento.

Ele olha para mim.

— Mas era um estacionamento legal.

Cada segundo daquele fim de semana me vem à mente. O colar, os olhares, o calor do corpo dele perto do meu, Nick ajoelhado no chão à minha frente. Estar a sós. Só com ele.

Um carro entra no estacionamento e bate a porta. É como se fôssemos estranhos de novo, o que parece absurdo depois de tudo o que passamos juntos.

— Eu estava pensando em te convidar para dar um pulo lá, quem sabe tomar alguma coisa no Narval, mas não sabia por onde você andava. Eu ainda não peguei o trajeto pelo litoral, então seria legal.

— Seria.

— E tem um lugar chamado Elephant Rock perto de São Francisco que tem pedras em formato de...

— Elefantes — completo.

— Sim! É muito legal. Eu acho, pelo menos.

Ele começa a falar sobre rodovias e pontos de referência e não consigo mais aguentar. Não vou deixar que a gente se afogue em mais um segundo daquela conversa vazia. Não faz o menor sentido. Ele *me conhece*. Como é possível que estejamos parados aqui, falando sobre rodovias?

— Nick. Eu amo você.

Ele está no meio de uma frase quando digo isso e minhas palavras soam muito mais platônicas do que era a intenção, mas ele não hesita.

— Eu também amo você, Fi.

Ele não entendeu.

— Não — digo, balançando a cabeça. Minhas mãos estão tremendo. — Não, não, não. Não foi isso que eu quis dizer. — Eu me obrigo a olhá-lo nos olhos. — Não quis dizer "amo vc", como na mensagem. Quero dizer que estou apaixonada por você.

Ele endireita a postura e parece cambalear ligeiramente, como se minhas palavras o tivessem tirado do eixo. Ele não diz nada, apenas encara um ponto distante no estacionamento ao nosso redor.

Mas eu disse. Eu tinha que dizer, por mim. Sinto um peso saindo de cima do meu peito.

— Você já pensou em um final feliz para nós dois?

Ele olha para mim outra vez, e a resposta vem praticamente em um sussurro.

— Já.

— Como era?

Sinto que essa é a nossa despedida e quero poder guardar essa memória dele. Uma lembrança do que poderia ter acontecido.

Nick engole em seco, voltando a se concentrar. Conheço as expressões dele de cor. Quase consigo enxergar as palavras que se reorganizam por trás de seus olhos azuis — tão infinitos quanto o céu e o mar.

— Bem... Estamos em uma praia observando o pôr do sol e os leões-marinhos. — Suas palavras são lentas e calculadas. — Depois dançamos em um bar horrível no meio do nada. Estamos voltando para casa no seu carro, ouvindo música. Você rouba uma garrafa de molho picante no Chipotle. Eu abro cremes para você, presto atenção na sua respiração enquanto você dorme, sinto seu cheiro nas minhas roupas. Acho que agora posso acrescentar também o momento em que você finalmente, *finalmente* diz que me ama no estacionamento de uma farmácia.

Estamos olhando fixamente um para o outro. Ele continua.

— É difícil escolher uma coisa só. Para mim, felicidade são todos os momentos em que estamos juntos.

Ele se aproxima e segura minha cintura.

— Agora será que posso beijar você?

As palavras de Nick mal chegam aos meus ouvidos. Seus olhos são duas imensidões de azul e eu me perco neles antes de responder com um beijo. Pressiono meus lábios contra os dele, delicadamente, mas me afasto depressa.

Ele pisca devagar, a boca entreaberta, e então elimina a distância entre nós dois. Seus lábios encontram os meus em um movimento ávido, e suas mãos deslizam para debaixo do meu moletom, tocando minha pele. Minha mão sobe até seu pescoço, os dedos se enroscando em seu cabelo. Tropeçamos para trás, batendo na parede de tijolos ásperos, enquanto nossas respirações se misturam em uma nuvem de vapor. Ele me puxa pelos quadris e faz com que eu me esqueça de tudo ao redor, como só ele sabe fazer.

— Espere — digo, me afastando.

— Mmm...

— A bolsa no seu carro...

Ele me olha parecendo achar graça e abre a boca para falar, mas antes que precise dizer uma palavra, alguém se aproxima.

— Desculpe a demora, estava muito cheio.

Quando nos viramos, vemos Alex. Ela para onde está, com uma sacola na mão.

— Mas o quê... — balbucia ela, observando nosso estado.

Max vem correndo com um pirulito.

— Oi, Fiona — diz ele, como se nada de extraordinário estivesse acontecendo.

— Oi, Max.

Nick encosta a testa na minha.

— Oi, Fiona. — Alex abre um sorriso largo. — Parece que vocês fizeram as pazes.

— Por favor, pare de falar — pede Nick.

— Tá bom. — Ela gira a bolsa no ar. — O que devemos fazer, então?

— Entrem no carro.

Alex revira os olhos.

— Venha, Max, vamos esperar lá dentro.

— Pode abrir meu pirulito, mãe? — pede ele, sacudindo a embalagem.

— Sim, meu bem, lá dentro. Quer que eu sente na frente ou atrás? — pergunta ela para Nick.

— Sei lá... tanto faz — responde ele, sem tirar os olhos de mim.

Ouvimos Alex fechar a porta do carro. Ele não me soltou nem por um segundo.

— Eu pensei que...

— Eu sei o que você pensou. Mas sempre foi você, Fi.

Nós nos beijamos de novo e perdemos a noção do tempo até alguém buzinar. Nick olha por cima do ombro, ruborizando, e Max está gargalhando no banco de trás. Aquele está longe de ser um momento nas ruas românticas de Monterey. Estamos na rua, a irmã dele está esperando... mas ainda assim é perfeito.

— Quer dar uma volta? — convida ele.

Não preciso nem pensar. Minha resposta é cem por cento positiva.

— Quero. Você me deve pelo menos seis meses de carona.

Ele sorri e pega minha mão, me levando até o lado do passageiro e abrindo a porta com um floreio, antes de roubar um beijo.

O carro cheira a doce de uva. Nick dá partida e o Mustang ganha vida com um ronco gutural. Max levanta os dois pés e chuta o banco dele, erguendo os punhos com o pirulito na mão e gritando:

— Eu sou o Batman!

Nick continua sorrindo e, segurando a minha mão, sai do estacionamento.

À frente, a rua está livre e o céu cinzento está aberto.

O sol atravessa as nuvens no horizonte e a paisagem é como uma tela que se enche de cores bem diante dos meus olhos. Daqui a pouco, vamos deixar o cinza para trás e entrar em um mundo repleto de cores.

E não consigo pensar em uma cena melhor do que essa.